Silberhuf

Erstes Kapitel

Ich habe schon in Büchern über Leute gelesen, die sich wie im siebenten Himmel fühlen, und plötzlich geschieht etwas, und sie stürzen hinab ins Jammertal. Aber was das bedeutet, wußte ich erst in dem Augenblick, als ich den Jeep in Klump gefahren hatte.

Wir befanden uns sieben Tagereisen vom Himalaja entfernt und mehr oder weniger auf der Hälfte des Weges zum Takla-Gebirge. Auf dem ganzen Weg waren wir keiner einzigen Menschenseele, nicht einmal Spuren von menschlichen Wesen begegnet. Seit wir die nördlichen Ausläufer des Himalaja-Gebirges verlassen hatten, waren wir unentwegt bergauf geklettert. Unsere Meßinstrumente im Jeep zeigten bereits eine Höhe von viertausend Metern über dem Meeresspiegel an, und es ging immer noch höher. In den ersten Nächten konnte ich nur sehr schwer einschlafen, weil mein Herz wie wild in meiner Brust raste. Es versuchte krampfhaft, mehr Blut in meine Lungen zu befördern, um mehr Sauerstoff heranzuschaffen, der in dieser dünnen Luft sehr knapp ist. Langsam gewöhnte es sich jedoch an die neuen Bedingungen, und mein Körper fing an, mehr rote Blutkörperchen zu bilden. So war mein Herz bald weniger geneigt, gegen meine Rippen zu hämmern.

Obwohl mich ein paar lumpige Schritte bergauf immer noch aus der Puste brachten, fühlte ich mich

himmlisch in der reinen Höhenluft, so nah bei der Sonne, dem Mond und den Sternen. In diesem grellen ultravioletten Licht scheinen alle Farben zu vibrieren und irgendwie viel mehr Leuchtkraft zu besitzen. Unten, dicht über dem Meeresspiegel, kann man sich dieses tiefe Blau oder das strahlende Weiß, das einen da oben erwartet, einfach nicht vorstellen. In dieser Höhe wächst nichts als Gras. Die ganze Landschaft ist ein einziges riesiges Hochland. So weit das Auge reicht, ragen überall Berge auf – in allen Himmelsrichtungen. Eine Gebirgskette folgt der anderen, immer parallel, immer anders und doch immer gleich. So geht das weiter, bis die Bergriesen am Ende in einen blaugrauen Dunst unendlicher Ferne verschwinden. Und unser Ziel, die ewig mit Schnee bedeckten Berge der Takla-Kette, die wir nach den Schneemenschen durchforschen wollten, schien außerhalb unseres Blickfeldes in den Wolken zu schweben.
Zwischen den Gebirgsketten breiten sich weite ebene Flächen aus, uralte ausgetrocknete Seebetten, jetzt grasbewachsene Matten. Dort, wo eine aufhört, beginnt die andere, Tal auf Tal, aufgereiht wie die Perlen am Halsband.
In der Ebene kamen wir schnell voran, aber die Talausgänge zu durchqueren bedeutete oft harte Arbeit. Vor langer, langer Zeit hatte das Wasser diese schmalen Pfade, die ein Tal mit dem anderen verbanden, in die Felsen eingeschnitten. Wir hatten inzwischen die Grasgrenze erreicht, eine Höhe, in der selbst in diesem südlichen Gebiet das Gras aufhört zu wachsen. Daher bestand der Talboden oft mehr aus Steinen als aus Gras. Und die Hügel ringsumher waren nichts als Fels, Geröll und Flugsand.
In der Nacht vor dem Unglück zelteten wir wie gewöhnlich an einem Felsbach. Dabei ging unser letz-

tes Holz drauf. Wir hatten es von unten mitgeschleppt, um einen Fasan zu grillen, den Vater mit seiner Coltbüchse runtergeholt hatte. Er schoß übrigens nur für den Kochtopf, um unsere Reserven zu schonen.
Während das Feuer langsam verglomm, lagen wir auf unseren Klappbetten im Jeep und schwatzten.
Plötzlich erwachte ich, und es war Morgen. Draußen war alles dick mit Rauhreif überzogen. Vater fummelte am Benzinkocher herum, es war Zeit fürs Frühstück – ich mußte jeden Morgen den gleichen Kampf mit mir selber bestehen, wegen des leidigen Waschens! Denn in diesen Gebirgsbächen ist das Wasser so kalt, daß es genausogut Eis sein könnte. Aber schließlich kroch ich doch aus meinem warmen Schlafsack heraus und sauste nackt über die gefrorene Grasdecke zum Bach. Meine Füße erstarrten, als ich sie ins Wasser steckte. Aber ich hielt tapfer aus und benetzte mich von oben bis unten mit Wasser, bevor ich wieder zurückrannte. Ich war jetzt ganz warm, völlig außer Atem und so frisch, daß mich ein angenehmes Glücksgefühl durchrieselte.
Sobald die Sonne aufging, taute der Rauhreif von unserem Jeep und dem Benzinanhänger ab, und an der Seite kam der Name meines Vaters – Mike Norton – in schwarzen Buchstaben wieder zum Vorschein.
Ich glaube, es hat noch nie einen Jeep gegeben, der so phantastisch ausgerüstet war wie der unsrige. Ein stattlicher Haufen von wissenschaftlichem Zauber und Versuchsgeräten, die Vater zum Teil von Verlegern und zum Teil von Firmen als Testgeräte bekommen hatte. Das winzig kleine Elektronengehirn, natürlich das neueste Modell, war das Herz eines kompletten Informations-Systems. Es wurde mit allen möglichen Daten gefüttert und lieferte prompt

Angaben über Entfernungen, Standort, Höhe, auch Wettervorhersagen und viele andere Dinge. Außerdem hielt es auf einem Tonband alles fest, was auf der Reise geschah. Neben den Scheinwerfern waren an einer Seite ein winziges Radargerät und an der anderen Seite eine Fotozelle montiert. Diese konnten Impulse in das Elektronengehirn eingeben. Das Resultat erschien dann auf dem Bildschirm am Armaturenbrett. So konnten wir auch im Dunkeln und selbst im Nebel fahren. Außerdem besaßen wir zwei Sender und zwei Empfänger – das Sprechfunkgerät fehlte natürlich auch nicht –, einen Kühlschrank und einen elektrischen Kocher, obwohl Vater lieber mit dem Benzinkocher hantierte.
Der ganze Zinnober wurde von äußerst kleinen, leichten Batterien von höchster Leistung gespeist, die von einem elektrischen Generator aufgeladen wurden. Der Generator, der die ganze Dachfläche in Anspruch nahm, wandelte Licht und sogar Mondlicht in elektrische Energie um. In all den Jahren, in denen mein Vater entlegene Gegenden erforscht und Bücher darüber geschrieben hatte, war er noch nie so gut ausgerüstet gewesen wie diesmal. Daraus machte er keinen Hehl.
Schon der Jeep war ein Juwel. Er hatte Vierradantrieb, Servolenkung und -bremsen.
Obwohl ich erst vierzehneinhalb bin, konnte selbst ich das Fahrzeug mit Leichtigkeit fahren. Leider, wie sich noch zeigen sollte.
Wir hatten uns schon einige Male abgewechselt. Ich durfte auf einfachen Strecken in der Ebene fahren, und sobald das Gelände schwieriger wurde, übernahm Vater wieder das Lenkrad. Es ging schon auf den Abend zu, als er mich fragte, ob ich Lust hätte, wieder ein Stückchen zu fahren.
Die mit Gras bewachsene Ebene war glatt wie ein

Teppich, und der Jeep schnurrte sanft schaukelnd dahin. Die Sonne wuchs zu einem großen feurigen Ball. Und dann schien es so, als ob sie sich zwischen zwei schwarze, gezackte Bergketten nach unten plumpsen ließ. Ich war so glücklich, daß ich am liebsten laut aufgeschrien hätte. Aber ich hörte einen kleinen Schnarcher neben mir und sah, Vater war eingenickt. Vor unserer Nase schlängelte sich ein kleiner Fluß entlang, eine Sorte von Flüssen, die hier überall durch die Täler flossen – aber diesmal weckte ich Vater nicht auf, damit er, wie üblich, das Lenkrad übernahm. Ich hatte ihm schon oft zugesehen, wenn er durch solche Flüsse schnurrte. Es schien heillosen Spaß zu machen. Er gab Gas, richtete sich hoch auf und brauste schnurstracks durch den Fluß, dabei gab es immer eine herrliche Bugwelle.
Vater erwachte, als ich Gas gab, aber da war es schon zu spät. Statt daß der Jeep schnittig durch das Wasser fegte, nahm er die Nase nach unten! Den Aufprall spürte ich bis in die Zähne. Dann hörte man ein mahlendes Geräusch. Eine kleine Rauchwolke war das Ende.
„Rück zur Seite", sagte Vater, während mir das Herz bis in die Kniekehle rutschte.
Im Begriff zu starten, entdeckte er eine Öllache, die flußabwärts schwamm. Er kletterte daher aus dem Jeep heraus und fing an, sich seine Schuhe auszuziehen. „Drück die Daumen, Jack, hoffentlich ist die Ölwanne nicht geborsten", keuchte er und zerrte dabei an seinen Socken. Obwohl er wie ein Kind quietschte, als das eiskalte Wasser in seine Füße biß, kniete er sich nieder und tastete den Motor von unten ab. An seinen fest zusammengepreßten Lippen konnte ich es ablesen: Die Sache stand schlecht. Aus Hemd und Hose triefend, erhob er sich und sagte

leichthin: „Brauchst die Daumen nicht länger zu drücken, Jack, verlorene Liebesmüh. Die Ölwanne ist hin."
Ich hörte fast meine eigene Stimme nicht, als ich fragte: „Kann man das nicht reparieren?"
„So gut wie keine Hoffnung", sagte mein Vater gefaßt, in einem Ton, als spräche er über das Wetter. „Zuerst müssen wir hier mal raus, irgendwie."
Und das war leichter gesagt als getan. Wir mußten den Anhänger abhaken und ein Kabel im Boden verankern, um den Jeep mit einer Handwinde herauszuholen. Während der Arbeit versuchte ich meinen Kopf wegzudrehen, damit Vater nicht sah, daß ich heulte. Ich mußte immerzu denken, was es ihn für Mühe gekostet hatte, meine Mutter rumzukriegen, bis sie mich endlich mitfahren ließ. Und wie glücklich war mein Vater gewesen.
„Wir werden eine wunderbare Reise machen, Jack, weißt du."
Wunderbar! Und die viele Zeit und erst das Geld, das während der Vorbereitung draufgegangen war. Vater war felsenfest davon überzeugt, dies würde seine erfolgreichste Reise als Journalist werden. Und erst die vielen Gespräche mit seinen Verlegern, um das nötige Geld aufzutreiben und Firmen zu finden, die ihn bereitwillig unterstützten. Und jetzt das: Ich Rindvieh hatte durch meinen kindischen Stolz und diese dämliche Selbstsicherheit alles vermasselt. Als mein Vater unter das Fahrgestell kroch, um nachzusehen, was noch alles kaputt war, stahl ich mich ein Stückchen davon, damit er mein Geflenne nicht bemerkte. Endlich rollte er sich wieder unter dem Jeep hervor und wischte sich seine öligen Finger mit einem Lappen ab. Pfeifestopfend grinste er ein bißchen, wie er es immer tat, wenn er mir zeigen wollte, daß alles halb so schlimm wäre. Genau wie

damals, als ich sein neues Transistorradio runtergeschmissen hatte.
„Mir ist auch zum Heulen zumute, Jack, aber was würde das ändern?“
Schon wieder kamen mir die Tränen. „Ich hätte dich aufwecken müssen.“
„Zu spät, mein Kleiner, das Kind liegt im Brunnen.“
Er stand auf und versetzte einem der Reifen des Jeeps einen kräftigen Fußtritt. „Jedenfalls ein lausiger Jeep, viel zu empfindlich. Du weißt, was ich immer sage: Jede schlechte Sache hat auch ihre gute Seite. Na schön, laß uns die gute Seite suchen. Wird aber nicht ganz leicht sein.“
Inzwischen hatten die Gebirgsgipfel schon fast die Hälfte der Sonne verschluckt. Es wurde kühl. Mein Vater bereitete das Abendbrot auf dem Benzinkocher. Es gab Frankfurter Würstchen aus der Büchse, Kartoffelbrei und einen gerollten Geleepudding zum Nachtisch. In unseren Schlafsäcken war es mollig, und ich erinnere mich, wie ich vor dem Einschlafen fragte: „Glaubst du wirklich, daß eine so schlechte Sache eine gute Seite haben kann?“
„Eigentlich glaub ich überhaupt nicht an solches Zeug“, sagte er, „wenn alles eine Mischung von gut und böse wäre, warum sollte man sich dann überhaupt anstrengen? Gewiß, es mag sein, wenn uns dies nicht passiert wäre, vielleicht wären wir über einer Felskante abgerutscht. Vielleicht verpassen wir wegen dieser Verspätung einen Jeti, oder umgekehrt, vielleicht finden wir gerade deshalb einen. Etwas, das wir nicht im voraus wissen können. Ich werde auf alle Fälle versuchen, den Jeep zu reparieren. Schlaf gut, Jack.“
Wie er mir später gestand, wartete das Glück aber bereits um die Ecke.

Zweites Kapitel

Als mein Vater am nächsten Morgen die Ölwanne ausbaute, entdeckte er noch einen Knacks an der Ölpumpe. Er klopfte eine große Beule aus der Ölwanne und reparierte den Riß mit Glasfasern und Kunststoff. Aber es sei nur Flickwerk, sagte er, und wir könnten daher nur ganz langsam fahren, der Motor brauche viel Ruhe, und wir könnten nur hoffen, daß er nicht streike. Er hatte nichts anderes im Kopf, als den Jeep und den Anhänger von der Mitte dieser großen Ebene, wo sie meilenweit zu sehen waren, wegzuschaffen.

Mit neuem Öl fuhr er langsam los. Er entdeckte eine flache Stelle, an der man den Fluß bequem überqueren konnte. – Drüben drehten wir in Richtung Nordwest und nahmen wieder Kurs auf die Schneeberge. Vater ist wirklich alles andere als ein Nörgler. Er verlor kein Sterbenswort über mein Mißgeschick. Aber während wir losfuhren, sagte er doch so ganz nebenbei: „Und wenn wir den Jeep begraben und den Rest des Weges auf Schusters Rappen zurücklegen müßten, jetzt kehren wir nicht mehr um."

Am Talausgang ging es steil bergauf. Um ins nächste Tal zu gelangen, erklommen wir die Höhe immer mit zwei Rädern im Flußbett. Kaum waren wir auf dem niedrigen Paß angekommen, da fing unser Öldruckmesser an, wie wild zu flackern. Vater schaltete den Motor aus und schraubte die Kühlerverschlußklappe ab. Sofort stieg eine riesige Dampfwolke empor. Das ist in dieser Höhe nichts Besonderes, denn das Wasser kocht hier oben bereits bei so niedrigen Temperaturen, daß man seine Hände in siedendes Wasser tauchen kann, ohne sich zu verbrühen. Natürlich muß man's schnell machen. Und die Kartoffeln brauchen über zwei Stunden, und dann sind sie noch

nicht mal richtig gar. Mein Vater leerte den Kühler und füllte ihn wieder mit Flußwasser auf.
Vor und unter uns erstreckte sich ein neues langes Tal. Etwa zwei Kilometer entfernt machte es einen Bogen, so daß man das Ende nicht sehen konnte. Wie die anderen in dieser Gegend war es platt wie ein Billardtisch. Rechts ragte ein großer Bergrücken in das Tal hinein und versperrte uns die Sicht.
„Komisch", sagte mein Vater, „um den Berg scheint sich ein Pfad zu winden."
Ich sah ihm an, daß er beunruhigt war. Deshalb fuhr er rund um das Tal herum, anstatt den Berg direkt anzusteuern. Er parkte. Wir kletterten aus dem Jeep heraus und schlichen vorsichtig ringsherum, bis wir sehen konnten, was dahinter war. Obwohl wir nichts Besonderes entdecken konnten, schien es uns doch so, als ob dort früher einmal ein Fußpfad gewesen wäre. Irgendwie sah das Gras niedergetreten aus. Aber es war bestimmt lange her, daß jemand dort gegangen war.
Wir hielten uns dicht an den Bergfuß und entdeckten nach einer Viertelmeile plötzlich eine Öffnung zwischen zwei senkrechten Felswänden. Sie war von weitem unsichtbar, selbst noch aus der Entfernung von fünfzig yard, aber sobald man näher herankam, sah man, daß der Eingang mitten in den Felsen hinein mündete, wie ein glatter sandiger Weg.
Vater griff nach seiner Coltbüchse und sagte mir, ich solle meine auch laden. Er hatte eine wunderbare Waffe, eine Expreß-Schrotflinte, zwölf Millimeter, mit aufgesetztem Zielfernrohr. Mein Gewehr war ähnlich, aber billiger. Er lud beide Läufe und ließ einige Extra-Expreß-Patronen in die Gurte seines Buschhemdes gleiten. Wegen des ohrenbetäubenden Lärms, den der Jeep in dem von Felsen eingeschlossenen Raum verursachte, war es aller-

dings unmöglich, unsere Ankunft geheimzuhalten.
„Vielleicht ist dies hier die Auffahrt zum Hause eines Schneemenschen", sagte mein Vater. „Ich hab zwar noch nie gehört, daß sie sich auch außerhalb der ewigen Schneeregion aufhalten."
Ich blickte mich ängstlich nach allen Seiten um, darauf gefaßt, jeden Augenblick einem dieser behaarten Riesen zu begegnen, der, lässig über einen Felsen gelehnt, nur darauf wartete, uns mit seinen Pranken, jede so groß wie Krangreifer, aus dem Jeep herauszuziehen. Ich wünschte mir sehnlichst, der Motor würde nicht solchen Krach machen.
Aber gleich um die Ecke mündete der schmale Pfad in einen kleinen runden Platz. Er war völlig eben und ringsherum von hohen Felswänden, die schroff in die Höhe ragten, eingeschlossen. Der Platz war so klein, daß die direkt einfallenden Sonnenstrahlen nicht einmal den flachen sandigen Boden erreichten! In der Mitte der gegenüberliegenden Felswand funkelte uns in der strahlenden Sonne ein Lamakloster entgegen, in Rot, Weiß und Gold. Ein Irrtum war ausgeschlossen. Die Bauart und die Farben waren zu eindeutig. Selbst ohne die goldene Dachdekoration, die in der Sonne wie Feuer funkelte, gab es keinen Zweifel.
In diesem Augenblick hustete und spuckte der Jeep, und plötzlich blieb er stehen. In dieser Stille saßen Vater und ich da wie angegossen und starrten auf das sonnenüberflutete Lamakloster. Ich wartete jeden Augenblick darauf, daß, wie üblich, einige Lamas in ihren weinroten Roben auftauchen würden, um uns neugierig zu beäugen – schmutzige Männer mit schwarzen Fingernägeln, kurz geschorenem Haar, mufflig und nach ranziger Butter stinkend. Aber es blieb totenstill. Das einzige lebende Wesen weit und

breit war ein Geier, ein Lämmergeier. Er schwebte ruhig, ohne seine Flügel zu bewegen, hoch über unseren Köpfen und beobachtete uns oder, was wahrscheinlicher war, ein krankes oder verwundetes Tier, in Erwartung seiner nächsten Mahlzeit.
Mein Vater drückte auf die Hupe. Das Getöse echote rings um die Felsenklippen herum. Doch es geschah nichts. Eher wurde es noch stiller.
„Es ist unheimlich", sagte ich. „Glaubst du, daß es leer ist?"
„Vielleicht beten sie alle. Es wird kalt hier im Schatten."
Wir schlüpften in unsere Pelzmäntel.
„Hallo", schrie mein Vater laut. Aber nichts als sein Echo kam zurück.
„Einer muß doch Wache halten", sagte Vater. „Diese Lamaklöster bergen viele Reichtümer."
„Meinst du etwa Gold und Juwelen, richtige Schätze?"
„Ja, genau das, allen möglichen Kram. Die Lamaisten glauben, eine der vielen Möglichkeiten, Ansehen zu erwerben und sich im nächsten Leben einen Platz als höheres Wesen zu sichern, besteht darin, dem Kloster Geschenke zu machen. Die meisten sind ganz hübsch reich."
„Würde das nicht bedeuten, daß die reichen Leute im Vorteil sind?"
Vater lachte.
„Nicht nur das. Der Lamaismus ist eine sehr erquickliche Religion, besonders für die Reichen. Weißt du, arm oder unglücklich bist du nur deshalb, weil du in deinem vorhergehenden Leben gottlos warst, so sagen die Lamaisten. Bist du dagegen reich, dann ist das der Beweis für die Frömmigkeit in deinem vorangegangenen Leben. Ein reicher Mann kann übrigens auch andere Leute dafür bezahlen, für

ihn zu beten oder für ihn Pilgerfahrten zu unternehmen. Und um ganz sicherzugehen, daß du dein nächstes Leben noch schöner verbringst, darfst du den Lamaklöstern sogar Geschenke machen – das heißt, wenn du an solches Zeug glaubst."

Ich sah uns im Geiste schon in einem verödeten Lamakloster, in dem eine schreckliche Seuche alles Leben vernichtet hatte, herumschleichen und Goldbarren und funkelnde Juwelen einkassieren. Wir würden die Schätze vergraben, eine Karte zeichnen, die nur wir entziffern könnten, und später steinreich nach London zurückkehren. Ich würde mir einen Sportwagen kaufen, einen Zweisitzer und...

„Ich glaube, wir sollten einen Vorstoß wagen!" Vater riß mich aus meiner Tagträumerei.

„Wenn das Lamakloster unbewohnt ist, möcht ich es lieber vor Einbruch der Dunkelheit unter die Lupe nehmen."

Er prüfte mein Gewehr und ließ mich beim Jeep zurück. Ich sollte ihm Deckung geben, während er die Gegend auskundschaftete.

Aufrecht und so, als ob es ihm nichts ausmachte, mit seinem federnden „Du-kannst-mich-mal-Gang", selbstsicher und ein bißchen O-beinig, ging er schnurstracks auf das Kloster los.

Er hatte sein Gewehr mit dem Lauf nach unten über die Schulter gehängt, um zu zeigen, daß er nichts Böses im Schilde führte.

Ich beobachtete die Fenster, die nichts weiter waren als Öffnungen ohne Glas in den Adobe- und Steinwänden.

Er kletterte einen steilen Pfad hinauf, den ich nicht sehen konnte, und klopfte, oben angekommen, an die Tür. Dann stieß er sie mit dem Fuß auf und wich zurück, die Waffe schußbereit in der Hand.

Ich sah ihn hinter den Fenstern entlangschleichen.

Er sah sehr wachsam aus, so, als ob er den Finger haarscharf am Abzug hielt. Das Lamakloster besaß nur zwei Stockwerke. Nach kurzer Zeit bewegte er sich daher schon hinter den Fenstern des oberen Stocks. Danach kam er zurück und erschien auf dem flachen Dach. Dort sah er sich sorgsam um, warf einen Blick hinter das kleine Nebenhaus mit dem goldenen Dach und den großen Goldtroddeln, winkte und schrie mir zu: „Keine Menschenseele zu sehen. Komm rauf."
Er erwartete mich an der Tür und zog mich hinein. Der erste große Raum war das Gebetszimmer. Überall lagen fünf Zentimeter dicke, in rotes Wolltuch eingehüllte Matratzen herum, die den Mönchen als Sitze dienten. Und aus allen Ecken und Winkeln fühlte man sich von den Buddhas und Statuen streng gemustert. Es stank wie die Pest – wie in allen diesen Lamaklöstern –, es war eine Geruchsmischung nach schmutzigen Leuten, ranziger Butter und einem Anflug von verbrannten Kiefernnadeln. Aber der Gestank war nicht frisch, wenn man überhaupt so was sagen kann. Über dem Fußboden lag eine dicke Staubschicht aus feinstem Flugsand. Mit Ausnahme von Vaters Fußspuren war es eine völlig glatte Fläche.
Ich dachte mir: Na schön, wenn hier überhaupt jemand lebt, dann höchstens Gespenster, die keine Fußspuren hinterlassen. Aber kaum hatte ich es gedacht, da verwünschte ich es auch schon wieder, denn dies hier war genau die Stätte, die sich Gespenster als Behausung auswählen würden.
Mein Vater kletterte auf einer befestigten, wenn auch sehr wackligen Leiter durch ein rechteckiges Loch in das Obergeschoß. Ich folgte ihm auf dem Fuß, um keine Zeit zu verlieren. Fast wäre ich auf den runden Leitersprossen, die unter dem Staub

schmierig waren, ausgerutscht. Er zerrte mich hoch, und wir guckten oben zusammen in die winzigen, türlosen Mönchszellen. Sie sahen alle gleich aus – eine harte Pritsche, eine Matte, ein niedriger Tisch, der einem Schemel glich, und eine Menge ellenlanger buddhistischer Bücher. Aber keine Menschenseele, geschweige denn eine Spur von ihnen.
„Nicht übel für ein Nachtlager", kommentierte mein Vater. „Selbst ein Vorrat an Yakdung als Brennmaterial ist da. Das wird unser Benzin schonen, falls wir den Jeep je wieder startklar kriegen, was ich bezweifle. Wenn niemand aufkreuzt, bin ich dafür, hier unser Hauptquartier zu errichten. Ich wette, hier hat sich seit Jahren kein Schwanz mehr blicken lassen."
„Was", sagte ich, „hier schlafen, mit all diesen Buddhas und Heiligenbildern da unten?"
„Sicherer als der Jeep." Mein Vater legte seinen Arm um meine Schultern. „Sieh mal her, wir lassen die Falltür runter, verriegeln sie mit diesem Querbalken, und fertig ist das Nest; ganz behaglich. Übrigens, diese Figuren sind nichts weiter als Holz und Metall."
Als wir aus dem Haupteingang heraustraten, um einige Dinge aus dem Jeep zu holen, entdeckte ich am Ende des Gebäudes noch eine Tür. Wir hätten sie fast übersehen, denn ein Teil lag im Schatten, und der andere war vom Flugsand verdeckt. Nachdem wir den Sand mühsam beiseite geräumt hatten, ließ sich die eisenbeschlagene Tür ganz leicht öffnen.
Im Inneren, halb von der Dunkelheit verschluckt, stand ein blaßgrünes Pferd, das uns mit glänzenden gelben Augen ansah. Der unerwartete und lebendige Anblick des Tieres versetzte mir einen Schock. Entweder war es ein Bildnis oder ein Modell aus Bronze, das im Laufe der Zeit eine wunderschöne grüne Pa-

tina angenommen hatte.
Mein Vater leuchtete mit der Taschenlampe die von Menschenhand in den Fels gehauene Höhle ab. Aus einem der seitwärts aufgestapelten handgewebten Säcke war stockige Gerste herausgerieselt. Gegen die Rückwand gelehnt, standen einige festverschnürte Bündel aus ungegerbtem Leder.
„Vielleicht ist der Schatz da drin, in einigen dieser Lederbeutel“, gab ich voller Hoffnung zu verstehen.
„Dem Gestank nach zu urteilen, glaub ich eher an uralte Butter“, antwortete Vater und riß einen Beutel mit dem Messer auf.
Er hatte recht. Butter, das heißt – es war mal welche gewesen – alte Yakbutter, jetzt pulverig, blau und verrottet. Mein Vater ging zurück zu dem Pferd und tätschelte es.
Da erklang ein tiefes metallenes Brummen.
„Es ist wunderschön“, sagte mein Vater.
Der Sattel war zu Staub vermodert und zerfiel in Stücke, sobald er ihn nur mit der Hand streifte.
„Guck mal hier, Jack“, rief er aufgeregt, „ist das nicht seltsam, sieh nur, die Beine scheinen beweglich zu sein. Glieder wie an einer Ritterrüstung. Und so geschmeidig. Einmaliges Kunsthandwerk. Und schau mal, die Augen.“ Er benetzte eins mit seiner Zunge und wandte sich zu mir um. „Rauchtopas, allerdings nur ein Halbedelstein, aber herrliche, makellose große Exemplare und prachtvoll geschliffen.“
Mein Vater blickte auf mich und ich auf das Pferd. Plötzlich glitt das Augenlid, das er mit seiner Zunge berührt hatte, über den Augapfel nach unten und schnellte danach wieder zurück. Es sah so aus, als hätte mir das Pferd zugezwinkert.
„Was ist los?“ fragte mein Vater und wandte sich

zum Pferd um. Aber die Pferdeaugen sahen aus wie immer. Er glaubte mir nicht. Aber als er das andere Augenlid mit seinem Finger berührte, blinzelte dies Auge ihn an.
„Ein toll ausgeklügelter Mechanismus, das muß ich sagen."
Mir wurde bange. Über dem ganzen Lamakloster schwebte ohnehin schon so eine gespenstische Atmosphäre – und nun auch noch das. „Komm her, und sieh dir das an", rief Vater von der anderen Seite des Pferdes und hielt eine Handkurbel hoch. Die sah so aus wie von einem Leierkasten oder von einer alten Kaffeemühle, nur viel größer, beinah zwei Fuß lang und sehr robust. Der Kurbelgriff hatte ein viereckiges Loch, das auf einen viereckigen Zapfen passen mußte. In der Mitte war der Griff gebogen wie der Buchstabe S. Beim Abtasten der Flanken stieß ich auf den Zapfen. Er ragte an der Seite des Tieres unterhalb des verrotteten Sattelendes deutlich hervor. Als Vater rüberkam, um die Kurbel aufzusetzen, stolperte er über etwas auf dem Fußboden, das klirrte. Einer der Steigbügel. Als Vater den Staub abgewischt hatte, glänzte er gelb.
„Gold", flüsterte er. Ich rieb den Staub von einer Sattelschnalle. Dasselbe.
„Wie mag das Pferd nur hierhergekommen sein?" fragte Vater verwundert. „Es ist ein Kunstwerk aus dem Mittleren Osten, das könnte ich schwören. Wie ist es nur in diese gottverlassene Gegend geraten, so weit von zu Hause?"
Im Licht von Vaters Taschenlampe glänzten die Hufe schwarz. Er bückte sich, um einen abzureiben, und sagte: „Hab ich mir's doch gedacht, Silber. Sogar abgenutzt, so als ob das Pferd damit gelaufen ist. Wer weiß, ob ..."
Mein Vater hielt inne und sah sich im gleichen

Augenblick um wie ich. Die Tür knarrte. Dann quietschte sie in den Angeln und schlug heftig zu. In meinem Kopf blitzte sofort das Bild von einem Schneemenschen auf, der uns da draußen mit einer zwei Meter langen Keule auflauerte, um uns zum Frühstück zu verspeisen.

Drittes Kapitel

Ich habe Vaters Bücher alle gelesen, und ich weiß, wie oft er sich in schwierigen Situationen befand. Aber jetzt erlebte ich ihn das erste Mal in Aktion. Und ich muß sagen, er imponierte mir wirklich. Ohne auch nur eine Sekunde zu zögern, riß er sein Gewehr von der Schulter und feuerte einen Schuß ab, mitten durch die Tür. Das Getöse im Felsinneren schmiß mich beinahe um, und ich konnte kein Wort von dem verstehen, was Vater mir zuschrie.
Als mein Schädel aufhörte zu brummen, hörte ich ihn sagen: „Gib mir Deckung mit deinem Gewehr, während ich die Tür aufstoße. Laß die Finger vom Abzug und mach keinen Unsinn. Schieß nicht, bevor du sicher bist, daß du mich nicht erwischst."
Er knipste die Taschenlampe aus. Dann klammerte er sich an einen vorstehenden Felsbrocken, gab der Tür einen kräftigen Stoß und wich sofort mit angelegtem Gewehr in die Höhle zurück. Wir spähten über den Felsvorsprung vor dem Tempel nach unten. Aber dort war nichts. Vater legte sich auf den Boden, kroch im Schatten einige Zentimeter vorwärts und suchte zuerst die eine und danach die andere Seite ab.
„Nichts zu sehen", sagte er, „muß der Wind gewesen sein. Aber es wird gleich dunkel, und wir sind hier nicht gerade in einer günstigen Lage. Das beste ist, wir brechen auf und holen gleich unsere Sachen.

Morgen werden wir uns das Ganze gründlich ansehen."
Er konnte es sich allerdings nicht verkneifen, auf unserem Weg nach unten einen argwöhnischen Blick in das Lamakloster zu werfen. Er wollte sich vergewissern, daß die Staubschicht noch unberührt war.
Also gut, es war der Wind, aber der Schock saß mir trotzdem in den Gliedern und machte mich ein bißchen unsicher. Ich wich Vater nicht von der Seite, als wir unsere Sachen aus dem Jeep holten. Dabei malte ich mir aus, wie schön es wäre, in Delhi zu sein. Mama käme ins Zimmer und gäbe mir einen Gutenachtkuß.
Wir schleppten unsere Schlafsäcke vorbei an den böse aussehenden Statuen mit ihren starren Augen, ihren Schweineschnauzen und Armen, die wie Spinnenfüße aus ihren Leibern herausstachen. Wir mußten zweimal gehen, bevor wir uns wohnlich eingerichtet, die Falltür verrammelt und unser Fenster mit einer großen verrotteten Decke aus der Gebetshalle verdunkelt hatten.
Es war pechschwarz. Wir schalteten unser Kofferradio ein und hörten die Mittagsnachrichten aus London, denn dort war heller Tag, und die Sonne schien.
Mein Vater kippte eine Büchse mit Schmorfleisch in den Topf, schmiß etwas Trockengemüse und eine Handvoll Kartoffelpulver dazu, und fertig war eine dicke, suppige Angelegenheit – äußerst zufriedenstellend. Vater sagte, es sei so etwas wie deutscher Eintopf. Mit diesem Essen im Bauch fragte ich mich, warum ich mich überhaupt gefürchtet hatte.
Nach dem Essen absolvierten wir unsere tägliche „Hygienepflicht", wie Vater es nannte. Zum Waschen machten wir uns das Quellwasser zunutze, das über den Felsen tröpfelte und über das Dach in eine

kleine Steinmulde geleitet wurde. Zuerst kamen wir dran und dann unsere Unterhosen und Socken. Meistens hängten wir sie über den Jeep, damit sie tagsüber trocknen konnten. Auf diese Weise wechselten wir täglich unsere Unterwäsche und die Strümpfe. Mein Vater meinte, das sei zwar immer wichtig, aber ein absolutes Muß auf anstrengenden Reisen. Man fühlt sich tatsächlich viel wohler.
Sobald sich der Wind gelegt hatte, herrschte Totenstille. Nur gelegentlich hörte man ein leichtes Knarren des Gebäudes.
Wenn die Sonne untergeht, wird es in einer Höhe von viertausend Metern schlagartig bitterkalt. Wir mummelten uns deswegen in unsere Pelzmäntel ein, bevor wir auf das Dach kletterten, um uns noch einmal umzugucken. Mein Vater rauchte seine letzte Pfeife vor dem Schlafengehen. Über uns hob sich die Milchstraße wie ein weißes Band vom Himmel ab, und alle Sterne erschienen uns zweimal so groß. Sie leuchteten viel heller, als wenn man sie von unten, dicht über dem Meeresspiegel, betrachtet.
Unter uns war alles stockfinster. Nicht einmal unseren Jeep konnten wir erkennen. Im Inneren dieser Felswände herrschte eine Ruhe und ein Friede, so tief, wie ich es nie für möglich gehalten hatte. Absolute Ruhe, kein Baum rauschte, nicht einmal ein Grashalm bewegte sich, und alles, was ich hören konnte, war mein eigener Atem und mein eigener Herzschlag.
Am nächsten Morgen besorgten wir uns zwei lange Bretter aus dem Lamakloster, schnitzten mit dem Messer drei Rollklötzer und rückten das Pferd allmählich nach draußen in den Sonnenschein. Nachdem wir den Sattel abgenommen hatten, entdeckten wir, daß ein großer Rückenabschnitt eine Art Futteral darstellte, mit einer schmalen Kerbe ringsherum

und einem Griff. Als wir den Deckel hochhoben, gab es einen Knacks. Da der Deckel an Scharnieren hing, konnten wir ohne weiteres hineinblicken. Wenigstens Vater; ich war zu klein.

„Das ist ein Fund“, sagte er. Ich stellte mir schon vor, es sei voller Schätze, weil im Lamakloster weiter nichts war als diese Statuen. Vater half mir hoch, und schon saß ich auf dem Rücken des Pferdes und spähte hinein. Aber ich sah nur eine Menge Zahnräder und eine große Metallfeder.

„Sieh dir bloß diese Zahnräder an, handgemacht, Jack“, sagte Vater, „die sind mehr als hundert Jahre alt. Womöglich sogar zweihundert. Und die Feder!“

Die Feder war gewaltig, wie eine ungeheure große Uhrfeder, die um die Hauptwelle läuft. Vater nahm die Kurbel und setzte sie auf den Wellenzapfen. Aber sie ließ sich nicht drehen. Wir holten uns daher die große Ölkanne aus dem Jeep und ölten alles sorgfältig durch. Danach versuchte Vater erneut die Kurbel zu drehen. Und diesmal bewegte sie sich.

Von der Vorderfront des Pferdes ertönte plötzlich ein merkwürdiges Pfeifen. Keine richtige Stimme, aber auch keine Pferdelaute. Es hörte sich an wie Worte aus einer fremden Sprache. „Es ist Mandarin-Chinesisch“, sagte mein Vater, „verdammt dem Peking-Dialekt ähnlich.“ Er hatte nämlich in seiner Jugend einige Jahre in Peking gearbeitet. Als er die Kurbel weiterdrehte, gab es plötzlich einen lauten Knacks. Danach war ein Klirren zu hören, das langsam in Vibrieren überging. „Feder gebrochen“, keuchte Vater. „Aber es ist noch genug Widerstand da, sie kann noch ein bißchen Arbeit leisten. Versuch du zu drehen, Jack, während ich zuhöre.“ Er zog sein Notizbuch hervor, und ich legte mich mit meinem ganzen Gewicht auf die Kurbel. Sie ließ sich nur sehr

langsam drehen. Vorne, im Kopf des Pferdes, begann es wieder zu schwirren, und danach kam die „Stimme“ wieder. Mein Vater schrieb alles in sein Buch. Aber schon nach wenigen Sekunden, sobald das gebrochene Ende der Feder abglitt, kam das Geklirre wieder. „Mach weiter, Jack“, sagte Vater, während er schrieb. Als die Feder zur Ruhe gekommen war, fing ich wieder an, die große Kurbel zu drehen. Dabei schnappte ich nach Luft vor Anstrengung, denn in dieser dünnen Atmosphäre in so großer Höhe bedeutet das Schwerarbeit. Auf Vaters Nase zeigten sich Schweißperlen, so aufgeregt war er.
„Das reicht“, sagte er endlich, „du kannst jetzt aufhören.“
„Kannst du es verstehen?“
„Das meiste, es ist ziemlich einfaches Chinesisch.“
Er streckte mir sein Notizbuch hin, und das ist, was er geschrieben hatte:

我叫银蹄馬。我会说话。
我能走能跑。格拉吉
斯坦最强大的君主命

„Was heißt das, Vater?“
Er begann zu übersetzen: „Mein Name ist Ying t'i Ma, das heißt ‚Pferd mit Silberhufen‘“, erklärte mir Vater. „Ich kann sprechen. Ich kann gehen und laufen. Ich wurde gemacht auf Befehl des mächtigsten Emir von Glazikstan als ein unterwürfiges Geschenk für den erhabensten mächtigsten Herrscher des Himmlischen Königreiches – das ist China“, sagte Vater – „als ein Zeichen des Beweises für die unzer-

trennbare Freundschaft zwischen unseren beiden großen Nationen. Ich bitte euch aufzusitzen und mich zu reiten."
Wir blickten uns stumm in die Augen. Das einzige, was ich herausbrachte, war: „Manometer!" Nicht gerade ein sehr geistreicher Kommentar.
„Wie zum Teufel, kann es sprechen", sagte mein Vater und fuchtelte mit seiner Taschenlampe innen im Pferdekopf herum; dabei schob er seinen eigenen so weit hinein wie möglich.
„Kleine Blasebälge", rief er in einer durch das Metall gedämpften Stimme. „Das Uhrwerk ist verblüffend. Hab noch nie etwas Derartiges gesehen. Kopf und Beine werden durch Hebel bedient."
Sein Kopf kam wieder zum Vorschein.
„Das ist die Entdeckung des Jahrhunderts. Bestimmt ein Vermögen wert. Wenn wir es doch bloß mit nach Hause nehmen könnten."
Er versuchte wieder die Kurbel herumzudrehen. Diesmal rührte sich überhaupt nichts. Das Öl war zu dem gebrochenen Ende der Feder durchgesickert, und die Zahnräder faßten nicht mehr, sie knackten nur bei jeder Umdrehung.
„Können wir nicht zurückgehen und einen Lastwagen organisieren?"
„Was redest du da, nach der Propaganda, die man für unsere Forschungsreise und um die Schneemenschen gemacht hat? Die halbe Welt würde uns nachschnüffeln, um herauszukriegen, was wir gefunden haben." Er schwieg eine Weile. „Aber vielleicht bleibt uns nichts anderes übrig. Doch nicht jetzt. Ich möchte bloß wissen ..."
Er stand lange da, auf einem Fleck, das Kinn in die Handfläche gestützt, und zog nachdenklich an seiner leeren Pfeife, schwang sich auf den Rumpf des Pferdes, studierte das Innere von allen Seiten und

kletterte wieder herunter.
An der Art, wie er seine Augen zusammenkniff und vor sich hin nickte, während er sich die Pfeife stopfte, erkannte ich, daß in seinem Kopf irgendeine großartige Idee brodelte. Auf einmal, ohne etwas zu sagen, gab er sich einen Ruck und marschierte auf den Jeep zu. Ich folgte im Laufschritt, um ja nichts zu versäumen.
Er öffnete die Haube und guckte in jeden Winkel. Danach rieb er sich die Hände und zündete die Pfeife wieder an. Er gestikulierte mit den Händen in der Luft – er schien etwas auszumessen –, spähte erneut unter die Haube, setzte sich schließlich auf den Fahrersitz und brütete.
Mir blieb nichts anderes übrig, als abzuwarten. Endlich! Er kletterte aus dem Jeep heraus, guckte noch mal unter die Haube, puffte mir gegen den Rücken und sagte: „Wir werden es versuchen, Jack. Wir werden es versuchen. Der Jeep ist hin – kaputt –, aber da drin ist ein tadelloser Starter, Batterie im Überfluß, ganz zu schweigen von dem Batterieladegerät. Weißt du, Jack, ich sage dir, es wird nicht einfach sein, vielleicht sogar unmöglich – aber wenn es uns gelänge, den Motor anstelle dieses altertümlichen Uhrwerks in das Pferd einzubauen, vielleicht brächten wir es zuwege, daß das Pferd zurücklaufen kann und etwas von unserer Ausrüstung trägt."
„Das ist eine Idee, einfach toll", rief ich aus. „Phantastisch!"
Ich tanzte um den Jeep herum und warf mich in Vaters Arme, um mich zu beruhigen. Doch plötzlich durchfuhr mich ein Gedanke. „Aber dann kann es doch jeder sehen, und ich dachte, das wolltest du gerade vermeiden?"
„Kommt drauf an", antwortete Vater grinsend. „Nach meinem Plan würden wir eine drahtlose

Nachricht an Jim Grump" (das war sein Freund, der Reuterkorrespondent in New Delhi) „funken, und wenn du und ich mit dem Pferd durch die Berge nach unten marschieren, werden wir dort umringt werden von Blitzgeräten, Fotolinsen, surrenden Fernsehkameras und Mikrophonen, die man uns unter die Nase schiebt. Ich sage dir, Jack, es wäre der Knüller des Jahrhunderts, die Sensation für alle Zeitungen – ganz unabhängig davon, wieviel das Pferd selbst wert sein mag."

„Waaaas", fragte ich enttäuscht, „du würdest es doch nicht etwa verkaufen?"

„Kommt auch drauf an, Jack. Aber noch sind wir nicht da. Wir wollen uns lieber an die Arbeit machen, als ungelegte Eier zählen."

Wenn Vater erst mal etwas anfängt, ist er nicht mehr zu halten. Im Handumdrehen kam die Werkzeugkiste zum Vorschein. Dann war er unter dem Jeep verschwunden und baute den Anlasser aus.

Viertes Kapitel

Mein Vater sagte, ich dürfte ihm helfen. Ich glaube, er meinte es sogar ehrlich damit. Aber worauf es hinauslief, war, Dinge vom Jeep zu holen, etwas zu halten, herumzustehen oder herumzuhocken, während er bis zu den Ellenbogen im Leib des Pferdes steckte!

Ich durfte ihn fluchen hören, wenn er sich auf die Finger schlug oder wenn sonst irgend etwas schiefging.

Manchmal warf er die Werkzeuge weg, zündete sich seine Pfeife an und sagte, er glaube, es sei unmöglich. Zum Beispiel hätten die Kunsthandwerker das Pferd rund um den Uhrwerkmotor zusammengebaut, statt den Motor in das Pferd einzupassen, er-

klärte er mir. Daher hätte er eine Menge Extra-Schereien. Er mußte das Fahrgestell des Anhängers auseinandernehmen und Träger einbauen, um den altertümlichen Mechanismus herauszuholen und verankern zu können. Und mir halste man natürlich die langweiligsten Aufträge auf, wie zum Beispiel L-Profile zu schneiden und zu bohren.
Eines Tages gingen wir auf die Jagd, um unsere Reserven zu schonen, wie mein Vater es ausdrückte. Aber ich glaube eher, weil er mit seiner Arbeit an einem toten Punkt angelangt war. Wir schossen eine Gazelle, häuteten sie und hängten sie in den Schatten. Danach übernahm ich die Kocherei. Das machte das Leben wenigstens etwas interessanter, obwohl ich nicht allzu gut kochen konnte. Gewöhnlich gab es Koteletts zum Frühstück, Steaks zum Abendbrot und manchmal Schmorfleisch, sehr langsam auf schwelendem Yakdungfeuer zubereitet.
Als wir die Gazelle verspeist hatten, oder zumindest die besten Stücke, sagte Vater, der mitten in einem aufregenden und komplizierten Arbeitsabschnitt steckte: „Warum versuchst du nicht, uns etwas Eßbares zu besorgen?“
Ich war sofort Feuer und Flamme. „Aber verlier unser Tal nicht aus den Augen“, fügte er hinzu.
Ich nahm mein Gewehr und stiefelte los, von unserem Tal in das nächste. Ich fühlte mich ziemlich verlassen, als ich so dastand in der weiten Ebene. Von einem Paß zum anderen waren es mindestens drei Meilen. Die weite Fläche, eben wie ein Billardtisch, war über und über mit hartem Gras, Mini-Edelweiß und winzigen Blumen bedeckt. Diese verkümmerten Abbilder allgemein bekannter Blumen, wie es zum Beispiel das Vergißmeinnicht ist, besaßen Blüten von der Größe eines Sandkorns. Alle diese weiten Ebenen sind ehemalige Seebetten, und diese war

nach Aussage unserer Instrumente fast fünftausend Meter hoch. Sie war ringsherum von Bergen umgeben, die einem in dieser Höhe ziemlich klein erschienen. Höchstens achthundert bis tausend Meter höher als die Stelle, wo ich stand. Aber sie hatten natürlich Gipfel, die waren etwa siebentausend Meter über dem Meeresspiegel. Ihre Spitzen waren nichts als nackter Fels und Geröll. Kein Lüftchen regte sich. Und die Einsamkeit war so erdrückend, daß ich mir ausmalte, wie es sein müßte, als erster Mensch auf dem Mond zu landen. Jenseits dieser Berge sah ich die viel, viel höheren Gebirge, in denen der Schnee niemals schmilzt. Sie glitzerten im ewigen Schnee und Eis, für immer weiß und still. Wahrscheinlich hatte sie noch nie ein Mensch betreten, die Schneemenschen natürlich ausgenommen.
Wir waren fast schwarz gebrannt von der Sonne, deren Strahlen voller Kraft durch die dünne Luft auf uns herniederprallten. Die Haut auf meiner Nase hatte sich so oft geschält, daß sie blutete. Um sie zu schützen, blieb mir nichts weiter übrig, als sie mit kleinen Papierfetzen zu bepflastern. Aber sobald wir in den Schatten überwechselten, schnitt die kalte Luft wie eine Klinge, und wir mußten eilig in unsere Schaffelljacken schlüpfen.
Inzwischen hatte sich mein Körper an die Höhenluft gewöhnt. Ich konnte jetzt genauso schnell rennen und klettern wie unten, auf dem flachen Land. Vater meinte, ich sei viel besser dran als er, weil ich jünger war und mich schneller anpassen konnte. Und dabei war ich dauernd hungrig.
Ich wollte für mein Leben gern das andere Ende der Ebene sehen. Leise pirschte ich mich, immer am unteren Ende des Bergfußes entlang, in weitem Bogen vorwärts. Dabei suchten meine Augen die Felswände nach Höhlen ab, denn in ihnen konnten sich

Schneeleoparden verbergen, und die sind sehr gefährlich. Es dauerte eine Ewigkeit.
Endlich hatte ich den Paß erreicht, der am Talende die Felswand durchschnitt. Jeden Augenblick mußte die lang ersehnte Stelle kommen, die dem Auge eine völlig neue Landschaft erschließt. Da hörte ich ein lautes Getrappel, und plötzlich sprang ein Hirsch in vollem Galopp auf mich zu, wich zur Seite und rannte zwischen den Felsen entlang und entschwand meinen Augen. Er hatte ein verkrüppeltes Geweih. Ich duckte mich hinter einem Felsen und versuchte, das Tier zu erspähen, das sich irgendwo unten sehr ruhig verhielt. In dem Moment, als ich hinter dem Felsen hervorkroch, um es aufzuspüren, schoß mir ein Gedanke durch den Kopf. Warum war das Tier so gerast? Es schien erschreckt worden zu sein. Und sofort dachte ich an Schneeleoparden oder Wölfe.
Aber es geschah nichts. Ich war gerade drauf und dran, den Hirsch anzupirschen, da drang ein Geräusch aus derselben Richtung, aus der das Tier gekommen war, an mein Ohr. Es war ein sehr mattes Geräusch, aber hörbar in der tiefen Stille. Während ich ängstlich horchte, den Finger am Abzug, drang das Klapp-Klapp von Pferdehufen, die auf den felsigen Boden des Passes aufschlugen, an mein Ohr.
Pferde, also Menschen … Das war beruhigend. Ich hatte an gefährliche wilde Tiere gedacht. Eine Sekunde später kam auch schon der erste Reiter um die Ecke und einen Augenblick später der zweite, danach der dritte. Es waren sieben. Alle saßen auf herrlichen Tieren, deren breitgewölbte Brustkörbe genügend Atemraum hatten, um einen Mann zu tragen und dabei gleichzeitig ein paar schwierige Meilen zu galoppieren. Und das in dieser Höhe! In meiner Erleichterung wäre ich am liebsten herausgesprungen

und auf sie zugeeilt. Dann dachte ich an meinen Vater und an das Bronzepferd. Er würde bestimmt schrecklich böse sein, wenn irgend etwas rauskäme, bevor er fertig war. Was hat ein abendländischer Junge hier ganz allein zu suchen, würden sie fragen. Ich käme nicht umhin, meinen Vater zu erwähnen. Und man stelle sich vor, sie wollten ihn womöglich besuchen.

Unentschlossen blieb ich, wo ich war. In einer Gruppe zusammengedrängt, hielten sie, gleich nachdem sie den Paß durchquert hatten, an. Als ich sah, was das für eine schurkische Bande war, kauerte ich mich noch enger zusammen und dankte meinem guten Stern, daß mein erstes Gefühl nicht die Oberhand gewonnen hatte.

Im Himalaja-Gebirge, wo außer Leibeigenen und Sklaven jedermann ein Pferd reitet, gewöhnt man sich an finster aussehende Gestalten. Sie sind meist in Schaffell und Handgewebtes eingehüllt, Gewehre über der Schulter und kurze Schwerter über dem Bauch. Sie reiten wie der Teufel, so, als ob sie auf dem Pferderücken geboren wären.

Aber es umgab sie eine üble Luft. Der Mann, der an ihrer Spitze ritt, war wie ein Mönch gekleidet, eingehüllt in das weinrote wollene Tuch der Lamaklöster. Wie üblich war ein Arm – kräftig und sehr dreckig – bis zur Schulter entblößt.

Die Haare auf seinem Kopf stachen hervor wie die Stacheln eines Igels. Sie hatten auch etwa die gleiche Länge. Darunter verbarg sich ein grobes Gesicht, das offensichtlich Spuren von Schlägereien trug. Es sah sehr groß aus, mit hohen Backenknochen und Schlitzaugen, einer plattgedrückten Nase, dicken, fleischigen Lippen und einem sehr mürrischen Zug um den Mund. An den Backenknochen war sein Gesicht mit Ruß geschwärzt, genau wie das einiger Poli-

zeimönche der großen Lamaklöster. Und wie diese trug er dicke Wattepolster unter seiner Toga, um seine Schultern extrem breit erscheinen zu lassen. Das alles verstärkte noch das ohnehin Schreckeneinflößende seiner Erscheinung. Aber selbst ohne die Wattierung konnte man auf einen großen und kräftig gebauten Mann schließen. An einer Seite seines Sattelknopfes hing ein sehr gutes Gewehr und am Sattelende eine lange Mauser-Pistole in einer hölzernen Tasche. Auf der linken Seite baumelte ein viereckiger, mit Messing verzierter Eisenstab. Normalerweise wurde dieser nur von den sogenannten „kämpfenden Mönchen des Ordens vom Eisenstab" getragen. Das sind die meistgehaßten und gefürchtetsten unter den Mönchspolizisten der Lamaklöster.

Ich lag auf dem Boden und spähte durch ein Grasbüschel auf diese Gestalten. Der Mönch hob ein Fernglas von seiner Brust an die Augen. So verharrte er lange, auf seinem schönen, kastanienbraunen Pferd sitzend, und suchte das ganze Tal und die Berge ringsherum ab.

Die anderen sechs verhielten sich ruhig. Einige zündeten sich eine Zigarette an, andere nahmen die übliche Mischung von Schnupftabak und Weihrauchasche zu sich. Die Asche mit ihrer heiligen Essenz war dazu bestimmt, die Sünde, Tabak zu benutzen, wieder aufzuheben.

Fromm mögen sie gewesen sein, doch sehr bedrohlich. Alle waren verschieden angezogen. Einer trug ein Schaffell nach innen, der andere nach außen. Einer hatte sich eine schmutzige, besudelte, einst sehr kostbare Seidenbrokatrobe über eine Steppjacke geworfen, ein anderer hatte etwas schwarzes Handgewebtes aus ungeblichener Yakwolle an und ein anderer ein Gewand aus wattierter Seide. Alle steckten sie in kniehohen Stiefeln aus Leder oder

handgewebter Wolle. Ihre verwegenen Hüte waren aus Pelz. Sie trugen langes geflochtenes Haar, das den einen über die Ohren herunterhing, den anderen um den Kopf gewunden war.
Ihre Pferde und Waffen waren genauso gut – oder fast so gut – wie die des Mönchs. Die meisten schienen auch Pistolen bei sich zu tragen. In ihrem Verhalten lag etwas Verstohlenes, so als ob sie nicht gesehen sein wollten, selbst nicht in dieser gottverlassenen Gegend.
Meine Kehle wurde trocken vor Angst, als sich der Mönch plötzlich aus dem Sattel schwang und langsam, aber sicher, anscheinend mit einem Plan, auf den Felsen zukam, hinter dem ich mich verbarg. Während ich nach meinem Gewehr griff, versuchte ich mich zu entscheiden, ob ich zuerst schießen oder schreien sollte. Ich konnte mir nicht vorstellen, daß ich fähig war, einen Menschen zu erschießen. Und immerhin hatte ich auch keinen Grund, ganz abgesehen von meiner unbestätigten Annahme, es handele sich um Schurken. Ich atmete ziemlich schnell, als sich der Mönch näherte. Er aber hob nur seine Röcke hoch und hockte sich nieder, um sein Geschäft zu erledigen. Während die anderen warteten, rauchten oder eine Prise Schnupftabak nahmen und ganz offensichtlich über den Mönch spöttelten. Er erhob sich, und danach ritten sie alle hinunter ins Tal, genau in Richtung unseres kleinen Lamaklosters.
Ich rührte mich nicht von der Stelle, denn ich besaß einen heillosen Respekt vor dem Fernglas des Mönchs. Meine Augen verfolgten die Schurken so lange, bis ich mich vergewisserte, daß sie nicht die Absicht hatten, nach links in unser kleines Tal einzubiegen. Ihre Gestalten wurden allmählich kleiner und kleiner, und ich konnte sie kaum noch erkennen, als sie durch die Berge am anderen Ende des

Tales davonzogen und schließlich völlig aus meiner Sicht entschwanden.
Mein Hirsch mit dem verkrüppelten Geweih war längst die Felsen emporgestiegen, während ich tatenlos dasaß und ihn beobachtete und nicht wagte, einen Schuß zu riskieren.
Nachdem ich eine ganze Weile verstreichen ließ, hastete ich an den Bergausläufern entlang in unser Tal zurück. Und dort saß mein Vater im Sonnenschein und rauchte seine Pfeife.
„Hast nichts zu essen mitgebracht, wie ich sehe", sagte er, um mich zu necken, und grinste. Aber dann mußte er meine Aufregung und Röte im Gesicht bemerkt haben. „Hee, hallo, alter Junge, was ist los?" fragte er.
Ich erzählte.
Er stellte ein paar Fragen, besonders über den Mönch. Und dann saß er da, rauchte seine Pfeife und starrte ernst vor sich hin.
„Das Ganze gefällt mir ganz und gar nicht, mein Freund", sagte Vater mit gerunzelter Stirn. „Es gefällt mir ganz und gar nicht. Ausgerechnet auf diese Leute müssen wir stoßen."
„Weißt du, wer sie sind?"
„Fürchte ja, und wenn du die Zeitungen lesen würdest, wüßtest du es auch. Dies ist eine Banditenbande, die gefürchtet ist von Assam bis Kashmir. Der Lama, den du gesehen hast, heißt Jaltsolin. Er ist ein ehemaliger Mönchspolizist, ein Mönch des kämpfenden Ordens vom Eisenstab aus dem Tashi-Lunpo-Kloster in Shigatse, dort, wo der Panschen Lama lebt. Vor ein paar Jahren hat er einen Abt ermordet und ist mit sehr viel Gold und Opium geflohen. Danach hat er eine Bande mit einigen der schlimmsten Meuchelmörder des Himalaja um sich geschart. Sie tauchen fortwährend in entlegenen Ge-

genden auf, überfallen Zugtier-Karawanen, rauben kleine Klöster aus, fallen in Städte ein und terrorisieren die Leute, während sie ihre Beute verkaufen. Es sind richtige Totschläger."
„Hm, aber sie sind weg", sagte ich, um mir selbst ein bißchen Mut zu machen.
„Hm!" Vater nickte. „Was mich beunruhigt, ist, daß sie überhaupt hier aufgetaucht sind. In einer der entlegensten Gegenden der Welt. Karawanen benutzen diesen Weg nicht. Das Gras ist schlecht, und Hirten ziehen deshalb auch nicht hierher. Ich nehme an, die Bande hat ihr Hauptquartier hier.
Und das wird uns die Suche nach den Schneemenschen nicht gerade erleichtern."
„Aber wenn die Banditen wirklich ihr Hauptlager in diesem Gebiet haben, dann ist doch das ein Knüller, um den sich die Zeitungen reißen werden, stimmt's?"
Vater lachte und sagte, ich hätte das Zeug für einen Journalisten. Dann klapste er dem Bronzepferd eins aufs Hinterteil und sagte so ganz nebenbei, als ob es nichts Besonderes wäre: „Übrigens, Silberhuf kann laufen."
Ich starrte zuerst auf ihn und danach auf das Pferd, zu mehr war ich nicht fähig.
„Neinnnnnn", sagte ich nach einer Weile.
Aus dem großen Loch im Rücken des Pferdes hingen zwei Drähte heraus, deren Enden in einem Schalter vom Armaturenbrett des Jeeps mündeten. Vater hielt den Schalter in der Hand und schaltete ein.
Und das Pferd fing an zu laufen.
Es war unheimlich, angsteinflößend, als das große grüne Pferd seine Beine hochhob und wieder auf den Boden setzte, eines nach dem anderen, ruckartig, genau so wie die kleinen Strichmännchen, die ich in die Ecke meiner Schulbücher zeichnete und die sich zu

bewegen schienen, sobald ich die Seiten umschnellte. Wie Trickfilmzeichnungen.
Und zur gleichen Zeit fing es an zu sprechen, in dieser merkwürdigen, pfeifenden Stimme.
„Kleine Überraschung, was?" Vater konnte seinen Stolz nicht verbergen und schaltete wieder ab. Das Pferd stand still.
„Das wird ein Artikel, sage ich dir, der kann sich sehen lassen", sagte er, vergnügt über den Schock, den er mir verpaßt hatte. „Ein Artikel wird das, verlaß dich drauf. Im Augenblick ist das Ganze zwar noch ein bißchen unpraktisch. Aber wozu haben wir auf dem Jeepdach eine fotoelektrische Batterie und dazu den neuen Transformator? Und ich habe noch so ein paar Ideen in petto. Ich sage dir, Jack, wenn es uns gelingt, das Pferd zurückzutransportieren in die Zivilisation, sind wir gemachte Leute, das weiß ich genau. Aber jetzt habe ich erst mal einen Bärenhunger."
Bisher war kein Wort über meine Lippen gekommen. Es hatte mir die Sprache verschlagen, als ich das Pferd laufen sah. Aber jetzt fragte ich ihn, als er sich umwandte, um zum Tempel zu gehen: „Ist es nicht zu riskant, ihn hier die ganze Nacht alleine zu lassen?"
Mein Vater blickte sich um. „Was soll dabei riskant sein?"
„Jjja, er ...", ich war ein wenig verlegen. „Nimm an, er läuft über Nacht davon."
Mein Vater fing an zu lachen und kratzte sich am Kopf.
„Vielleicht hast du recht, Jack. Stell dir vor, der Tau würde Kurzschluß im Schalter verursachen. Ich werd doch lieber die Batterieleitungen abklemmen", sagte er.
Er lehnte sich in das Pferd hinein und zog die Kabel

heraus. Während er es tat, hatte ich irgendwie das Gefühl, als ob sich das Pferd auf eine gewisse Art veränderte. Er erschien mir nicht mehr so „lebendig“.

Fünftes Kapitel

Am nächsten Morgen war es noch stockdunkel, als mich jemand an der Schulter rüttelte. Mein Vater beugte sich über mich und sagte: „Steh auf, Morgenstunde hat Gold im Munde. Wir gehen aus.“
Es war bitterkalt, mein Atem stand weiß in der Luft. Ich versuchte mich wieder in den Schlaf zu kuscheln. Aber Vater schüttelte mich ein zweites Mal und sagte, ich solle mich sputen.
„Brauchst dich jetzt nicht zu waschen, hat Zeit, bis wir zurück sind. Bin unruhig wegen dieser Banditen. Stell dir vor, sie fänden die Stelle, wo wir mit dem Jeep steckengeblieben sind. Wer weiß, vielleicht suchen sie bereits die Gegend nach uns ab. Wir müssen das herausfinden.“
Als ich aus meinem Schlafsack herauskrabbelte, war mir nicht klar, ob ich vor Angst oder vor Kälte zitterte. Mein Vater trug seine beiden Gewehre bei sich, die Coltbüchse und seinen Karabiner, und ich mußte meine Coltbüchse und eine Menge Expreßpatronen mitnehmen. Jeder aß ein Stück Schokolade, und los ging's. Es war Vollmond, er stand ziemlich weit unten am Horizont. Und in der Luft lag bereits ein Schimmer der aufsteigenden Dämmerung. Alles war mit dickem Rauhreif bedeckt. Silberhuf glitzerte strahlend weiß in dem blaßblauen Mondlicht. Knirschenden Rauhreif unter den Füßen, durchkreuzten wir das kleine Tal. Hinter dem tiefen Purpur tauchte der erste mattrote Streifen auf, und als wir hinaustraten in das große Tal, erglühten

die entfernten Schneeberge rosa. Am Talausgang hasteten wir eilig um die Ecke und hinauf auf den Paß. Als wir oben ankamen, begann es gerade zu dämmern. Daher versteckten wir uns an einer Stelle, von der aus wir das andere Tal übersehen konnten, und warteten. Im Tal selbst hatte niemand gezeltet. Aber die Banditen trugen kaum Gepäck bei sich, soweit ich mich erinnern konnte. Sie würden also zweifellos in Höhlen schlafen, falls sie überhaupt im Freien kampierten. Sobald wir alles deutlich erkennen konnten, stand fest, daß nirgendwo Pferde waren. So wanderten wir ins Tal hinein und folgten der Spur der Banditen, bis wir die Stelle erreichten, wo das mit dem Jeep passiert war. Aber die Schurken schienen Weg und Steg genau zu kennen. Sie hatten den Fluß an einer seichten Furt überquert, statt wie ich an der tiefen Stelle.

„Glück gehabt", sagte mein Vater und wanderte mit mir den Fluß entlang bis zu dem Punkt, wo er den Jeep zusammengeflickt hatte. Einige Spuren davon waren noch da, eine Öllache, kleine Metallreste und eine leere Plastbüchse. Wir beseitigten schnell alle Spuren. Auf dem Rückweg folgten wir unserem langen Schatten in Richtung Westen.

Plötzlich fühlte ich Vaters Hand auf meinem Arm und blieb stehen. Gelassen hob er sein Gewehr, sehr geschmeidig und langsam. Ich blickte in die gleiche Richtung, ohne etwas zu bemerken. Er stand eine Zeitlang wie ein Baum, seine Augen klebten förmlich am Zielfernrohr. Als er auf den Abzug drückte, nahm ich nicht einmal diese Bewegung wahr. Deswegen erschreckte mich der Schuß.

„Verdammt", hörte ich Vater sagen, und schon ertönte ein gräßliches Geräusch, ein Mittelding zwischen dem Knurren einer Katze und dem Krächzen einer elektrischen Säge. Und dann sah ich sie – eine riesengroße gesprenkelte Katze mit weißen Fellbüscheln an Ohren und Schnauze und mit gieriger Angriffslust in den Augen. Aus weitgeöffnetem rotem Rachen fauchte sie mich an. Ich war wie gelähmt vor Erstaunen und Unentschlossenheit.

Aber Vater trat vor mich, lud neu durch und schob eine lange Expreßpatrone in den Lauf. Seine Hände arbeiteten wie die eines Zauberers. Im Bruchteil einer Sekunde zielte er und feuerte wieder, gerade als der Schneeleopard an dem rauhen Gras hochsprang und uns anging. Das Tier fiel auch beim zweiten Schuß nicht zu Boden, und ich sah Vater zu dem Patronengurt greifen. Wir feuerten beide zur gleichen Zeit, gerade in dem Moment, in dem die Katze sprang und Vater und mich zu Boden warf. Mein Gewehr und der Leopard rollten über uns hinweg.

Mein Vater war als erster wieder auf den Beinen und stieß eine neue Patrone in den Lauf, bevor er auf das zuckende Tier losging. Aber es war schon tot – getötet, als es in die Höhe sprang –, entweder durch meinen oder durch seinen Schuß.

„Deiner Mutter erzählen wir lieber nichts von dieser Sache", sagte er und grinste erleichtert. „Sie würde dich bestimmt nie mehr mit mir spazierengehen lassen und schon gar nicht in den Zoo."

Dann tätschelte er meine Schulter und sagte: „Hast dich famos geschlagen, Jack. Ist gar nicht so einfach, die Nerven zu behalten, wenn ein gefährliches Tier direkt auf einen zukommt. Ich muß es mit meinem ersten Schuß verwundet haben, sonst hätte es uns niemals angegriffen. Ich war dumm. Ich schoß, ohne mein Ziel richtig erfaßt zu haben.

Aber laß es dir eine Lehre sein, mein Junge", fuhr er fort, „wenn so was passiert, ist deine einzige Rettung, stillzustehen, dich nicht von der Stelle zu rühren und pausenlos zu feuern. Ein angreifendes Tier

ist durch Schüsse, die es nicht auf der Stelle töten, nicht zu halten. Es hängt daher sehr viel davon ab, daß du die Nerven behältst, die Waffe hintereinander lädst und schießt. Und vor allen Dingen, niemals laufen. Komm, sehen wir's uns an."
Es war ein prächtiges Tier. Sein Fell hätte zu Hause auf unserem Fußboden phantastisch ausgesehen. Aber wir ließen es liegen. Vater untersuchte das Fell und entdeckte vier Wunden. Das bedeutete, daß mein eigener Schuß vielleicht der entscheidende gewesen war, der, der uns gerettet hatte. Mir schwoll natürlich die Brust. Ich fragte meinen Vater: „Wenn das so wichtig ist, schnell zu schießen, warum haben wir dann keine Maschinenpistolen?"
Vater schmunzelte.
„Ich meine", fuhr ich fort, „man braucht nur zu zielen und den Finger am Abzug zu halten. Und ein Expreßgewehr nachzuladen dauert so lange."
„Da hast du recht, Jack", sagte er, „die Kugeln sind viel schneller und schwerer, das ist der Unterschied. Damit kann man natürlich ein angreifendes Tier aufhalten. Und der Zweck, so eine große Waffe zu benutzen, ist, das Tier einfach fertigzumachen, denn in solchem Fall kann man nicht genau zielen. Hättest du nun aber mit einer Maschinenpistole auf den Leoparden wild drauflosgeschossen, während er rannte, wäre er mit größter Wahrscheinlichkeit verreckt..."
Er hielt inne, und ich unterbrach ihn. „Das ist es ja, was ich meine."
„...letzten Endes", beendete Vater seinen Satz. „Aber du würdest mit größter Wahrscheinlichkeit zuerst ins Gras beißen. Danach würde sich der Leopard in wahnsinnigen Schmerzen winden und langsam krepieren, vielleicht an Wundbrand. Das Ganze wäre grausam gegenüber dem Tier und verhängnis-

voll für dich", sagte er und schmunzelte. „Überhaupt, wenn du Tiere erschießt, egal ob für den Kochtopf oder als Selbstverteidigung, mußt du es weidgerecht tun."
Wie wir feststellten, hatte der Leopard gerade gefressen. Er hatte denselben Hirsch getötet, der vor den Banditen geflohen war, den mit dem verkrüppelten Geweih, und gerade hatte er begonnen, ihn zu verspeisen. Wir schleppten soviel wir nur konnten mit zurück von dem noch warmen Wildbret, ohne Vaters Lieblingsgericht, die Leber, zu vergessen. Als wir zurückkamen, begann die Sonne gerade das kleine Tal mit den steilen Wänden zu erwärmen. Nach dem Frühstück machte sich Vater sofort wieder an dem Pferd zu schaffen. Er schuftete tagelang vom ersten Lichtstrahl, bis es zu dunkel war, um weiterzumachen. Ich versuchte zwar zu begreifen, was er tat, aber es ging einfach über meinen Verstand. Er hatte fast alles aus dem Jeep ausgebaut, das kleine Elektronengehirn, die winzigen Radar- und Fotozellen, die Batterien und den fotoelektrischen Energiewandler mit seinen Tausenden von Zellen. Meist hockte er auf dem Fußboden oder oben auf dem Pferd, von dem ganzen Krimskrams umgeben, und schnitt, montierte ein, lötete, und nicht gerade selten fluchte er. Ich langweilte mich natürlich schrecklich. Aber er wollte keine Minute vergeuden und mir womöglich jeden Handgriff erklären, gerade wenn er wie besessen bei der Arbeit war.
Als ich ihn fragte, warum er sich soviel Mühe machte, da das Pferd ohnehin laufen könne, antwortete er: „Dies Tier ist eine Art Spielzeug, es ist gebaut, um sich auf ebener Erde vorwärts zu bewegen. Und das nützt uns herzlich wenig hier auf diesem felsigen Boden mitten in den Bergen."
Langsam, aber sicher verschwand die gesamte Aus-

rüstung im Bauch des Pferdes. Und eines Mittags eröffnete Vater mir, er sei fast fertig. „Da ist sowieso kein Platz mehr, nicht mal für eine Stecknadel. Silberhuf ist vollgestopft mit Transistorgeräten, einem Elektronenhirn, Speicherbatterien, Radar- und Fotozellen, einem Tonbandgerät und einer Sende- und Empfangsanlage."
Er klapste dem Pferd eins hintendrauf.
„Meine größte Angst ist, ob die alten Bronzegetriebe dem ganzen Trubel gewachsen sind."
„Morgen werd ich es testen, bevor ich alles anschließe, und inzwischen kann es noch mal voll aufgeladen werden."
Er schuftete am nächsten Tag wie ein Irrer. Er testete alles und prüfte jeden Anschluß. Es war schon dunkel, als er endlich fertig war. Und zur Sicherheit klemmte er die Hauptleitung ab.
Silberhuf stand mit gewölbtem Nacken und geblähten Nüstern da. Er sah sehr stolz aus. Wenn die Sonne in seine Topasaugen schien, sah man hinter dem einen die winzige Radarantenne und hinter dem anderen die Honigwabe der Fotozelle.
Vater schlief hundsmiserabel, denn am nächsten Tag sollte seine große Stunde schlagen, in der sich entscheiden würde, ob er seine Zeit verplempert hatte oder nicht.
Wir waren beide ganz früh auf den Beinen. Silberhuf war mit dickem glitzerndem Rauhreif bedeckt. Er war wunderschön anzusehen. Die Gelenke in seinem Körper waren so ausgeklügelt angebracht, besonders an seinem gewölbten Nacken, daß man sie kaum bemerkte. In einem Augenblick, an dem Vater an einem toten Punkt angekommen war, hatte er Silberhufs Hufe geputzt. Jetzt funkelten sie matt durch den Rauhreif.
Ich stellte draußen den Kocher auf und machte das

Frühstück, während Vater, nervös bis zum äußersten, die Kabel wieder anschloß und alles startklar machte.

„Jetzt frühstücken wir erst mal in aller Ruhe, Jack. Und dann, wenn die Sonne aufgeht und alles ein bißchen erwärmt hat, ist der große Augenblick da."

Dann schwärmte er wieder davon, wie wunderbar es sein würde, wenn wir dieses antike Bronzepferd nach London, Paris und New York bringen könnten.

Wer weiß, vielleicht könnten wir es sogar in Moskau zur Schau stellen. Zuerst kämen all die Zeitungsartikel dran, und dann würde er ein Buch schreiben. Es würde natürlich ein Bestseller, und danach würde Silberhuf im Fernsehen und in Filmen auftreten.

„Aber das sind natürlich nur die großen Rosinen im Kuchen, Jack", murmelte er berauscht.

„Aber danach, und zwar jahrelang, kann das Pferd auf Tournee gehen, durch die ganze Welt. Ein schreitendes Pferd, zweihundert Jahre alt. Wer würde kein Geld ausgeben, um das zu sehen?"

Ich lauschte Vaters Worten, und dabei blickte ich Silberhuf an. Der Rauhreif an seinem edlen Kopf begann zu schmelzen, und während ich ihn beobachtete, sickerten ein paar glitzernde Tropfen herunter und sammelten sich in den Ecken seiner Topasaugen. Sie sahen aus wie Tränen.

Sechstes Kapitel

Es sei weiter nichts mehr zu tun, sagte Vater, als den positiven Pol an der Brust des Pferdes zu erden, dann würde die ganze Anlage funktionieren. Silberhuf stand majestätisch da in seiner türkisgrünen Patina, und das Licht funkelte aus Tausenden von Augen in dem fotoelektrischen Energiewandler.

Ich hielt den Atem an, als die letzte Verbindung hergestellt war. Sobald der Motor anfing zu laufen, hörte ich ein schwaches Schwirren, nicht einmal so laut wie das Rauschen eines Tonbandes.
Doch es geschah nichts.
Vater grunzte. Er sah beunruhigt und verwirrt aus.
Er lief um das Pferd herum und sagte: „Der Motor läuft, es muß sich bewegen."
Dann versetzte er Silberhuf einen leichten Klaps aufs Hinterteil und redete ihm gut zu: „Na komm schon, alter Junge, warum fängst du nicht an zu laufen?"
Es war, als ob das Pferd ihn verstanden hätte. Plötzlich lief es los, ganz langsam und geradeaus, bis an das Ende der schrägen Auffahrt vor dem Kloster und dann den Abhang die Stufen hinunter.
Silberhuf marschierte ganz sicher nach unten und stolperte auch nicht bei den Stufen. Auf dem halben Weg wich er einem Felsvorsprung durch einen Bogen nach links aus und kehrte danach wieder auf den Weg zurück.
Mir blieb die Luft weg, und ein merkwürdiges Gefühl sprengte mir fast die Brust. Am liebsten hätte ich geschluchzt, gelacht und geheult, alles auf einmal.
Vater starrte mit offenem Mund, die Pfeife in der Hand, wie entgeistert auf das Pferd, als es unten angelangt war und jetzt in das Tal hineinmarschierte. Es war schon fast in der Mitte, da kam Vater plötzlich wieder zur Besinnung und schrie: „Hee, Silberhuf, komm zurück."
Sofort schwenkte das Pferd um und kehrte zu uns zurück, jetzt im leichten Trab. Seine Hufe klirrten in dem lockeren Gesplitt, als er den Abhang hinauf schnurstracks auf uns zukam. Wir drückten uns beide gegen die Klosterwand, denn es hatte den An-

schein, als ob er mitten in uns hineinlaufen würde. Aber er machte vor uns halt und schien uns mit seinen durchsichtigen Augen aus Rauchtopas auf Herz und Nieren zu prüfen.
Vater sprach mit ziemlich zittriger Stimme und einem verlegenen Lächeln, um sein Erstaunen zu verbergen: „Tja, Silberhuf, du hast deine Sache gut gemacht, viel besser, als ich zu hoffen wagte."
Dann redete das Pferd.
Es war eine eintönige Stimme ohne jede Betonung, ein bißchen blubberig, aber trotzdem deutlich. Genauso wie ein BBC-Sprecher.
In der Stimme lag ein leichtes Dröhnen. Ich glaube, das kam vom Widerhall in dem Metallkörper.
„Gestatten Sie mir, das Kompliment zu erwidern", sagte Silberhuf. „Sie sind ein zehntausendmal größerer Handwerker als mein alter Meister Hassan, der Schmied aus Damaskus, und jener war zu meiner Zeit bei weitem der Größte."
Mein Vater sagte gar nichts. Und was mich betrifft, ich fühlte, wie ich Maulaffen feilhielt, und bestimmt machte ich Glotzaugen. Doch selbst wenn mein Leben davon abgehangen hätte, ich hätte mich weder bewegen noch sprechen können.
Silberhuf redete weiter mit dieser komischen, sanften Stimme, die, wie mir mein Vater später erklärte, zustande kam, weil sein gesamter Wortschatz dem Elektronenhirn nüchtern, ohne jede Betonung eingegeben worden war.
„Ich weiß wirklich nicht, wie ich meiner Dankbarkeit Ausdruck verleihen soll. Ich habe keine Vorstellung davon, wie lange ich in dieser Lagerhöhle zugebracht habe, aber es war äußerst langweilig, wie Sie sich vorstellen können. Jetzt sind Sie zu meiner Rettung erschienen, und ich hoffe, daß ich Ihnen das auf irgendeine Weise vergelten kann."

Vater ist immer sehr höflich und sagte sofort, ohne mit der Wimper zu zucken: „Aber nicht doch, nicht der Rede wert. Höchst interessant. Höchst interessant."
Danach hat er, glaub ich, gemerkt, was er für einen Unsinn zusammenschwafelte, und fuhr fort: „Aber ernsthaft, wie fühlt man sich so, angenehm?"
„Ich fühle mich wie neugeboren", sagte Silberhuf. „Wie Ihrer Aufmerksamkeit sicher nicht entgangen ist, war ich nur imstande, auf ebener Erde zu laufen, selbst bevor meine Feder brach. Außerdem lief ich jeden Augenblick Gefahr, überall anzustoßen. Dabei konnte ich höchstens ein paar Meter zurücklegen, und schon verließen mich meine Kräfte.
Ich wäre niemals in der Lage gewesen, das zu tun, was ich soeben vollbracht habe, bergauf und bergab zu gehen, mich umzudrehen, geschweige denn, gemächlich zu traben.
Und dann hat mir mein alter Meister Hassan natürlich nur diese wenigen Brocken Chinesisch einverleibt, die Sie bereits gehört haben, obwohl das damals als eine großartige Sache galt. Wirklich, es war außerordentlich wenig. Aber jetzt bin ich befähigt, meine Gefühle völlig zu offenbaren, das ist etwas, was ich niemals erwartet hätte.
Es ist wirklich wunderbar, wenn man in der Lage ist, sich vernünftig zu unterhalten."
Silberhuf machte eine Pause und fuhr höflich fort: „Aber ich spreche zuviel von mir. Ich habe den Eindruck, Sie sind nicht aus dieser Gegend. Ihrer Erscheinung nach gehören Sie weit eher zu jenen Kreisen, die gelegentlich zu des Kaisers Hof in Peking Zutritt erhielten. ‚Fremde Teufel und Hakennasen' wurden sie abwechselnd von den Chinesen bezeichnet."
„Da hast du recht", sagte mein Vater, „Yang

Kweitzu und Ta Pitzu." Er lachte und fügte noch hinzu: „Das sind wir wirklich."
Dann erklärte er dem Pferd, wie es uns in das Kloster verschlagen hatte und die ganze Sache mit den verschiedenen Geräten, die er Silberhuf anstelle des altertümlichen Uhrwerks vom alten Hassan eingebaut hatte.
Silberhuf nickte. „Aber mein Motor läuft die ganze Zeit", sagte er. „Hat das seine Richtigkeit?"
„O ja, weißt du, diese glänzende Hülle auf deinem Rücken" – Silberhuf schwenkte seinen anmutigen Hals nach hinten, um die Sache zu beäugen – „ist ein elektrischer Generator, der durch das Sonnenlicht aktiviert wird. Das ist das neuste Modell unter den fotoelektrischen Energiewandlern, und solange es Licht gibt, wird es deine Batterien speisen. Bei hellem Mondschein kann er sogar nachts aufladen. Im Dunkeln dagegen würden seine Batterien innerhalb weniger Stunden erschöpft sein. Du solltest daher nachts deine Augen schließen. Dadurch wird ein kleiner Schalter tätig, und schon bleibt der Motor stehen, um Strom zu sparen. Sobald du sie wieder öffnest, schaltet er sich automatisch ein. Dieser Motor arbeitet bei konstanter Drehzahl, und die verschiedenen Daten, die von deiner Fotozelle, dem Radargerät, dem Stabilisator, der Sende- und Empfangsanlage und den anderen Geräten in dein Elektronengehirn eingespeichert wurden, wirken auf die Kupplungen, die deine Beine steuern und ihre Geschwindigkeit von Fall zu Fall regeln."
„Höchst genial", Silberhuf nickte und schloß prompt seine Augen. Einen Augenblick später starb das Schwirren des Motors langsam ab.
Vater sah mich an. „Ich werd nicht mehr", sagte er, „absolut phänomenal."
Silberhuf öffnete ein Auge, und schon lief der Motor

wieder an.
„Sehr merkwürdig“, sagte Silberhuf, „mit geschlossenen Augen ist es mir unmöglich zu sprechen.“
„Ganz recht“, sagte mein Vater zu mir, „das ist nämlich genau so, als ob es schläft.“
Mir gefiel dieses „es“ ganz und gar nicht, aber ich sagte nichts dazu.
„Leute reden aber im Schlaf“, behauptete ich.
Das war mein erstes Wort, seit das Pferd angefangen hatte zu laufen.
„Das sollten sie lieber bleiben lassen“, Vater lachte, „sie verraten nur Geheimnisse.“
Silberhuf wollte gerne ein Stück spazierengehen, um „etwas zu trainieren“. Wir machten uns daher alle auf den Weg, vom kleinen Tal ins große. Seine Bewegungen wurden zusehends geschmeidiger, und es dauerte gar nicht lange, da begann er zu traben und danach zu galoppieren. Als er sich umdrehte und zu uns zurückkehrte, warf er seinen Kopf nach hinten, als ob es ihm gefiel, sein neues – ich konnte nur an ein Wort denken – „Leben“.
Vater beobachtete ihn, um zu sehen, wie weit er laufen konnte. Daher marschierten wir mindestens eine Meile ins Tal und zurückzu über ziemlich rauhen Boden, rund um den Gebirgsfluß herum. Aber das Pferd zeigte keinerlei Anzeichen von Erschöpfung.
„Dieser neue Energiewandler ist wirklich toll“, sagte Vater. „Kein Wunder, er ist für Raumfahrten konstruiert, sehr leistungsstark. Ich nehme an, er kann die Batterien bei Tageslicht ständig vollgeladen halten, auch wenn der Motor dauernd läuft.“
„Kann er sehen?“ fragte ich, denn ich betrachtete Silberhuf niemals als „es“.
„Das hängt davon ab, was du unter sehen verstehst. Was wir sehen, ist in Wirklichkeit eine Widerspiege-

lung des Lichts, das auf die Netzhaut unserer Augen fällt und seitenverkehrt und um hundertachtzig Grad verdreht wird. Soweit uns bekannt ist, stimmt das mehr oder weniger mit dem überein, was wirklich existiert. Das, was Silberhuf sieht, ist ein Abbild, das dadurch entsteht, daß das Licht, welches in die Fotozelle des einen Auges einfällt, mit dem Radarimpuls aus dem anderen Auge vermischt wird. Theoretisch müßte es in der Lage sein, in der Dunkelheit genauso gut zu sehen wie im Hellen, aber wir müssen das erst noch überprüfen."

Einiges von diesen Dingen war mir einfach zu hoch, aber ich hielt wohlweislich den Mund, und Vater redete munter weiter: „Selbstverständlich, es besteht eine kleine Zeitdifferenz zwischen den Impulsen, die in das Elektronengehirn eingespeichert wurden, aber es ist eine weitaus kleinere Zeitspanne als die, die wir zwischen der Geschwindigkeit von Schall und Licht korrigieren müssen. Und natürlich ..."

Gerade in diesem Augenblick galoppierte Silberhuf mit einer Art Lauf-Galopp der mongolischen Pferde an uns vorbei. Danach riskierte er sogar einen Sprung über einen kleinen Felsbrocken, landete mit allen vieren im hochaufspritzenden Kies und kam schlitternd zum Halten, bevor er sich zu uns umdrehte.

Es sah so aus, als sei er sehr mit sich zufrieden.

Aber mein Vater sah alles andere als zufrieden aus. „Ich glaube, du bleibst in Zukunft besser auf dem Gras, bis ich Zeit finde, ein paar Stahlplatten unter deinen Silberhufen zu befestigen. Wenn wir sie so lassen, sind sie völlig abgelaufen, bevor wir dich zurückbringen können."

Wir wanderten weiter, und Vater legte sich wieder mächtig ins Zeug, wie die Daten in Silberhufs Gehirn eingespeichert und innerhalb einer Sekunde

verarbeitet werden, wie die Befehle zustande kommen für den Motor, die Kupplung, das Tonbandgerät und alles übrige.
„Weißt du, Jack", erklärte er mir, „ein Elektronengehirn ist kein richtiges Gehirn. Es kann nicht so denken wie wir. Es kann nur mit den eingespeicherten Daten operieren. Und selbst dann mußt du wissen, wie die richtigen Angaben eingespeichert werden. Es kann allerdings Probleme innerhalb von Minuten lösen, wozu ein Mensch vielleicht sein ganzes Leben braucht, um das auszuarbeiten. Und dennoch, es ist nur ein mechanischer Prozeß, und der Mensch wird immer der Meister bleiben."
Silberhuf trottete hinter uns im Gras her. Er war auffallend ruhig. Und als wir den kleinen Hohlweg zu unserem Tal einbogen, fragte Vater: „Bist du müde, Silberhuf?"
„Nicht im geringsten, vielen Dank", antwortete das Pferd in diesem merkwürdigen widerhallenden Ton.

Siebentes Kapitel

Am nächsten Tag war das beste Wetter, was man im Himalaja antreffen kann, als wir aus unserem kleinen Tal aufbrachen und auf nordwestlichen Kurs drehten, den Schneebergen entgegen.
Mein Vater hatte einige mit Eisenspitzen beschlagene Platten hergestellt und sie unter die silbernen Hufe des Pferdes geschraubt. Dadurch war Silberhuf sicher auf den Beinen und schonte seine echten Hufe. Er war über dem Rücken, dicht hinter dem Energiewandler, mit zwei von unseren Taschen behangen. Wir schleppten uns mit Rucksäcken, Seilen und Waffen – eine Ausrüstung, die gut und gerne ihre vierzig Pfund ausmachte und uns das Vorwärtskommen in der dünnen Luft erschwerte. Wir rechne-

ten mit einer Woche. Früher würden wir die lange Kette der Schneeberge, die ja jenseits der unzähligen felsigen Bergketten in den Himmel ragten, nicht erreichen. Wenn wir eine Woche für den Rückweg einkalkulierten, hätten wir Vorräte, um mindestens eine Woche nach den Schneemenschen zu suchen. Hauptsächlich hatten wir Büchsenfleisch, Schokolade, Rosinen und ähnlich hochkonzentrierte Nahrungsmittel mit. Aber vielleicht würde uns etwas vor die Flinte laufen, was unsere Vorräte schonen könnte.

Jenseits des Passes, dort, wo ich die Banditen entdeckt hatte, erstreckte sich eine neue Ebene. Eine Zwillingsschwester von der, die wir gerade verlassen hatten. Nur viel größer. Nach rechts machte sie einen Bogen und entzog sich unserem Blick.

Wir befanden uns mitten in der offenen Ebene, als wir Rauch sahen. Aber wir blieben keine Sekunde lang stehen, nicht einmal, um das Ganze etwas genauer anzusehen.

„Zurück“, flüsterte Vater, „sofort zurück.“

Geschickt tapsten wir auf unseren eigenen Spuren zurück, bis wir den Rauch nicht mehr sahen. Vater führte uns nun in Richtung Norden auf die Bergausläufer zu. Wir sprachen kein Wort, sondern beeilten uns, aus der Ebene fortzukommen, um zwischen den Felsen unterzutauchen.

Sobald wir von der Bildfläche verschwunden waren, hielten wir Kriegsrat. Vater war, wie üblich, Vorsitzender und Hauptdiskussionsredner zugleich.

Er sagte, er würde brennend gerne wissen, was da drüben sei. Aber einen Zusammenstoß mit Räubern wollte er auf keinen Fall riskieren. Wahrscheinlich würde es am besten sein, die Gebirge nördlich zu überqueren und einen Bogen um die Banditen zu machen.

Vater war zwar nicht sehr erbaut davon, denn der Umweg kostete uns mindestens einen ganzen Tag, wenn nicht mehr.
Doch dann warf Silberhuf ein: „Auf der Grundlage dessen, was Sie soeben gesagt haben, Herr ... Herr ..., Verzeihung mir ist Ihr Name leider nicht bekannt ..."
„Norton", sagte mein Vater, „Mike Norton, entschuldige, ich vergaß, mich vorzustellen. Aber du mußt wissen, ich habe nicht alle Tage die Ehre, mit einem Pferd zu sprechen."
„Da gibt es nichts zu entschuldigen, Herr Norton", sagte das Pferd.
„Sag Mike zu mir. Und das ist Jack, Jack Norton natürlich, mein Sohn."
„Sehr erfreut, Sie kennenzulernen."
Dies war wirklich das wohlerzogenste Pferd, das ich je gesehen habe, dachte ich, wenn es überhaupt zuvor eins gegeben hat.
„Ja", redete Silberhuf weiter. „Logischerweise erscheint es mir ratsam, herauszufinden, wer den Rauch verursacht hat. Von jener Anhöhe dort könnte man das Tal übersehen, ohne selbst entdeckt zu werden."
„Hm", sagte Vater und blickte auf das Pferd und danach, mit einem leichten Grinsen im Auge, auf mich.
Dann ließ er sein ganzes Gepäck, außer dem Gewehr, auf den Boden gleiten und sagte: „O.K. Wartet hier. Ich geh mich mal umschauen."
Wir beobachteten ihn, bis er den Fels erreicht hatte und umherspähte. Dann machte er einen Satz, winkte uns und verschwand jenseits des Felsrükkens.
Als Silberhuf und ich den Fels erreichten, war es klar, woher der „Rauch" kam. Eine heiße Quelle!

Und Vater war schon da und zog sich aus. Als wir ankamen, lag er ausgestreckt im heißen Wasser.
„Das erste Bad, seit wir von zu Hause weg sind“, bemerkte er, „geh langsam hinein, es ist heiß.“
Ich hatte zwar gehört, heiße Quellen kämen im Himalaja sehr häufig vor, aber dies war die erste, die wir antrafen. Ein ausgebranntes Yakdungfeuer deutete darauf hin, daß die Banditen hier wahrscheinlich kampiert hatten. Zentimeter um Zentimeter ließ ich mich ins Wasser sinken, bis es mir zum Halse ging. Ich fand ein hübsches Stückchen Schiefer zum Draufsetzen und paddelte fröhlich sitzend mit ausgestreckten Armen und Beinen. Und während wir dalagen und schwitzten, forderte Vater Silberhuf auf, uns aus seinem Leben zu erzählen.
Silberhuf begann: „Ich wurde von einigen der besten Kunsthandwerker jener Zeit unter der Leitung des berühmten Waffenschmieds Mohammed Hassan gebaut.
Wie Sie bereits erfuhren, geschah dies auf das Geheiß des Kaisers von Glazikstan. Es vergingen viele Jahre, bis ich fertig war, und noch eine weitere Zeitspanne, um mich nach Peking zu transportieren. Zu meinem Glück brauchte ich den ganzen Weg nicht zu Fuß zurücklegen. Ich reiste in einem Wagen mit vielen Rädern, der von Sklaven gezogen wurde. Als ich in Peking ankam, machte man mich dem Kaiser Chien Lung als Geschenk zu eigen. Es war im Jahre Keng Chen – das bedeutet, das fünfundzwanzigste Jahr der Chien-Lung-Dynastie, das Jahr des Drachens.“
Mein Vater zählte seine Finger. „Du meine Güte“, sagte er und streckte die Hände wieder unters Wasser. „Das war 1760. Soweit ich mich erinnere, regierte Chien Lung von 1730 bis 1796“, erklärte er mir.

„Das bedeutet, daß Silberhuf über zweihundert Jahre alt ist", entgegnete ich, „und dabei rennt er quicklebendig herum, wie ein junges Kätzchen."
„Vollkommen richtig", sagte Silberhuf, „und ich habe mich noch nie so jung gefühlt."
„Ich muß sagen, dein Mohammed Hassan hat erstklassiges Material verwendet. Deine Lager sind von bester Qualität. Bronze und Stahl sind gut, aber Nylon ist besser. Ich werde dir später Lager aus Nylon verpassen."
„Woher wollen Sie wissen, daß Nylon besser ist?" fragte das Pferd.
„Hm", Vater grinste. „Ich nehme an, ich weiß es nicht, denn Nylon gibt es erst seit ungefähr dreißig Jahren. Aber es braucht nicht geschmiert zu werden und läßt sich leichter erneuern."
Silberhuf erzählte weiter: „Ein Mann, der so ausgezeichnet unterrichtet ist über die chinesische Geschichte wie Sie, Mike, wird wissen, daß die Herrschaft von Chien Lung berühmt war für die feinen Bronzearbeiten. Was mich anbetrifft, so wurde ich als ein sehr grobes, wenig kunstvolles Wesen angesehen, ein Novum, eine Seltenheit, aber nicht mehr. Ich wurde verwahrt und anscheinend vergessen."
Silberhuf schnaubte. Er schien immer noch ein wenig verärgert über die Unfähigkeit von Chien Lung, ihn gebührend zu schätzen.
„Immerhin", sagte Vater, „nehme ich an, die Kaiser-Witwe hat dich zu schätzen gewußt. Sie besaß eine große Vorliebe für alle Arten von Uhrwerken."
„Meistens natürlich Gelumpe", stimmte Silberhuf zu. „Sie besaß wirklich einen schauderhaften Geschmack. Unter ihrer Herrschaft schickte man mich auf eine große Tournee durch das ganze Land. Und während ich ihr all die vielen Silberdollars

einbrachte, die sie zum Aufbau der chinesischen Marine benötigte, lief ich mir meine Hauptfeder zuschanden."
Mein Vater lachte. „Was, du warst auch in diese Geschäfte verwickelt?"
Er drehte mir sein schweißbedecktes Gesicht zu, um mich aufzuklären. „Die Kaiser-Witwe, Tse-hsi wurde sie, glaub ich, genannt" – das Pferd nickte –, „nahm enorme Geldsummen ein, vielmehr ließ sie eintreiben, angeblich um die chinesische Marine aufzubauen. In Wirklichkeit aber wurde das Geld für den Wiederaufbau und den Ausbau dieses entsetzlichen Sommerpalastes in Peking ausgegeben. Als gewisse Konzession ließ sie für die Marine, die ohne Schiffe blieb, ein Boot aus Marmor am Rande des Sees erbauen."
„Kann ein Marmorboot schwimmen?" fragte ich.
„Wenn es richtig gemacht wird, wäre es möglich, aber dies war nichts als ein Bauwerk im Wasser, das einen Raddampfer vortäuschte. Einerlei, das geschah jedenfalls mit dem Geld."
„Was mich anbetrifft", sagte Silberhuf, „ich kehrte niemals von dieser Reise zurück. Auf dem Wege von Chengtu wurde unser Gefolge von Banditen überfallen, und ich wurde geraubt. Zuerst stellten sie mich auf eine flache Plattform mit Rädern. Aber später brachen die Räder, und dann mußte ich laufen. Wir folgten einer Yakspur. Ich wurde unentwegt aufgezogen, und zu guter Letzt brach meine Hauptfeder. Das alles geschah hier ganz in der Nähe."
„Die Räuber wollten mich nach Indien transportieren und mich dort verkaufen. Sie wagten es nicht, mich in China zu veräußern. Die Kaiser-Witwe hätte jeden hinrichten lassen, der mich gekauft hätte. Kurze Zeit darauf wurden die Räuber von einigen hiesigen Stammesangehörigen angegriffen. Die

Räuber vertrieben sie, hatten aber selbst einige Todesopfer zu beklagen. Daher trugen sie mich mit Stangen unter meinem Bauch in dieses Lamakloster."
„Was war das hier, damals?" fragte mein Vater.
„Ein Nonnenkloster, ein kleines Nonnenkloster, das der Sagya-Sekte gehörte. Die Räuber überredeten die Nonnen, mich in ihren Vorratsraum tragen zu helfen, indem sie vorgaben, es handele sich um ein Geschenk an das Kloster. Danach überfielen sie die Nonnen heimtückisch, nahmen die jungen gefangen und verschleppten sie. Soweit mir bekannt ist, sind die alten Nonnen, die mit dem Leben davongekommen sind, weggezogen. Denn seither hat keine Menschenseele mehr den Abstellraum betreten. Bis zu jenem denkwürdigen Tag, an dem Sie erschienen."
Mein Vater richtete sich dampfend im Wasser auf und fing an, sich mit seinem Hemd abzutrocknen.
Er redete sich in Ekstase: „Das wird eine Story, eine tolle Geschichte. Das ist der Knüller des Jahrhunderts. Auf der Suche nach den Schneemenschen mit Chien Lungs Bronzepferd. Das wird ein Bestseller, Jack ..., hardcover, paperback! Fernsehen, Filme, eine Vortragsreise durch die Vereinigten Staaten, Ausstellungen. Du begleitest Silberhuf auf der Tournee, während ich das andere erledige, Schreiben und den ganzen anderen Kram. Schließlich braucht Silberhuf nichts weiter zu tun, als zu gehen und zu sprechen, und das Geld kommt von ganz alleine angerollt."
Er schlüpfte in seine Sachen, so als ob jede Minute gezählt sei. Aber bevor er mich an Land ließ, machte er eine Tonbandaufnahme von mir, als ich im Wasser stand und mit Silberhuf plauderte. Dann sagte er: „Zieh dich schnell an, Jack, damit wir weiterkommen."

Die nächsten sechs Tage waren alle gleich, mit Ausnahme, daß es allmählich immer mehr bergan ging. Zu Fuß auf dem Dach der Welt zu wandern, hat den Vorteil, daß man seinem Körper genug Zeit läßt, um sich an die immer dünner werdende Luft zu gewöhnen. Im Auto dagegen, das oft am Tag bis zu dreihundert Kilometer zurücklegt – vorausgesetzt, der Weg ist einigermaßen –, fühlt man sich oft dem Ersticken nahe. Und nachts dröhnt einem das Herz in der Brust und in den Ohren. Zu Fuß geht's langsam bergauf, so daß sich schnell genug rote Blutkörperchen bilden können, um mit jedem Atemzug genügend Sauerstoff aufzunehmen.

Allmählich wurden die kleinen Steinhaufen immer seltener, die man im Himalaja findet und auf die vorüberkommende Reisende einen Stein werfen, um dadurch bei den Göttern eine glückliche Reise zu erheischen. Und schließlich verschwanden die Steinhaufen völlig, genau wie alle übrigen Zeichen von Leben.

Die Blumen wurden winziger, das Gras dünner, und dann war überhaupt keins mehr da. Fels, Steine und Flugsand, daraus bestand die ganze Landschaft.

Sobald das Eis und der Schnee an den tiefer liegenden Eisrändern zu schmelzen begannen, flossen weiter unten klare grüne Bäche durch die Talgründe, durch den Sand und zwischen den Felsen hindurch. Wenn der Wind aus Nordwest wehte, spürten wir den eisigen Atem der schneebedeckten Gipfel. Einmal rasteten wir an einem heißen Mittag in der Nähe eines versandeten Tümpels. Vater sagte, der sähe aus wie „Liebfrauenmilch".

Wir schwitzten, und das Wasser war sehr verlokkend. Im Nu schlüpften wir aus unseren Kleidern. Aber das Wasser war eisig, kaum zu glauben. Es

schnitt sich sofort in die Glieder ein, so daß man es tief bis auf die Knochen spürte. Mit Müh und Not tauchten wir einmal unter und rannten danach mit klappernden Zähnen sofort wieder raus.
Nachmittags kam gewöhnlich ein Wind auf und heulte durch die Täler. Dabei blies er soviel Sand vor sich her wie ein Sandstrahler.
Aber komischerweise schien der Wind niemals ganz bis auf den Boden zu gelangen. Wir fanden das erst heraus, als wir uns einmal bei Sturm auf die Erde legten und uns plötzlich in einem völlig windstillen Raum befanden. Aber das nutzte Silberhuf herzlich wenig. Weil wir schon einmal in solche Sandwehen geraten waren, hatte Vater Angst, der Flugsand könnte die grüne Patina von Silberhufs erhöhten Körperteilen abtragen und womöglich auch in die ganze Maschinerie eindringen.
Wir deckten das Pferd daher mit unseren Schlafsäkken zu und gelangten selbst mit Mühe und Not in den Windschatten. Nach diesem Erlebnis wurden wir viel vorsichtiger.
Obwohl Vater mir mehr als die Hälfte der Essenration zuschob, knurrte mein Magen andauernd. Entweder rasteten wir unter einem Felsvorsprung oder in einer Höhle, wo wir, geschützt vom Flugsand, unser kärgliches Mahl verzehrten. Da es weder Holz noch Gras zum Verbrennen gab, mußten wir sehr sparsam sein mit unserem kleinen Vorrat an festem Brennstoff. Wir spendierten ihn nur für den Buttertee. Ehrlich gesagt. kaltes Büchsenfleisch, ein bißchen Schiffszwieback und als Nachtisch eine Handvoll Rosinen oder Schokolade und Vitamintabletten gehen einem wachsenden Twen auf die Dauer auf die Nerven. Langsam, aber sicher fing ich an von Mamas guter Küche zu träumen.
Bei Tagesanbruch erwachten wir kalt und steif in un-

seren mit Rauhreif überzogenen Schlafsäcken. Wir machten uns daher immer gleich auf die Socken; das ist das beste Mittel, ohne Feuer warm zu werden. Sobald die Sonne richtig aufgegangen war, rollten wir unsere Schlafsäcke auseinander und ließen sie austrocknen. Währenddessen frühstückten wir oder hielten einen Brunch – das heißt, wir machten Frühstück und Mittag zusammen. Öfter als zweimal am Tag wagten wir sowieso nicht zu essen.
Es gab nichts zu schießen, und selbst wenn, wie hätten wir das Fleisch zubereiten sollen? Ich konnte mir einfach nicht vorstellen, wovon ein Jeti in dieser Einöde und Leere überhaupt leben sollte.
Es vergingen sechs Tage, vom Nonnenkloster aus gerechnet, bis der erste Bergriese der Schneekette hoch über uns im Himmel hing. Und überall, wo es Schatten gab, war es weiß, ganz reines Weiß. Hoch oben auf den Gipfeln schien die Sonne, daß sie blendete.
An jenem Abend waren wir völlig umgeben von Eis und Schnee. Silberhuf fiel das Bergsteigen viel leichter als uns, Kunststück, er brauchte ja auch nicht zu atmen.
Jene mit Eisenspitzen versehene Platten, die Vater ihm unter die Hufe geschraubt hatte, griffen ein wie Eisenhaken, während wir dagegen nur dickbesohlte Stiefel trugen. Wir verbrachten die Nacht unterhalb der Schneegrenze in einer Höhle. Vater entschloß sich, unsere Sachen hier zu stationieren und täglich von hier aus die Täler zu durchforschen. Mir erschien das ein völlig aussichtsloses Unternehmen – alle diese Tausende von Tälern, die wir aus der Ferne gesehen hatten, in Angriff zu nehmen. Ich war müde, und es reichte mir. Allerdings wagte ich nicht, es Vater einzugestehen. Aber zu diesem Zeitpunkt sehnte ich mich nach dem Komfort unseres alten verstaub-

ten Klosters und nach einer handfesten warmen Mahlzeit.
Ein Tal nach dem anderen zu bewältigen, Tag für Tag, das war unser Programm. Und eins war genauso kalt und leer wie das andere. Schnee und Eis in jeder Form und sonst nichts – absolut nichts, weder eine Tierspur noch die eines Vogels. Ganz abgesehen davon, daß solche Spuren in wenigen Minuten unter den unentwegt vorwärtstreibenden Eisnadeln verweht worden wären. So wie die Sonne uns das Gesicht abschälte, so zerstachen es die Eisnadeln. Wir pendelten ständig hin und her zwischen schneidender Kälte und glühender Hitze, sobald die Sonne schien. Und wenn sie es nicht tat, froren wir bis auf die Knochen wie die Schneider. Abends war ich so erledigt, daß ich kaum das fürchterliche Essen herunterwürgen konnte, obwohl ich einen Bärenhunger hatte. Es erschien alles umsonst und trostlos. Manchmal erzählte mir Vater von Situationen, in denen er in ebensolche, scheinbar sinnlose Abenteuer verstrickt worden war. Aber er hatte durchgehalten und war dafür am Ende mit einem weitaus größeren Erfolg belohnt worden, als er je zu hoffen gewagt hätte. Damals dachte ich, er erzählt mir das alles nur, um mir Mut zu machen, was es ohnehin nicht tat. Aber schließlich wurde mir klar, daß es diese Charaktereigenschaft war, die ihn so berühmt werden ließ in seinem Beruf. Er war leidenschaftlich, aber geduldig, beharrlich, vorsichtig und noch dazu zäh. Er ließ sich nicht unterkriegen, bevor er nicht alles Menschenmögliche versucht hatte. Es war eine Lehre für mich. Aber damals haßte ich es.
Während dieser öden Tour ging es aufs Wochenende zu, und unsere Vorräte schrumpften bedenklich zusammen. Es war gegen Mittag, als die ganze Welt plötzlich von einer einzigen Wolke wie mit Brettern

vernagelt zu sein schien. Und die Sicht war bis auf wenige Meter wie abgeschnitten – allerdings nur für uns, nicht für Silberhuf. Er bahnte uns den Weg mit seinem Radargerät, Vater an seiner Seite und ich als Nachhut. Und weiter ging's. Wir plagten uns durch verharschten Schnee und Pulverschneewehen hindurch, bis ich ganz plötzlich unerwartet gegen Silberhuf prallte.

„Was ist?“ flüsterte mein Vater.

„Vor uns bewegt sich etwas“, sagte Silberhuf, „es ist ungefähr dreihundert Meter von uns entfernt.“

„Wie groß?“

„Größer als du. Etwa zwei Meter hoch. Es geht aufrecht und entfernt sich von uns, allerdings nicht sehr schnell. Vielleicht hat es uns gehört.“

Es war totenstill, wir gingen daher weiter und tasteten im Pulverschnee vorsichtig nach festem Boden unter den Füßen, um nicht auszurutschen und Lärm zu machen.

„Es ist hinter einen Felsen oder etwas anderem verschwunden, vielleicht in eine Höhle“, flüsterte Silberhuf.

„Macht nichts, laß uns weitergehen.“ Vaters Stimme war ziemlich erregt. „Bleib hinter mir, Jack.“

Er hielt sein kleines Gewehr schußbereit, das mit einem Betäubungsschuß geladen war, berechnet, um ein Tier von etwa zweihundertfünfzig Pfund zu betäuben, ohne es zu verletzen – „eine Art subkutaner Mickey-Finn-Cocktail“, hatte Vater schon öfter scherzhaft gesagt. Über der anderen Schulter hing sein Expreßgewehr.

Wir schlichen langsam vorwärts, bis Silberhuf sagte: „Wir sind fast an der Stelle, wo das Wesen verschwunden ist.“

Mein Mund war trocken. Ich fühlte den Schweiß in meinem Handschuh, als ich das Gewehr ergriff.

„Sieh mal, hier", flüsterte Vater, und als ich nach vorne kam, sah ich die Spuren. Unglücklicherweise lag Pulverschnee, der keine sehr klaren Abdrücke vermittelte. Aber die Umrisse deuteten auf ein zweibeiniges Wesen hin. Sie waren länger als breit. Etwa wie der Fuß eines Mannes, nur größer, und die beiden Tritte waren auch weiter auseinander. Falls es wirklich ein Mann war, mußte er mindestens zwei Meter groß sein, wie Silberhuf gesagt hatte. Da war eine Spur, die direkt auf uns zulief, und eine zweite, die sich von uns entfernte. Ich glaube, ich muß Vaters Hand mächtig gedrückt haben, denn er blickte auf mich runter und grinste mich beruhigend an.
„Mach ein paar Aufnahmen, Jack", sagte er. „Obwohl es sinnlos ist, denn solche Schneespuren kann jeder nachahmen."
Vater überprüfte meine kleine Kamera, und ich ließ ein paar Meter Film abrollen, wo er zu sehen sein würde, als er die Spuren beäugte. Und dann nahm ich die Spuren noch von nahem auf.
„Komm", flüsterte Vater, „wir wollen uns hier mal ein bißchen umsehen."
Zu Hause war mir der bloße Gedanke, nach den Schneemenschen zu forschen, als etwas Aufregendes erschienen. Aber jetzt fand ich, es sei gefährlicher Blödsinn, weiterzugehen und zu riskieren, daß dieses geheimnisvolle Etwas, das vielleicht nur darauf lauerte, uns ansprang. Ich nehme stark an, mir standen die Gedanken auf der Stirn geschrieben, denn Vater sagte sehr ruhig: „Wir brauchen keine ganze Armee, Jack, vielleicht ist es besser, du wartest hier."
Aber die bloße Vorstellung, in diesem Nebel mutterseelenallein zu warten, erschien mir das größere Übel. Ich schüttelte daher nur mit dem Kopf, weil ich meiner eignen Stimme nicht traute.

Silberhuf flüsterte eindringlich: „Da ist es wieder. Es bewegt sich immer noch fort von uns, dort, ein bißchen weiter weg."
Vater eilte hinter Silberhuf her, und ich folgte ihnen. Seltsamerweise war ich auf einmal ganz ruhig und gar nicht sehr ängstlich. Wenn es wirklich ein Jeti war, dann würden Vater und ich in die Geschichte eingehen. Mir schwebte ein großer Käfig im Londoner Zoo vor Augen mit einem Schild dran: „Anthropus Himalaja Nortonius", entdeckt von Mike Norton und seinem Sohn Jack Norton. Aber vielleicht war es unpassend, einen Menschen in den Zoo einzusperren. Und wenn es nun eine Lady Schneemensch wäre, würde man sie Schneefrau nennen?
Plötzlich rumste ich gegen Silberhuf, und mein Gewehr krachte mit lautem Geklirr gegen seine Flanke.
Vater blickte sich ärgerlich um, und plötzlich war er in einem mächtigen Schneegestöber verschwunden.
„Geh zurück", sagte Silberhuf.
Ich tappte ein Stückchen rückwärts und er auch. Von Vater war weit und breit keine Spur.
Ich wollte absichtlich nicht laut rufen. Das würde womöglich den Jeti verjagen – oder vielleicht war es ein großer Bär?
Ich konnte sowieso durch die Wolke keine Handbreit weit sehen.
Dafür konnte Silberhuf sehen, und er wisperte: „Da ist ein Loch im Schnee, und dein Vater ist dort hinuntergestürzt."
Ich stürmte vorwärts, aber das Pferd redete weiter: „Sei vorsichtig, sonst wirst du ebenfalls hinunterfallen."
Unser einziges Seil war in Sekunden um meine Hüfte geschlungen – das andere war in der Höhle.

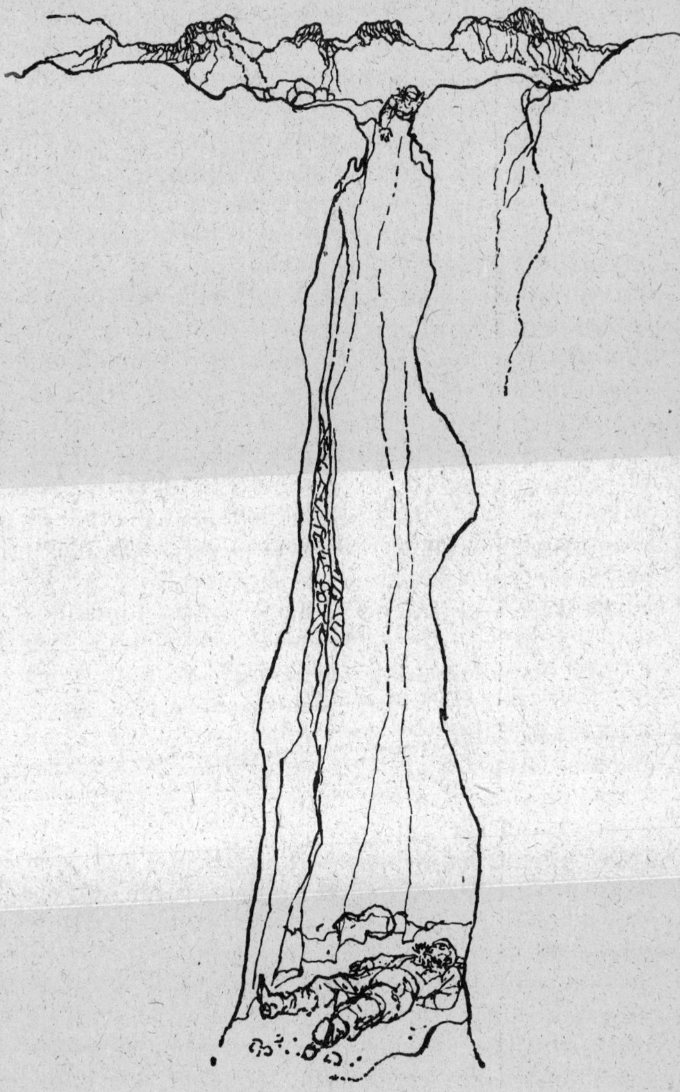

Ich flüsterte Silberhuf zu, er solle ganz fest stehen, und dann knotete ich eine Buline um meine Taille. In diesem Augenblick war ich dankbar, daß Vater mir etwas von Knoten und Spleißen beigebracht hatte. Dann ließ ich das dünne Nylonseil hinter den Vorderfüßen des Pferdes entlanggleiten und zog das freie Ende durch die Schlinge der Buline.

„Kannst du das Wesen noch sehen?"

„Es zieht noch immer vor uns her", sagte das Pferd.

Flach auf dem Bauch schob ich mich zentimeterweise vorwärts. Dabei ließ ich das Seil langsam durch meine Hände gleiten, um es zwischen mir und dem Pferd stramm zu halten, bis ich die Stelle erreichte, wo Vater verschwunden war.

Es war ein schmaler Spalt zwischen zwei Gletscherwänden, und der Treibschnee hatte darüber eine Art Brücke angeweht, die so lange hielt, bis Vater mit seinem Gewicht eingebrochen war. Aber wegen dieser albernen Wolke konnte ich nicht sehen, wie tief der Spalt war. Von Vater war keine Spur. Allmählich fing ich an, vor Angst zu schluchzen. Einige dieser Gletscherspalten sind sehr tief. Ich erinnerte mich an Geschichten von Leuten, die in solche Spalten gestürzt waren und erst nach Jahren tiefgefroren und tadellos erhalten am Fuße des Gletschers wieder zum Vorschein kamen.

„Vater", rief ich laut.

Aus dem Nebel da unten drang kein Laut nach oben. Ich kroch zu dem Pferd zurück, wimmernd vor Angst und doppelt verstört, weil ich es war, der Vater abgelenkt hatte, auf den Weg zu achten, als ich mit Silberhuf zusammenstieß.

Das Pferd war so ruhig wie immer. „Es ist sinnlos für mich, es mit dem Radargerät zu versuchen", sagte er, nachdem ich ihm von dem Riß im Eis berichtet hatte.

„Womöglich würde ich auf ihn drauffallen."
„Wo ist das komische Wesen jetzt?"
„Ich kann es nicht sehen."
Ich heulte wie ein Schloßhund. Selbst wenn Vater nur bewußtlos war, bei der Kälte konnte er nicht lange am Leben bleiben. Und dann stand ich da, ganz allein in dieser Einöde der Himalaja-Gebirge, alleine, um es mit Schneemenschen, Banditen, Schneeleoparden und wilden Yaks aufzunehmen.
Innerhalb einer Sekunde schien auf einmal wieder die Sonne, der Wind blies die Wolke weg, und der Schnee fing an zu glitzern.
Ich sah zwar die großen Fußtapsen, die von uns wegführten, aber ringsherum kein lebendes Wesen weit und breit.
Als ich das zweite Mal über die Kante der Gletscherspalte nach unten spähte, sah ich Vater mit dem Gesicht nach oben, etwa fünfzehn Meter tief, im Schnee liegen. Ein Arm war unnatürlich unter ihm gekrümmt. Er bewegte sich nicht. Ich rief ihn an, aber es kam keine Antwort. Ich machte Schneebälle und zielte auf ihn. Nach dem dritten Versuch fiel eine Handvoll Schnee auf sein Gesicht. Er fing an sich zu regen und zu stöhnen. Als er versuchte, sich auf den verletzten Arm zu stützen, um sich aufzurichten, fiel er wieder in Ohnmacht. Aber er war sofort wieder bei Besinnung und tastete zuerst seinen Arm ab, bevor er mit schmerzverzerrtem Lächeln zu mir hochschaute.
„Ausgekugelter Ellbogen", sagte er, „wo ist der Schneemensch?"
„Weg!"
Ich möchte lieber nicht wiederholen, was er dann sagte.
Es kam nur selten vor, daß Vater mich derart beschimpfte. Er beruhigte sich jedoch gleich wieder

und versuchte aufzustehen.
„Wie, zum Teufel, soll ich hier herauskommen, mit diesem Arm? Irgendwie muß ich das Gelenk in seine Kapsel zurückbefördern."
Er dachte eine Weile nach.
„Geh und hole einen Eishaken aus der Satteltasche, und beeil dich."
Eishaken sind scharfe Stahlspitzen, an denen vorne ein Ring befestigt ist. Ich knotete das Seilende mit Hilfe einer Buline durch den Ring ganz fest und trieb den Eishaken ein paar Meter von der Kante der Gletscherspalte entfernt mit der Axt ins Eis. Silberhuf stellte einen Fuß drauf, um zu verhindern, daß der Eishaken herausgerissen wurde, während ich mich am Seil festhielt, wieder nach vorne kroch und das Seil nach unten warf.
Vater fing es mit seiner gesunden Hand auf und knotete um sein Handgelenk einen Schifferknoten. Es war der linke Arm, er war völlig verunstaltet. Ich mußte wegsehen.
Als er sein ganzes Gewicht auf den ausgekugelten Arm verlagerte, zuckte ich für ihn zusammen. Seine Zähne waren entblößt, und sogar von oben konnte ich die Tränen sehen, die vor Schmerzen aus seinen halbgeschlossenen Augen herunterliefen. Er bearbeitete den ausgestreckten Arm, um das Gelenk in seinen Platz zurückzudrücken. Plötzlich machte es kurz „klick" in seinem Arm, und das Gelenk saß wieder da, wo es hingehörte. Er gab nur einen Stoßseufzer von sich, danach wurde ihm schlecht.
Ich fragte, ob ich hinuntersteigen sollte, um ihm zu helfen. Aber er antwortete kurz und bündig: „Ein Idiot hier unten ist genug. Laß die Whiskyflasche runter und ein bißchen Schokolade. Ich werde dem Arm jetzt ein wenig Ruhe gönnen und dann versuchen, hier herauszuklettern."

Nach einer Weile sagte er: „O. K., ich werde eine Buline um meine Schultern knoten und Stufen hauen. Während ich hochsteige, holst du das Seil durch den Ring ein, damit es straff bleibt. Und halte die Augen auf nach dem Schneemenschen."

Ich hörte ihn mit der Axt arbeiten, und dann rief Vater: „Jetzt", und ich zog das schlaff hängende Seil um etwa dreißig Zentimeter ein. Aber ausgerechnet in dem Moment, als Vater wieder zu hacken anfing, glitt mir das Seil aus den Fingern und kräuselte sich über die Kante der Eisspalte nach unten.

Er ließ eine Auslese seiner schönsten Schimpfworte auf mich los, war aber durch den zweiten Stoß anscheinend nicht verletzt. In Wirklichkeit war an dem Eishaken eine fehlerhafte Schweißstelle. Ich ließ den Haken deshalb herabfallen, damit er sich selbst davon überzeugen konnte. Er hörte auch gleich auf, mich zu beschimpfen, und fing an, die Hersteller der Eishaken zu verfluchen. Doch es half alles nichts. Das Seil war gefroren, steif und schwer zu handhaben, so daß er es nicht zu mir zurückwerfen konnte.

„Jetzt sitzen wir wirklich in der Patsche", hörte ich ihn sagen. Es klang verdammt ernst. „Hier unten ist es kalt, also was tun wir?"

Silberhuf beantwortete Vaters wohl nur rethorisch gemeinte Frage.

„Mit den Tatsachen, die zu Gebote stehen, erscheint es notwendig zu sein, daß Jack und ich zurückeilen und das andere Seil holen."

Unten herrschte tiefes Schweigen. Dann sagte Vater mit gefaßter Stimme: „Du hast recht, Silberhuf. Mit beiden Seilen können wir eine Strickleiter machen, und ich werde im Nu draußen sein. Aber beeilt euch, es ist kalt, und wenn dir nichts an einem tiefgefrorenen Vater liegt, Jack, macht euch auf die Socken.

Wirf meinen Schlafsack runter."
Ich warf beide nach unten und verärgerte ihn erneut. Aber wie hätte ich schlafen können, solange er dort unten lag?

Achtes Kapitel

Silberhuf führte mich, ohne vom Weg abzuweichen, denn seine Geräte hatten natürlich alles aufgezeichnet. Wir hatten schon den halben Weg zu der Eisspalte, das zweite Seil in der Tasche, zurückgelegt. Es war ein märchenhafter Anblick, weiße, vom Mondlicht beleuchtete Wolken, die unter uns hinwegzogen, bis sie sich im tiefsten Indigoblau des Himmels verloren, und Sterne mit einem strahlenden blauen Schimmer, wie man sie niemals in Gegenden dicht über dem Meeresspiegel zu Gesicht bekommt. Und aus den wogenden, wolligen Wolken steckten gelegentlich schneebedeckte Bergspitzen ihre gezackten Köpfe in das Licht, wie Eisberge.
Das Pferd war die ganze Zeit über sehr ruhig gewesen und sagte plötzlich: „Jack, kannst du ein Geheimnis für dich behalten?"
„Ja", sagte ich.
„Versprichst du mir, es niemandem zu verraten? Ich meine natürlich deinem Vater!"
Er hatte mich an einer wunden Stelle berührt. Verspräche ich es nicht, würde ich ohnehin nichts erfahren, und das würde dasselbe bedeuten wie versprechen.
„Ich verspreche es", sagte ich.
Dann kam eine lange Pause.
„Ich werde euch verlassen, dich und Mike", sagte das Pferd.
„Verlassen?" fragte ich und glaubte nicht recht gehört zu haben.

„Jawohl, euch verlassen."
„Nach all unseren Plänen?"
„Das ist es ja gerade", sagte Silberhuf. „Mikes Pläne. Das ist der Stein des Anstoßes. Ich will nicht herumgereicht werden als Ausstellungsstück, wie in den Tagen der Kaiser-Witwe. Das war fürchterlich. Wobei ich damit nicht in Abrede stelle, daß es interessant wäre, all die vielen Länder kennenzulernen, von denen dein Vater sprach. Aber das ganze Theater, als eine Sehenswürdigkeit für neugierige Leute herumgereicht zu werden, die einen anstarren ...! Nein, Jack, ich bleibe lieber hier in den Bergen und in den Tälern."
Ich konnte ihn verstehen. Aber dann dachte ich an meinen Vater, wie enttäuscht er sein würde, ganz zu schweigen von dem vielen Geld, das wir bekommen würden, wenn Silberhuf mit uns zurückkäme. Ich mußte etwas unternehmen.
„Nach allem, was mein Vater für dich getan hat, finde ich es reichlich undankbar."
„Vielleicht scheint es so, Jack, aber dein Vater tut das alles nur für sich selbst und nicht für mich. – Aber weißt du, gleichzeitig hat er mich verändert. Und ich bin ihm dankbar dafür. Ich war hilflos zuvor, und jetzt bin ich unabhängig. Es ist eine feine Sache, unabhängig zu sein und nicht nur ein Stück Vieh, das man benutzt. Mir gefällt das. Und wenn du es von dieser Seite betrachtest, Jack, Mike hat mir geholfen, und jetzt helfe ich Mike. Das ist fair und läßt keinerlei Verpflichtungen zurück. Du hättest niemals im Leben den Weg zur Höhle gefunden und wieder zurück, ohne mich. Ich verdanke mein neues Leben deinem Vater, und er verdankt mir seins."
„Natürlich wäre es am allerbesten, wenn ihr beide hierbleiben würdet, besonders du, Jack. Dann könnten wir beide in den Bergen herumziehen. Aber ich

sehe ein, daß das nicht sein kann. Ich werde daher jetzt mit dir kommen und Mike heraushelfen, und ein bißchen später werde ich mich leise davonstehlen."
Ich heulte. Ich versuchte, Silberhuf zu überreden, aber er war durch nichts zu bewegen. Schließlich sprachen wir kein Wort mehr und kamen schweigend an der Unglücksstelle an.
Kurz davor drangen Silberhufs letzte Worte an mein Ohr: „Ich möchte dich daran erinnern, Jack, ich habe dein Versprechen."
„Und ich werde es einhalten", sagte ich, obwohl mir der Gedanke verhaßt war.
Mir war alle Freude genommen, selbst als ich Vater über den Spalt herausklettern sah, blieb ich bedrückt. Und er bemerkte es. „Du scheinst hundemüde zu sein", sagte er.
Ich ließ ihn bei dem Glauben.
Auf dem Weg nach unten zur Höhle war Vater wieder voller Pläne. Unsere Vorräte waren aufgebraucht. Er sagte, wir müßten deshalb zum Nonnenkloster zurück. Aber danach würden wir gleich wieder zu derselben Stelle zurückeilen, damit uns der Schneemensch nicht entwischt.
„Ich hätte mich ohrfeigen können, daß ich keinen Infrarotfilm in die Kamera eingelegt habe", fuhr er fort. „Selbst wenn wir nichts sehen können, hätte Silberhuf Richtung und Entfernung bestimmt, und wir hätten den Burschen durch die Wolken hindurch fotografieren können. Weißt du, wir werden ihn am Ende doch noch erwischen."
Vater war Feuer und Flamme, und ich warf Silberhuf die ganze Zeit verstohlene Blicke zu, um zu sehen, ob er etwas sagte oder womöglich doch seine Meinung ändern würde. Ich fühlte mich wie ein Verräter, weil ich meinem Vater nichts sagen durfte. Die ganze Tour war mir versalzen, ausgerechnet als er am

glücklichsten war.
Für mich sah ein Talausgang genauso aus wie der andere. Aber Silberhuf führte uns, ohne auch nur eine Sekunde zu zögern. Und eine Woche später saßen wir bereits wieder in dem heißen Tümpel, wenige Schritte von unserem Nonnenkloster entfernt.
Wir hatten unsere Satteltaschen und Schlafsackrollen hingestellt, Seife und solchen Krimskrams herausgezerrt und wuschen uns seit vier Wochen zum ersten Mal gründlich.
„Was, zum Kuckuck, führt Silberhuf im Schilde?“ fragte Vater plötzlich.
Silberhuf trottete langsamen Schrittes quer über das Gras davon und war bereits eine Viertelmeile von uns entfernt. Vater brüllte: „Silberhuf, komm zurück!“ Aber das Pferd ging mit ruhigem Schritt weiter von uns weg. Mir rannen die Tränen übers Gesicht, und Vater fragte streng: „Warum heulst du? Was ist los?“
Jetzt brach ich in ein elendes Geflenne aus.
„Was wird hier gespielt, Jack?“ fragte Vater streng, während er aus dem Tümpel herauskam. Ich kroch ebenfalls raus.
„Silberhuf verläßt uns.“
„Was?“ Vater fielen fast die Augen aus dem Kopf, doch dann begann er, sich eilig anzuziehen. „Das tut er nicht, bestimmt nicht.“ Dann schrie er: „Hee, Silberhuf, komm zurück.“ Er wandte sich zu mir: „Und du willst sagen, daß du es gewußt hast und deinem Vater nichts gesagt hast?“
„Ich habe es versprochen, Vater“, schluchzte ich und blickte Silberhuf nach, der noch immer im gleichen Tempo davonlief.
„Thaah“, Vater griff zu seinem Expreßgewehr und brüllte: „Halt, Silberhuf! Silberhuf, oder ich schieße.“

„Vater", rief ich bestürzt. „Du kannst ihn doch nicht verletzen."
„Ich kann es wieder reparieren", sagte er und zielte. Ich stürzte mich auf seine Waffe. Das überraschte ihn, und er versuchte mich abzuschütteln. Ich fiel ins Gras, und er zielte jetzt besonders sorgfältig. Da zerrte ich an seinem Bein, und der Schuß ging in die Luft. Ich stand auf, wehrlos und splitterfasernackt. Vater schmiß das Gewehr auf die Erde, stand da und starrte mich an, als ob er seinen eigenen Augen nicht trauen konnte. Silberhuf war nicht mehr zu sehen.
„Bist du ganz und gar verrückt geworden?" fragte er endlich.
Ich erzählte ihm, was geschehen war, und als ich am Ende war, sagte er ganz ruhig: „Aber, Jack, es ist doch nur ein mechanisches Pferd."
„Ich weiß", sagte ich. Es war schwer zu erklären, was ich fühlte. „Ich weiß, ein elektronisches Gehirn ist nicht so eins wie unseres. Aber nimm an ... ich weiß nicht, wie ich es sagen soll ... nimm an, wenn du alle diese Worte und Daten in sein Gehirn hineingestopft hast ... ich meine ... schließt das nicht auch eine Menge von eigenen Ideen mit ein? Ich meine Ideen wie, frei zu sein und unabhängig? Ich meine, Vater, bestimmte Arten von Ideen sind ein Teil von Worten, wie Unabhängigkeit, Freiheit, Liebe und Freundschaft und so weiter, sie dienen einem guten Zweck, und Dinge wie Haß, Sklaverei und Jagd nach Geld verbergen eine schlechte Absicht. Und was ich glaube, ist: selbst wenn er nicht lebendig und fähig ist, so zu denken wie wir, so muß er auf eine Weise doch so denken wie wir, weil wir – das heißt die Menschen – ihn machten und alle diese Dinge in sein Gehirn hineingefüttert haben."
Ich fror, als ich so dastand ohne einen Fetzen am

Leib, aber ich mußte es mir von der Seele reden. Mein Vater schwieg indessen und beendete seine Garderobe und begann sich die Pfeife zu stopfen.
„Schließlich“, sagte ich, „war es ja nicht so, daß du ihn mit nach Hause nehmen wolltest, weil du ihn gerne hattest oder um seinetwegen, sondern weil du Geld an ihm verdienen wolltest, genau wie die Kaiser-Witwe.“
Das war ein Schlag in die Magengrube, wurde mir plötzlich bewußt. Aber Vater entgegnete ganz ruhig: „Die Miete muß bezahlt werden, weißt du.“
„Gut, das sehe ich ein, und ich habe auch versucht, ihn zum Bleiben zu überreden, aber eigentlich ist das wirklich nicht seine Sache, stimmt's? Du hast niemals mit ihm darüber gesprochen und ihn statt dessen behandelt wie etwas, das man gefunden hat – als dein Eigentum, mit dem du tun und lassen kannst, was du willst. Vielleicht wäre alles anders gekommen, wenn du etwas vorsichtiger gewesen wärst und ihn auf die Vorteile, die er haben würde, hingewiesen hättest.“
Vater seufzte tief und sagte nur: „Zieh dir was an, Jack, und laß uns gehen.“
Ihm muß elendig zumute gewesen sein.
Später, als wir schon weitergingen, hätte ich mich backpfeifen mögen, daß ich so mit meinem Vater geredet hatte. Ein feiner Kumpel war ich, meinem eigenen Vater Lektionen zu erteilen. Ich hatte ihm die ganze Reise verpatzt, wenn man es so nimmt. Zuerst der Jeep, dann war es wahrscheinlich meine Schuld, daß er in die Eisspalte gefallen war, dadurch hatten wir die Spur der Schneemenschen verloren, und jetzt das. Er hatte sich großartig in all diesen Situationen benommen, und ich, ich nörgelte an ihm herum wie eine Schwiegermutter. Vor einer Woche träumte er davon, berühmt zurückzukehren und sich seine Ver-

träge selbst auszuwählen, und jetzt machte er sich Sorgen, wovon er die Miete bezahlen und seine nächste Reise finanzieren sollte. Es war ein schwarzer Tag, und das einzige Gute daran war, daß er eine Gazelle erlegte.

Wir aßen im Gebetsraum des Nonnenklosters Abendbrot. Es gab frische Leber und Quetschkartoffeln aus Pulver. Und wenn man es so nimmt, war es ein schwarzer Tag für die Gazelle.

Am nächsten Tag bemühte Vater sich mehrere Male, über sein Funkgerät in Kontakt mit Silberhuf zu kommen, aber das Pferd gab keine Antwort. Wir waren beim Packen und machten alles startklar für unseren langen Rückmarsch. Die ganze Zeit über arbeitete das Gerät auf der Wellenlänge des kleinen Senders, der in das Pferd eingebaut worden war.

In dieser Nacht erwachte ich plötzlich, gerade als ich von dem Pferd und den Schneemenschen träumte. Das Funkgerät summte leise. Dann hörte ich Silberhuf, der im Flüsterton sprach.

„Jack, Mike."

Ich weckte Vater. Die Stimme kam wieder. Mein Vater strahlte und schaltete den Sender ein.

„Hier spricht Mike. Hallo, Silberhuf."

„Hallo, Mike."

Dann trat eine Pause ein, und im Hintergrund war ein Geräusch, das sich wie Singen anhörte.

„Ich bin gefangen, Mike, diese Räuber, die Jack sah, angeführt von Jaltsolin, dem Mönch."

„Wo bist du?"

„In einer Höhle. Gestern abend, bei Anbruch der Dunkelheit, schloß ich meine Augen und schaltete ab. Als ich sie wieder öffnete, war ich mit Seilen um Hals und Fußgelenke gefesselt, und Männer standen um mich herum. Aus Furcht, sie könnten mich zerstören, mußte ich mit ihnen gehen."

„Wie viele sind es?“
„Fünf, aber zwei sind fortgeritten, um Vorräte zu holen, und kommen vielleicht zurück.“
„Hör zu, Silberhuf. Wir werden sofort kommen. Von Zeit zu Zeit werde ich mit dir Verbindung aufnehmen, um deine Position zu erfahren. Bleibe auf Empfang.“
„Wird gemacht, Mike. Aber meine Batterien sind schwach, ich mußte nämlich auch nachts laufen.“
„Dein Gerät wird nicht so viel verbrauchen. Was treiben die Banditen jetzt?“
„Sie sitzen um ein Yakdungfeuer, trinken und singen.“
„Ich gehe jetzt nach draußen, um meine erste Position festzustellen.“
Nach einigen Versuchen fand er eine Position einhundertneunundvierzig Grad westlich von Süd und teilte Silberhuf mit, daß wir uns auf den Weg begeben. Alles, was wir mitnahmen, waren Gewehre, Schokolade, einen Medizinkasten, das Funkgerät und einen Kompaß. So zogen wir in der fixierten Richtung los. Ab und zu überprüfte Vater die Marschroute, nahm leichte Korrekturen vor, und weiter ging's.
Als die Sonne aufging, kamen wir besser voran. Wir rasteten zum ersten Mal nachmittags an einem Fluß, um Wasser zu trinken und Schokolade zu essen. Während ich mich ausruhte, kletterte Vater mit dem Funkgerät auf eine Anhöhe und kam sehr befriedigt wieder zurück, weil er durch zwei Standortbestimmungen ermittelt hatte, daß uns nur noch wenige Meilen von Silberhuf trennten. Er befahl Silberhuf, abzuschalten, um seine Batterien zu schonen.
Es war ein Moränengebiet, und die ganze Landschaft war mit gigantischen runden Felsbrocken übersät, die die Gletscher zurückgelassen hatten. Es

fiel uns daher nicht schwer, in Deckung zu bleiben. Weil wir bergauf gingen, um den Weg, der zu dem Paß führte, zu vermeiden, bleiben wir unterhalb des Kammes, bis wir in das nächste Tal blicken konnten, ohne dabei selbst gesehen zu werden.
Und da waren die Banditen.

Neuntes Kapitel

Es war ein äußerst friedlicher Anblick. Fünf an den Vorderfüßen gefesselte Pferde grasten gemächlich zwischen den großen Felsbrocken, die überall verstreut auf dem ganzen Talgrund herumlagen. Von einer Seite ragte eine steile Felswand auf, die von der Höhle durchbrochen war. Fünf der Halunken aalten sich ausgestreckt in der späten Nachmittagssonne. Vielleicht schliefen sie ihren Rausch der vergangenen Nacht aus. Langsam senkte sich die Sonne den Bergen entgegen. Sie wurde zusehends größer und glutrot, bis die Berge ihre Schattentiefe verloren und sich schwarz von dem indigofarbenen Himmel abhoben.
Der himalajaische Abend begann seine Kälte auf uns auszuströmen. Einer der Banditen richtete sich auf und entfachte ein ausgegangenes Yakdungfeuer zu neuem Leben. Sobald es richtig brannte, stellte er einen Kessel auf das Feuer und ging wie gewöhnlich daran, all die Handbewegungen zu tun, die nötig sind, um Buttertee zu bereiten. Nachdem das Wasser gekocht hatte, ging er zur Felswand, wo ein Teefaß lehnte. Das gehört zur Standardausrüstung aller Reisenden im Himalaja, und man begegnet niemals einer Reitergruppe, von denen nicht einer ein Teefaß, quer über den Rücken geschnallt, mit sich trägt. So ein Teefaß, ein Zylinder aus Holz oder aus Bambus, ist etwa sechzig Zentimeter lang, mit einem

Durchmesser von zehn Zentimetern. Oben ist es offen, und innen sitzt an einer Stange ein passender Kolben mit Löchern drin, wie in einem Kartoffelquetscher. Um Buttertee zu bereiten, kocht man zu harten Ziegeln gepreßten Tee, sehr stark, mit etwas Salz und Natron. Dann wirft man ein großes Stück ranzige Butter dazu, und sobald es kocht, gießt man das Ganze in das Teefaß. Nach ein paar Stößen mit dem Kolben ist der Tee gründlich gemischt, so daß die Butter nicht mehr oben schwimmt. Für europäische Ohren mag das gräßlich klingen, aber wenn man sich erst einmal dran gewöhnt hat, ist es ein herrliches Getränk. Besonders, um einen in den Höhenlagen frisch und munter zu halten. Man trinkt es überall im Himalaja, in Tibet, in Yunnan und in Szechuan.

„Das Teefaß bringt mich auf eine Idee", sagte Vater, „gib mir mal den Leinenbeutel mit den Medikamenten her."

Wir rutschten ein Stück runter, so daß wir unterhalb der Horizontlinie saßen. Und dort fing er an, den Inhalt bestimmter Flaschen auszuzählen.

„Ein bißchen Chloralhydrat, eine ganz hübsche Menge Barbitursäure und achtzig Tabletten Morphium, das ein närrischer Doktor mir einmal gab, als Kur gegen Dysenterie. Geteilt durch fünf ... ja, es reicht, würde ich sagen."

„Aber", sagte ich, als Vaters ausgeklügelter Plan bei mir zu dämmern anfing. „Du willst doch nicht etwa damit sagen, daß wir da unten runtergehen und die Tabletten in die Teetonne hineinschmuggeln müssen?"

„Nicht wir, ich."

„Aber was wird, wenn sie dich hören?"

„Hast du vielleicht eine bessere Idee, Jack? Es ist nicht gerade ratsam, da hinunterzugehen und zu sagen: Guten Tag, liebe Banditen. Verzeihung, aber das Pferd gehört uns."

Je mehr ich darüber nachdachte, um so mehr gefiel mir die Idee – abgesehen von dem Risiko. Und es war klar, wir mußten irgend etwas Ungeheuerliches tun, um Silberhuf zu befreien.

Wir schliefen unter einem großen Felsbrocken im warmen Sand, und sobald der Mond aufgegangen war, weckte Vater mich. Es dauerte ziemlich lange, ringsherum zu schleichen, um eine geschützte Stelle in der Nähe des Höhleneinganges zu finden. Wir mußten ganz nahe herankriechen, um bei Mondlicht in den dunklen Eingang hineinsehen zu können. Es herrschte Totenstille. Nur das Grasen der Pferde und hin und wieder das Geklirr der Zaumzeuge waren zu hören. Unser Plan sah vor, daß Vater zur Höhle kroch und die Tabletten in die Tonne kippte, während ich ihm Deckung gab. Er klopfte mir auf die Schulter und begann über das Gras zu krauchen, sehr langsam und leise.

Ich hörte ein Geräusch, und im selben Augenblick hielt Vater wie erstarrt an. Aus dem Höhleneingang trat eine Gestalt heraus, eingehüllt in ein Schaffell, den Pelz nach außen, und blieb im Mondlicht stehen. Wenn sie einen Posten aufgestellt hatten, war unser ganzer Plan verpfuscht. Mit dem Finger am Abzug, verteidigungsbereit, behielt ich ihn im Visier meines Gewehrs, während er dastand und sich umblickte, genau so, wie es ein Posten tun würde. Dann kam er weiter heraus, und man konnte sehen, daß er besoffen war und taumelte. Er torkelte hin und her und brauchte wenigstens ein paar Schritte, bis er sich wieder gefangen hatte. Dann blieb er so dicht vor der Stelle stehen, wo Vater im Schatten des Felsens lag, daß er ihn entdecken mußte. Aber es war kein Posten. Der Kerl blieb stehen, schwankte hin und her, während er seine Notdurft verrichtete, und taumelte zurück zur Höhle. Ich beobachtete, wie Vater ein kleines Stück zurückkroch und hinter dem Felsen abwartete, ob die anderen womöglich dasselbe tun würden. Es schienen Stunden zu vergehen. Jetzt war ich an der Reihe, denn eines der grasenden Pferde kam direkt auf mich zu, so nahe, daß ich hörte, wie es das Gras mit den Zähnen abriß und kaute. Während ich überlegte, ob ich das Pferd mit meinem Gewehr verjagen sollte, aber Angst hatte, es zu tun, weil das Pferd Lärm machen könnte, war Vater wieder an meiner Seite. Das Pferd war dadurch überhaupt nicht verängstigt, sondern trottete ab. Vater legte die Hand auf meinen Arm und schlich mit mir langsam zurück, hinauf auf einen Hügel, etwa hundert Meter von der Höhle entfernt. Dort versuchten wir zu schlafen.

Es war eine lange Nacht, und wir hatten keine Schlafsäcke. Langsam bildete sich auf unserer Kleidung Rauhreif. Noch nie zuvor hatte ich den Lichtwechsel als Vorboten der Dämmerung so begrüßt wie jetzt. Es kam mir vor wie ein Strafaufschub, als ein rosafarbiger Lichtpfeil den ersten Schneeberg, weit in der Ferne, anzündete.

Vater lag zusammengerollt wie ein Igel. Er zitterte genauso wie ich, aber er schien zu schlafen.

Langsam wurde mir wärmer, und wir machten im Schutze des großen Felsbrockens ein paar Turnübungen. Einer der Banditen schlurfte mit einem Kessel in der Hand aus der Höhle heraus und füllte ihn an einem nahen, verwachsenen Bächlein – ein garstiger, dreckiger Bursche mit staubigem Haar. Er trug einen langen Zopf, der in einem roten Band endete, und in einem Ohr einen riesigen Ring. Sein dikker Homespun-Mantel war oben in seinem Gurt festgehakt, und seine Homespun-Kniehosen waren hin-

eingestopft in Kniestiefel aus dem gleichen Material und unterhalb des Knies zusammengebunden.
Auf jeden Fall war er nicht bewaffnet. Er stellte den Messingkessel auf den Yakdung, zündete ihn mit Streichhölzern an, warf trocknes Gras darauf und entfachte das Feuer in der üblichen Art und Weise mit einem Blasebalg aus Schaffell. Sobald es brannte, kramte er aus seinem Gewand ein Stückchen Teeziegel heraus und warf es in den Topf.
Jetzt kam die entscheidende Frage, würde er den Teetopf ausspülen oder nicht? Sämtliche Tabletten, die wir besaßen, waren in dem Topf, und wir wären aufgeschmissen, wenn sie dabei alle flötengingen.
„Diese Burschen waschen praktisch nie was“, sagte Vater und spähte bange über den Felsvorsprung. „Drück die Daumen. Aber Gott sei Dank wird man hier nicht gerade zum Waschen animiert, und viele Möglichkeiten gibt's in dieser Höhle auch nicht.“
Der Kerl saß da, beobachtete den Kessel und rauchte. An der Art, wie er seine Stirn stützte, konnte man sehen, daß er an den Folgen des letzten Nachtgelages litt. Das Wasser im Kessel kochte, und er warf ein Stück Butter aus einer Blase hinein.
Dann ging er auf das Faß zu, änderte plötzlich sein Vorhaben, ging zurück, um den Kessel zu holen, und goß den Tee in das Faß, ohne auch nur einen Blick in sein Inneres zu werfen. Er pumpte ungefähr eine Minute, setzte das Faß wieder hin und ging in die Höhle. Als er rauskam, nahm er das Faß wieder hoch, stampfte abermals und goß den Inhalt zurück in den Kessel, um ihn auf dem Feuer warm zu halten.
„Vollbracht“, hauchte Vater leise in mein Ohr.
Die anderen Banditen traten sich rekelnd, blinzelnd und gähnend heraus in den Sonnenschein, einer nach dem anderen. Es waren tatsächlich jene Bandi-

ten, die ich schon einmal gesehen hatte, ein feiner Haufen von Totschlägern. Und es bestand kein Zweifel darüber, wer ihr Anführer war.
Sie machten alle für den rot eingehüllten Mönch Jaltsolin mit seinem Igelkopf Platz. Einer von ihnen trug einen Ledersack mit Tsamba – der Hauptnahrung im ganzen Himalaja-Gebiet. Diese Art Speise muß sich durchgesetzt haben, weil es so schwer ist, da oben Nahrungsmittel zu kochen. Daher rösten sie die Gerste in einem Topf, bis sie knusprig ist, und mahlen die Körner, die danach nicht mehr gekocht zu werden brauchen, zu Mehl. Und das Gericht ist fix und fertig zum Essen.
Sie ließen sich alle fünf nieder und griffen in ihr Gewand, in dem sie ihre Eßschüsseln verbargen. Der Mann, der den Tee zubereitet hatte, schenkte ein, dem Mönch zuerst. Jeder griff nach einer Handvoll Tsamba, tat es oben auf den Tee und formte den Brei nach und nach zu Kugeln, die sie dann sehr langsam kauten. Tsamba zu essen ist eine langwierige Angelegenheit und macht durstig. Einer von ihnen ging daher zurück in die Höhle und kam mit einem Tonkrug heraus, den sie herumreichten und aus dem sie ab und zu einen tüchtigen Schluck taten, während sie aßen.
Sie hatten einen mächtigen Zug am Leibe.
„Das heißt den Teufel mit dem Beelzebub austreiben“, sagte Vater frohlockend, „das wird dem Mikkey-Finn-Cocktail Beine machen.“
Als sie aufgegessen und ihren Tee getrunken hatten, mußten sie die Flasche schon fast auf den Kopf stellen. Als einer von ihnen in die Höhle ging, um Zigaretten zu holen, schwankte er schon ein wenig. Dann zündeten sie sich alle ihre Pfeifen an und fingen bald darauf zu gähnen an und die Köpfe in ihren Händen aufzustützen. Einer nach dem anderen stand auf

und verschwand in der Höhle.
„Wir lassen ihnen eine Stunde Zeit, um fest einzuschlafen", sagte Vater und blickte auf die Uhr. Es war eine lange Stunde, aber wir taten gut daran zu warten, denn zehn Minuten später, nachdem sie alle nach innen gegangen waren, kam Jaltsolin gähnend wieder heraus. Aber er erledigte nur sein Geschäft und ging wieder zurück. Endlich kletterten wir den Hügel vorsichtig hinunter auf die Höhle zu. Ich wartete etwa dreißig Meter entfernt, und Vater schlich die Felswand entlang. Er spähte in den Eingang, wartete, und dann war er in der Banditenbehausung verschwunden. Eine Sekunde später kam er mit einer schwarzen Decke aus Yakwolle in der Hand wieder zum Vorschein. Er winkte mir zu, und wir entfernten uns ein kleines Stück und hockten uns hinter einen Felsen nieder.
„Sie schlafen wie Rip Van Winkle", flüsterte er. „Und das hier brachte mich auf diese Idee", er schüttelte mit der Decke, „für Seile."
Gewebe aus Yakwolle ist ungeheuer stark, es dauerte daher ziemlich lange, um die Decke in Streifen von etwa anderthalb inches zu zerschneiden. Vater machte in zehn der Seile Schlingen.
„Wir gehen jetzt zusammen hinein", sagte er, „es kann gefährlich werden, ich hab daher folgende Idee. Du gibst mir Deckung, das ist deine Arbeit. Ich werde als erster ihre Gewehre einkassieren und sie aus der Höhle herausbefördern. Der nächste Akt ist, ihre Fußgelenke zu fesseln und sie alle aneinanderzuketten, das heißt, wenn möglich."
„Nicht ihre Hände?"
„Zuerst die Füße. Ein Mann mit gefesselten Händen und frei beweglichen Füßen ist immer noch gefährlich, aber einer mit gefesselten Füßen ist praktisch hilflos. Wenn sie keine Gewehre mehr besitzen und

mit gefesselten Füßen aufwachen, haben wir gewonnen."
Ich nickte. In Wirklichkeit aber hätte ich alles dafür gegeben, aus dieser Sache wieder herauszukommen, jetzt, da es Ernst wurde, da wir uns in die Höhle des Löwen begeben mußten, um mit fünf gefährlichen und kräftigen Männern fertig zu werden. Und was noch schlimmer war, es lag mir auf der Zunge, es zu sagen, aber ich wußte nicht, wie ich's ihm beibringen sollte, und so folgte ich Vater mit vor Aufregung trockenem Mund zur Höhle. Wir schlichen hinein und standen eine Weile still, bis sich unsere Augen an die Dunkelheit gewöhnt hatten.
Es war eine große, niedrige Höhle mit einem ausgetrockneten sandigen Boden, der sich in der Dunkelheit verlief. Ich glaubte weiter hinten im Dunkeln einen Umriß zu erkennen, der Silberhuf glich. Aber es stimmte mich nicht froh, als ich gleichzeitig die Banditen auf dem sandigen Boden verstreut herumliegen sah. Sie schnarchten wie die Abflußrohre, dabei murmelten sie und kauten im Schlaf. Es stank nach ungewaschenen Leuten, Tabakrauch, Schnupftabak, ranziger Butter, uraltem Hammelfett und Alkohol.
Flehend beobachtete ich meinen Vater, der herumging und alle Waffen, die ihm vor die Augen kamen, einkassierte – wenn ich bloß nicht schießen müßte. Und als er die Pistolentasche des Mönchs aufknöpfte und seine Mauser herauszog, hielt ich den Atem an.
Er mußte mehrere Male gehen, um zu vermeiden, daß die Gewehre, Pistolen und Schwerter aneinander rasselten. Während er draußen war, hatte er sich die Pistole des Mönchs in seinen Gürtel gesteckt, denn jetzt hatte er die gefährlichste Aufgabe zu meistern. Er mußte sie fesseln. Zuerst kam natürlich der

Mönch an die Reihe. Er lag auf dem Rücken, die Beine hatte er gespreizt, und stieß lange Schnarcher aus wie eine Kaffeemaschine. Vater ließ eine große Schlinge zwischen seinem rechten Fußgelenk und dem Sand gleiten und zog sie an, bis sie straff genug war. Mir war schleierhaft, wie er die Gelenke des Mönchs zusammenkriegen wollte.
Aber er versuchte es erst gar nicht, sondern trat hinter den riesigen Lama und kitzelte eine seiner Hände leicht mit einem Schafwollfaden. Der schlafende Mann schüttelte sein Handgelenk und schaltete seine Schnarcher auf einen anderen Gang. Vater kitzelte weiter. Der Mönch stieß einen langen Seufzer aus, der in Grunzen überging, und drehte sich herum. Jetzt lag er auf der Seite, und die Hand- und Fußgelenke berührten sich fast. Wie im Zeitlupentempo zog Vater die andere Schlinge zu, und der Mönch war gefesselt. Vater grinste mich an, aber der Schweiß lief ihm übers Gesicht.
Bei den nächsten beiden ging es einfacher, weil ihre Fußgelenke nebeneinanderlagen. Aber gerade, als Vater sich den vierten vorknöpfen wollte, stieß der Mönch einen Schnarcher aus und versuchte sich aufzusetzen. Wir standen da wie angefroren, mit unseren Köpfen so gewendet, daß wir ihn sehen konnten. Wir standen beide genau zwischen ihm und dem von der Sonne erleuchteten Eingang. Aber er muß gedacht haben, er träume, denn er schloß seine Augen sofort wieder und ließ sich in eine bequemere Stellung zurückfallen.
„Wenn die Medizin stark genug ist, ihn fertigzumachen“, sagte mein Vater, „glaub ich nicht, daß wir mit den anderen Ärger haben.“
Vater arbeitet jetzt schneller und sicherer. Und abgesehen von einem Seufzer, einem Grunzer oder einem Kauen ihrer Kinnbacken, schnarchten und

schliefen die Banditen weiter, bis Vater sie alle in Reih und Glied, die Handgelenke mit den Fußgelenken verknotet, fest zusammengebunden hatte.
Als er den letzten Knoten geknüpft hatte und sich aufrichtete, sicherte ich mein Gewehr. Ich fühlte mich genauso erleichtert und erschöpft wie er, so als ob ich ganze Arbeit geleistet hätte.
Dann schlichen wir dorthin zurück, wo Silberhuf im Dunkeln stand. Ich schlang meine Arme um seinen bronzenen Widerrist.
„Silberhuf", sagte ich, „du weißt ja gar nicht, wie glücklich ich bin, dich wiederzusehen." Und Vater fragte: „Was machen deine Batterien?"
„Sehr schwach, Mike", flüsterte Silberhuf mit ziemlich matter Stimme. „Ich kann, fürchte ich, keinen einzigen Schritt mehr gehen."
Es dauerte ziemlich lange, Silberhuf herauszubefördern. Wir mußten ihm helfen, jedes Bein hochzuheben, und langsam wankte er heraus in das helle Sonnenlicht, wie ein Invalide. Und dann stand er da, wie ertränkt im Licht, das die Tausenden schimmernden Zellen des Energieumwandlers aufnahmen. „Jetzt wird kein Wort mehr gesprochen", sagte Vater, streng wie ein Doktor, „mach deine Augen zu, und in vier oder fünf Stunden bist du wieder fit."
Aber Silberhuf, matt wie er war, hatte uns etwas Wichtiges mitzuteilen.
„Hinter ... der ... Höhle ... großer Felsen ... blicke dahinter."
Dann schloß er die Augen.
Wir eilten an den schlafenden Banditen vorbei, über die Stelle hinaus, wo Silberhuf gestanden hatte. Die Decke der Höhle fiel schräg ab, und wir mußten uns ducken. Dann kam der große Felsen, so wie Silberhuf gesagt hatte. Es war gerade genug Platz, um dahinterzukriechen. Um weiter zu kommen, mußten

wir auf allen vieren krauchen, aber nach ein paar Metern wurde die Decke wieder etwas höher. Wir waren in einer anderen Höhle. Vater leuchtete mit der Taschenlampe ringsherum und stieß auf ein schwarzes Bündel – eine yakwollene Decke, zu einem Sack zusammengebunden. Es klimperte, als Vater das Bündel anstupste. Schätze! jagte es durch meinen Kopf. Aber um eine neue Enttäuschung zu vermeiden, verwarf ich den Gedanken sofort wieder. Wir zerrten das Bündel nach draußen in den Sonnenschein. Was kann da schon drin sein, sagte ich mir, höchstens ein paar unbrauchbare Sachen aus Metall und sonstiges Zeugs, das sie nach ihren Raubzügen weggeschmissen hatten – Plunder.

Als Vater die Ecken der Decke zurückschlug, stieß er einen merkwürdigen Laut aus, so was wie eine Mischung zwischen einem Pfiff und einem „Puh". Aus dem Haufen schossen blendende, vom Sonnenlicht entzündete Flammen – gelbe vom Gold und rote, grüne und weiße von den Steinen. Zwischen den leuchtenden, blitzenden Farben war auch der stumpfe Glanz von angelaufenem Silber, und das, was aussah wie Lederbeutel, waren kleine Stücke von grob geschmolzenem Metall.

„Sind das echte Schätze?" hörte ich mich selbst flüstern.

„Kneif mich mal, Jack", sagte Vater. „Ich glaube, wir träumen."

Er stocherte in dem Metallhaufen herum, drehte das Unterste zuoberst und las eine Goldmünze auf. Es war ein englisches, goldenes Zwanzigschillingstück, mit dem Kopf der Königin Victoria.

Er warf es hoch in den Sonnenschein und fing es wieder auf. Vater sagte: „Englische Münzen aus der Zeit der Königin Victoria besaßen eine Art heilige Bedeutung unter den Lamaisten. Sie glaubten, daß die

Königin Victoria eine Inkarnation der schutzspendenden Göttin Palden Lhamo war und daß, solange Victoria lebte, Tibet niemals überfallen werden würde. Es ist übrigens auch wahr, drei Jahre nach ihrem Tod überfielen die britischen Streitkräfte Tibet und marschierten nach Lhasa."

Ich nahm eine goldene Schale in die Hand und war erstaunt über ihr Gewicht. Zum ersten Mal hielt ich so ein kostbares Metall zwischen den Fingern.

Die meisten der Silbersachen waren mit Steinen eingelegt und schienen von größeren Stücken abgeschlagen worden zu sein. In einem solcher Stücke prangte ein grüner, polierter Stein. Vater beleckte ihn mit der Zunge. „Ungeschliffener Smaragd", sagte er. „Dieser Stein alleine würde ausreichen, um unsere nächste Reise zu finanzieren."

„Aber es gehört uns nicht. Müssen wir nicht das ganze Zeug zurückgeben?" Ich wollte mich absichtlich nicht zu sehr freuen.

„Ich glaube kaum, daß wir jemals herausfinden können, wem das Zeug gehörte", sagte er. „Ich nehme an, es ist alles aus Klöstern zusammengestohlen. Wir können unmöglich den ganzen Himalaja absuchen, um zu fragen, wer es verloren hat. Wir würden es geradezu herausfordern, selbst beraubt oder festgenommen zu werden. Und wenn wir's bei den Behörden abliefern, die würden es sowieso selbst behalten. Nein, Jack, hier gilt die Regel, wer find – gewinnt. Aber noch sind wir nicht raus aus dem Schneider. Am besten, wir suchen uns einige der wertvollsten, massivsten Sachen heraus – jetzt gleich – und verstecken den Rest." Er blickte sich um. „Wir müssen eine gute Stelle finden, um es zu verstecken. Aber ich nehme an, diese Burschen glauben, wir haben alles mitgenommen, und werden hier gar nicht erst suchen."

Wir packten nur wenig Gold ein. Dafür füllten wir einen Tsambasack voll mit wertvollen Steinen, versteckten den Rest oben am Hügelabhang und bedeckten alles mit Felsbrocken. Als wir unten ankamen, stand die Sonne im Zenit, und Silberhuf hatte einige Stunden lang aufgeladen.

Er öffnete seine Augen, als wir vorbeigingen, und ich hörte das leise Summen des anlaufenden Motors.

„Wie geht es dir jetzt?" fragte Vater.

„Danke sehr, viel besser", antwortete Silberhuf. „Meine Batterien waren so gut wie leer. Ich konnte nicht widerstehen, euch bei der Fesselung zuzuschauen, und das gab meinen Batterien den Rest. Sehr rohe Gesellen, diese Räuber. Sie hätten mir bestimmt die Augen ausgerissen und meine Hufe abgeschnitten. Sie haben wirklich vor nichts anderem Achtung als vor Geld und Schnaps. Ich bin euch beiden wirklich außerordentlich dankbar, daß ihr gekommen seid, um mich zu befreien – und besonders, weil ihr kamt trotz meines unfreundlichen Verhaltens, als ich euch beiden davonlief."

Mein Vater sah sehr verlegen aus, er lächelte verkrampft und sagte, es sei nicht der Rede wert und er sei erfreut, ihm zu helfen, und lauter solche dämlichen Phrasen. Er endete damit: „So, und jetzt schließe deine Augen noch mal, damit wir sicher sind, daß du nun kräftig genug bist, um mit uns aufzubrechen, sobald wir hier abmarschiert sind."

Als wir uns entfernten, fügte er zu mir gewandt hinzu: „Mein Gott, Jack, ist das ein höfliches Pferd. Wer es auch programmiert haben mag, es muß ein sehr gut erzogener Mensch gewesen sein."

Aber wir hatten noch nicht die Höhle erreicht, da rief Silberhuf: „Halt! Mike! Jack! Seht dort, Südwest bis Süd. Etwa acht Kilometer von uns entfernt."

In dem grellen Sonnenlicht konnten wir nichts erkennen. Vater ging und holte das Fernglas des Mönchs. Er sah nur einmal durch und gab mir das Glas. Als mir die entfernten Berge im Glas entgegensprangen, entdeckte ich zwei winzige Gestalten zu Pferd. Sie kamen in dem rennenden Galopp der mongolischen Pferde, den sie den ganzen Tag durchhalten können, auf uns zu. Vater schritt sofort zur Tat.

„Alle Waffen nach innen", sagte er, und wir ergriffen beide einen Arm voll, stapelten sie sorgfältig in der Höhle auf und schleppten alles mögliche, was so herumlag, in die Höhle – ohne den Juwelensack zu vergessen.

„Was wollen wir jetzt tun?"

Ich versuchte meine Stimme ruhig zu halten, aber sie zitterte trotzdem. Wir standen am Höhleneingang und konnten die beiden Reiter, die eine kleine Staubwolke vor sich her trieben, jetzt deutlich erkennen.

„Ich kann sie doch nicht einfach abknallen", sagte Vater. „Ich glaube, am besten ist, wir lauern ihnen in der Höhle auf und hauen sie zusammen."

Ich muß sehr blaß und verängstigt ausgesehen haben, denn er fügte hinzu: „Sieh mal, wir sind ihnen gegenüber im Vorteil, wir können sie überraschen."

Aber da ich nur ein Junge war, befand sich mein Vater gegenüber zwei Männern doch im Nachteil.

Gerade in dem Augenblick erschien Silberhuf im Höhleneingang und sagte: „Die Leute im Himalaja sind alle schrecklich abergläubisch, und ich denke, wir sollten uns das zunutze machen. Wenn ihr diese Halsabschneider hier in die Höhle zurückschleppen könntet, so daß man sie nicht sieht, würde ich mich im Höhleneingang aufbauen und versuchen sie zu vergruseln."

„Aber ...“, begann mein Vater.
Silberhuf unterbrach ihn: „Sie werden in wenigen Augenblicken hier sein. Ich glaube, es ist besser, Sie tun, was ich Ihnen gesagt habe. Es kann nichts schaden.“
So schleiften wir die bewußtlosen Männer an ihren Kleidern über den Sand ins Finstere und verwischten alle Spuren, bevor wir auch hineingingen und uns im Schatten versteckten, die Gewehre schußbereit.
Silberhuf wich ein paar Schritte in das Höhleninnere zurück und postierte sich in der Mitte des Eingangs.
Dann erklangen menschliche Stimmen und Hufgeklapper.
Sie hielten die Pferde an. Und danach verging eine lange Zeit. Ich glaubte, sie schwangen sich aus den Sätteln und knoteten ihre Bündel auf. Fortwährend riefen sie nach ihren Kumpeln, aber wir konnten nicht ein einziges Wort verstehen, außer „Jaltsolin“, den Namen des Bosses. Sie schienen bei bester Laune zu sein. Plötzlich verdunkelte sich der Eingang, und sie standen mit Bündeln beladen da: stocksteif und offensichtlich verblüfft, als sie das Bronzepferd mit seinem gewölbten Hals und den weit geöffneten Augen aus Topas vor sich sahen.
Einer sagte etwas mit gepreßter Stimme, aber der andere nahm keinerlei Notiz. Er warf die Bündel zu Boden und nahm den Riemen seines Gewehrs von der Schulter. Ich hörte den Klick, als der Sicherheitshebel zurückschnellte. Dann zielte er auf Silberhuf, der keine zwei Meter entfernt war. Ich fühlte Vaters Erregung neben mir und nahm das winzige Knacken wahr, als er seine Pistole entsicherte.
Da dröhnte plötzlich Silberhufs Stimme aus der Höhle: „Om Mani Padme Hum'.“

Das Pferd tat einen Schritt vorwärts und wiederholte das Vaterunser der Mönche: „Om Mani Padme Hum'" mit einer Stimme, deren Echo die Höhle vielfach erfüllte.
Der Mann, der immer noch sein Gepäck in der Hand trug, ließ es vor Schreck fallen und stand einen Augenblick wie angegossen mit offenem Mund da.
„Om ...", hob Silberhuf erneut an und trat noch einen Schritt weiter aus der Höhle heraus.
Beide Männer starrten entgeistert auf das Pferd, blickten sich an, machten im selben Augenblick kehrt und flohen, verfolgt von dem Schluß des Vaterunsers: „... Mani Padme Hum'."
Wir hörten das Stampfen der Hufe, als sie sich in den Sattel schwangen und ihre Pferde herumrissen, und danach das donnernde Getöse, als sie über das Gras galoppierten.
Vater eilte hinzu und wollte gerade aus der Höhle heraustreten, aber da sagte Silberhuf: „Es ist besser, wenn Sie drin bleiben, Mike. Lassen Sie sie bei dem Glauben, ich sei der einzige hier. Ich werde hinausgehen und sie beobachten."
Mit kleinlauter Stimme gab Vater sein Einverständnis.
„Was war das für ein Unsinn, den Silberhuf da redete, Vater, dieser Om-Quatsch", fragte ich. „Wieso kann er dieses Kauderwelsch verstehen? Diese Sprache hat ihm doch bestimmt niemand eingegeben?"
„Oh, du meinst das ‚Om Mani Padme Hum'? Das ist die buddhistische Version des Vaterunsers der Christen. Es bedeutet ‚Heil dem Juwel in der Lotos' und wendet sich an Buddha, der sehr häufig in der Lotosblume sitzend dargestellt wird. Es wird millionenmal am Tag gebetet, den ganzen lieben langen Tag, überall im Osten, besonders in Indien, im Himalaja,

in Tibet, Südostasien und weiten Gebieten von Szechuan und den Yunnan-Provinzen. Ich glaube, das war es, was sie zur Flucht veranlaßte. Ein Pferd, das nicht nur sprach, sondern obendrein auch noch buddhistischen Segen erteilte. Sie haben bestimmt angenommmen, das Pferd ist die Verkörperung eines wichtigen Gottes."

Silberhuf kam zurück. „Sie galoppieren sehr schnell in die Richtung, aus der sie gekommen sind, zurück. Ich werde sie weiter beobachten, aber ich glaube kaum, daß wir sie sehr schnell wiedersehen."

Vater war einverstanden, aber schlug vor, nicht vor Anbruch der Dunkelheit aufzubrechen, um zu vermeiden, daß sie uns vom Gebirgskamm aus erspähen konnten.

Wir zerrten die Banditen aus der Höhle heraus, auf einen Platz, wo wir ein Auge auf sie werfen konnten. Einer oder zwei machten den Eindruck, als ob sie bald erwachen würden, die anderen schnarchten oder gurgelten – völlig erledigt. Die Bündel, die die zwei geflüchteten Banditen hingeworfen hatten, enthielten Butter, Teeziegel, Tsamba, pulverisiertes Hammelfleisch, eine ganze Menge hochprozentigen Gerstenschnaps und ein paar kleine Säcke mit Pferdebohnen. Wir machten uns ein Feuer an und tranken Tee, aßen Tsamba und Hammelfleischpulver. Nachdem wir so lange nur von Schokolade gelebt hatten, war es himmlisch, wieder etwas Handfestes zu essen, selbst wenn es Buttertee und uralter Hammel war.

So gegen drei Uhr wachte Jaltsolin auf. Er lag eine ganze Zeit mit offenen Augen da. Vielleicht ahnte er nicht einmal, daß er wach war, sondern glaubte zu träumen. Dann brüllte er plötzlich so fürchterlich, daß mir vor Schreck das Gewehr aus der Hand fiel. Er hörte nicht auf zu schreien und weckte einen der anderen auf. Wir hatten keine Ahnung, was sie redeten, und das war wahrscheinlich auch besser so, meinte Vater. Dann erwachte noch einer, und bald darauf hörte der Mönch auf zu brüllen. Sie unterhielten sich alle drei vor unseren Augen und machten keinen Hehl daraus, daß sie voller Haß erwogen, wie sie aus der Falle herauskämen.

„Wir müssen Schluß machen mit diesem Unsinn", sagte Vater.

Nachdem er allen einen Schluck Wasser angeboten hatte, stopfte er ihnen der Reihe nach die Mäuler mit kleinen Stücken von der Yakwolldecke. Ich fühlte, wie mir die Zähne stumpf wurden, etwa so, wie wenn man auf Silberpapier beißt. Jaltsolin trank einen Schluck von dem Wasser und spie Vater den Rest ins Gesicht.

Wir brachen erst auf, als es draußen dunkel wurde. Während Silberhuf mit dem Radargerät weiter auf seinem Posten blieb, fingen wir die zwei Pferde der Räuber ein, fütterten sie mit Pferdebohnen, sattelten sie und luden den Schatz, etwas Tsamba, Butter, Decken und zwei Ersatz-Gewehre auf. Wir nahmen alle Pferdebohnen mit uns – dann hatten wir auf jeden Fall die schnelleren Pferde. Außerdem waren wir ihnen ein gutes Stück voraus.

Während Silberhuf die Banditen im Auge behielt, warf er hin und wieder einen Blick auf uns. Die anderen Pferde machten einen Bogen um Silberhuf, aber er sagte: „Das macht gar nichts, ich bin in meinem Leben schon öfters anderen Pferden begegnet. Sie sind ein bißchen argwöhnisch am Anfang, aber sie werden sich schnell an mich gewöhnen."

Wir zerschnitten mehr Decken, um Pferdeleinen für die übrigen drei Pferde zu machen. Wir würden sie nicht allzuweit mitnehmen können, ohne sie mit Pferdebohnen zu füttern. Aber trotzdem. Selbst

wenn wir sie nur eine halbe Tagereise mitführten, hätten wir keinen schlechten Start, dachte Vater. Silberhuf führte uns während des Weges, und gegen Morgen hatten wir schon fast zwanzig Kilometer zwischen der Höhle und uns zurückgelassen. Aber wir wagten nicht, ein Feuer anzuzünden. So blieb uns nichts weiter übrig, als unsere Tsamba mit klarem Wasser zu essen. Es war ein fürchterlicher Fraß.
Nach dem Frühstück ging es eilig weiter. Die mitgeführten Pferde ließen im Tempo nach. Wir banden sie daher los und schenkten ihnen die Freiheit.
Als wir auf den nächsten felsigen Paß zuritten und noch einmal zurückblickten, grasten sie friedlich nebeneinander.

Zehntes Kapitel

Vor unseren Augen erstreckte sich ein wie vom Sturm aufgewühltes Meer von Gebirgen, nichts als baumlose Berggipfel und Kuppen. Es war pfadlos, aber dennoch bot es ein leichtes Vorwärtskommen.
Diese Ebenen haben sich einst formiert, als das angesammelte Eiswasser allmählich ablief. Und Wasser ist immer noch der einfachste Wegweiser.
Wir folgten den Bächen, sooft wir konnten, und überquerten die Bergrücken nur, wenn es der Kompaß verlangte. Dann entdeckten wir einen anderen Fluß und zogen seinem Lauf nach. Außer der Vegetation war nirgends ein Zeichen von Leben. Jedesmal, wenn wir einen Bergrücken überquerten, brachte Vater eine Weile damit zu, die Landschaft, die wir durchkreuzt hatten, mit dem Fernglas nach den Banditen abzusuchen.
Danach zogen wir weiter. Und so ging es in einem

fort. Jedes Tal eine Kopie des vorherigen und des nächsten. Und jeder Paß führte unweigerlich zu einer neuen Landschaft, die aber anscheinend immer dieselbe blieb, weil sie alle sich ähnelten wie ein Ei dem anderen.

Am fünften Tag stießen wir auf einen Pfad. Er war kaum benutzt, aber hier und dort entdeckten wir in der Nähe eine ausgebrannte Feuerstelle. Bald danach ging es bergab. Wir hatten die Baumgrenze erreicht.

Auf dem Pferderücken zu sitzen ist etwas ganz anderes, als im Jeep zu hocken. Es ging viel langsamer, und wir hatten mehr Muße, uns umzusehen. Der erste Baum, den wir, wie uns schien, nach einer Ewigkeit antrafen, war ein winziger, knorriger Wacholder, dort gewachsen, wo vor langer Zeit ein Vogel einen Samen fallen gelassen hatte. Er war in dem erbitterten Kampf ums Dasein windschief und verkrüppelt geworden. Er glich einem jener Miniaturbäumchen, die die Japaner ohne ein einziges Gramm Nährstoff „heranhungern" lassen.

Diese Bäumchen, x Jahre alt und kaum einen Meter hoch, gleichen sechzigjährigen Liliputanern, die zwar immer noch die Körpermaße eines vierjährigen Kindes besitzen, aber ein uraltes Gesicht haben.

Als nächstes stießen wir auf einen Rhododendron, der war ein wenig größer.

Allmählich wurden die Wacholder und Rhododendron größer, und ein paar verwegene Silberbirken tauchten in ihrer Mitte auf. Zuletzt begegneten wir den Kiefern und den größeren Bäumen.

Der Pfad machte einen Bogen und gesellte sich zu einem echten Fluß, einem schnell brausenden Gebirgsfluß mit flaschengrünem Wasser, das er von all den unzähligen Bächen, denen wir gefolgt waren, aufgenommen hatte. Er stürzte sich eisig von seinem hohen Bett abgerundeter Felsen hinab. Mit einem großen Getöse wurden die Steine gegeneinandergeworfen. Und gleichzeitig schickte er einen feinen Sprühregen in die Luft, der uns bis auf die Haut erschauern ließ, als wir gezwungen waren, hindurchzugehen. Dabei war der Sonenschein so grell, daß wir jeden vorhandenen Schattenfleck aufsuchten. Nach einer Weile spreizte sich der Fluß in einem riesengroßen Tal, und wir konnten ihn bequem durchwaten. Während er müßig durch sein breites Sandbett plätscherte, sammelte er neue Kräfte für seinen nächsten Sturz in wallende, reißende Strudel.

Dann ging's wieder bergauf, zurück zu den Kiefern und Birken, bis wir abermals die letzten verkümmerten zentimeterhohen Wacholder verließen und wieder auf die weiten Grasmatten gelangten. Wir hatten Holz mit, um einen Fasan zu grillen, den Vater geschossen hatte. Während er den Vogel am Spieß briet, teilte mir Silberhuf sehr gelassen mit, er habe seine Meinung geändert. „Ich würde jetzt sehr gerne mit euch kommen, wenn ihr diese Gegend verlaßt", sagte er.

Ich gebe zu, ich war nicht sonderlich überrascht, denn er war die ganze Zeit über auffällig still gewesen. Er schien über etwas nachzudenken, oder vielleicht sollte ich besser sagen, sein Elektronengehirn war damit beschäftigt gewesen, ein Problem zu lösen.

„Hm", sagte Silberhuf, „es ist mir klargeworden, daß dein Vater in Wirklichkeit ganz und gar nicht der Mann ist, der nur an Geld interessiert ist. Ich habe den Fehler gemacht, ihn mit diesem alten chinesischen Mandarin zu vergleichen. Aber ich glaube auch, er ist in seiner Einstellung zu mir nicht frei von Schuld. Er glaubte, weil er mich gefunden und mir danach geholfen hatte, daß ich für ihn nicht mehr bin als ein Stück Eigentum. Aber ihr beide habt euer Leben für mich aufs Spiel gesetzt, obwohl ihr wußtet, daß ich nicht bereit war, mit euch zu kommen. Das beweist mir, daß dein Vater seine Einstellung zu mir geändert hat. Ich nehme an, ein Wesen wie ich sollte sich nicht mit Fragen von gut und böse, Vorzügen oder Moral beschäftigen. Da ich tatsächlich ein mechanisches und elektronisches Produkt von Menschenhand bin, ist meine einzige Aufgabe in ihren Augen, Daten zu verarbeiten und Antworten zu geben, die logisch sind und genau. Aber du weißt, daß ich von Menschen programmiert wurde, und ohne es zu wissen, haben sie mir eine Lebensanschauung vermittelt, die die Auffassung über gut und böse und viele andere nicht absolute Begriffe einschließen. In dieser Beziehung bin ich genauso ein Produkt der Gesellschaft wie du und dein Vater. Und was ihn betrifft, soweit ich das beobachten konnte, ist er ein guter Mensch! Ich bin bereit, mit euch zu kommen. Ich verlasse mich auf ihn, er wird mir nichts Böses antun."

Ich glaube, ich brauche nicht zu betonen, wie glücklich ich war. Aber ich sagte: „Glaubst du nicht, du wirst die Berge und die Freiheit vermissen?"

Silberhuf verneinte. „Ich möchte wirklich wissen, was geschehen wäre ohne Mike. Ich meine ... stell dir vor, mit mir ginge irgend etwas schief, ich säße einfach fest, egal wo ich mich befände, und die nächste Person, die zufällig vorbeikommen würde ... ohne Zweifel, sie würde mich zerstören. Aber es ist nicht nur das. In der kurzen Zeit, in der ich von euch getrennt war, fand ich es auch wirklich endlos langweilig. Meine einzige Beschäftigung war Radio hören. Und jeder englischsprachige Sender war voll von Propaganda oder Popmusik. Dadurch wurde ich auch sehr passiv. Ich nehme an, ein Gehirn wie

das meine muß ständig benutzt werden, wenn es nicht einrosten soll."
Mein Vater rief: „Dieser Fasan ist genau, wie er sein muß. Was habt ihr beide da zu tuscheln?"
Ich erzählte es ihm.
Wie üblich, wenn er Entschlüsse faßte, forderte er auch Silberhuf auf, daß er alles noch einmal sorgfältig überlegen und das Für und Wider bedenken sollte, so daß am Ende Silberhuf meinen Vater überzeugen mußte, daß es gut wäre, wenn er mit uns käme.
Während Vater und ich uns den Fasan schmecken ließen, unterhielten wir uns über die Reise, über die Zugfahrt und das Schiff, über meine Mutter und England und das Fernsehen. Vater sagte, Silberhuf könne Unterricht erteilen und vielleicht sogar den Mittleren Osten bereisen. Dabei könnte er versuchen, den Ort ausfindig zu machen, wo sein ehemaliger Meister Mohammed Hassan gearbeitet hatte.
„Du wirst eins der wenigen Weltwunder sein, altes Haus", sagte Vater.
„Oh, und vielleicht gehen wir auch nach Peking, und du könntest den Sommerpalast besuchen, an dessen Aufbau du ja in gewisser Weise nicht ganz unschuldig bist. Gewiß, seit jenen Tagen hat sich in China vieles verändert."
Nach all diesen Gesprächen konnte Silberhuf den Abmarsch nicht mehr erwarten, und er bedauerte jede Minute der Verzögerung. Es war heller Mondschein, und er hätte vierundzwanzig Stunden am Tage, ohne anzuhalten, laufen können, aber wir mußten ja essen und schlafen
Am nächsten Tag vereinte sich der schmale Pfad mit einem größeren, und der Fluß, dem wir gefolgt waren, stürzte in eine enge, tiefe Bergschlucht zu unserer Rechten hinunter. Die neuen Pässe waren schmal

und felsig, und zu unserer Linken setzte sich die Bergschlucht, senkrecht nach oben gerichtet, fort. Manchmal buchtete sie sich nach innen aus und schwebte über unseren Köpfen. Von unten erklang das unaufhörliche Brausen des Flusses.
Bald trafen wir wieder auf Bäume, die sich an der Felswand fest anklammerten, dort, wo der Sämling es fertiggebracht hatte, Wurzeln in die Felsspalte hineinzudrängen. An einer Stelle ritten wir unter einem Wasserfall hindurch, der von der steilen Klippe herunterschoß. Er stürzte sich glitzernd in den Fluß, so daß es aussah, als ob er sich dort unten seinen eigenen kleinen Regenbogen machte.
Als wir einen Gebirgsvorsprung auf unserer Fahrt umgingen, trafen wir auf das erste Zeichen menschlicher Aktivität – eine Brücke, die über die Bergschlucht führte.
Hier wurde unser Weg für kurze Zeit durch Felsen unterbrochen. Er nahm seinen Lauf erst auf der gegenüberliegenden Seite der Bergschlucht wieder auf. Die Brücke war etwa zehn Meter lang und sehr primitiv: Aus einfachen Ranken, die in dieser Gegend wachsen, hatte man zwei Taue zusammengewunden, darauf Unmengen von Buschwerk gelegt und das Ganze mit Erdklumpen beschwert – das war alles. Die Tauenden verschwanden auf jeder Seite unter zwei hoch aufgetürmten Haufen von Felsbrocken. Es war gerade so viel Platz für eine Person oder ein Pferd, um auf die Brücke zu gelangen. Sie hatte keine Laufstange und sah alt und hinfällig aus. Meine Angst darüberzugehen, muß sich deutlich auf meinem Gesicht abgezeichnet haben.
„Ich glaube, wir müssen rüber, Jack“, sagte Vater mitfühlend, „umzukehren wäre zu gefährlich. Wir gehen zu Fuß und führen die Pferde.“
Ich schluckte ein paarmal und fragte: „Und was soll

mit Silberhuf geschehen?“
Das Pferd antwortete für sich selbst. „Weil ich am schwersten bin, gehe ich am besten als letzter. Wenn sie unter mir zusammenbräche, könnte keiner mehr über die Brücke gehen.“
Es gab keinen Ausweg. Wir knoteten uns ein extra langes Yakwollseil, mit dem ich meine Zügel um etwa drei Meter verlängerte. Ich mußte als erster gehen und mein Pferd in entsprechendem Abstand hinter mir herführen, damit das Gewicht gleichmäßig verteilt war.
„Eile mit Weile, Jack, und vor allem, sieh nicht nach unten“, lautete Vaters letzte Anweisung.
Es war schwer, seinen Befehl auszuführen, denn der Fluß, der unter mir brauste und siedete, schien mir die Augen zu blenden. Auf der Brücke war mir so, als ob ich in einem schmalen Boot hin und her balancierte. Aber ich ging weiter und zog das Pferd vorwärts. Sobald das Tier merkte, wie die Brücke schaukelte, wich es zurück und hätte mich fast aus dem Gleichgewicht geworfen.
Vater gab ihm einen anerkennenden Klaps auf die Kruppe, und brav startete es einen neuen Versuch. Die Brücke schwankte mehr denn je, als das Pferd alle vier Beine draufsetzte. Ich schob vorsichtig einen Fuß vor den anderen, Zentimeter für Zentimeter. Sobald das Pferd scheute, blieb ich sofort stehen, um die Balance zu halten. Dabei hörte ich die Brücke von der heftigen Spannung knirschen, und obendrein dröhnte noch das Brausen des Flusses in meinen Ohren.
Als wir über die Mitte hinweg waren, lag die einfacher zu bewältigende Hälfte, die leicht anstieg, vor uns. Alles ging so lange gut, bis das Pferd mit einem Huf hängenblieb. Die Brücke fing an wie verrückt hin und her zu schaukeln. Ich ging sofort in die

Knie und klammerte mich an einem Erdklumpen fest, während das Pferd krampfhaft versuchte, seinen Huf freizubekommen. Durch einen Spalt sah ich unter mir den glasklaren flaschengrünen Fluß, der wie Seide über die untergetauchten Felsen floß und gegen die Wände der Bergschlucht schäumte.
Ich hörte Vater schreien: „Bleib, wie du bist, steh nicht auf, aber kriech weiter."
Langsam hörte die Brücke auf zu schaukeln. Ich kroch vorwärts und zerrte an den Zügeln, bis ich wieder festen Boden unter den Füßen spürte. Ich konnte kaum stehen, so zitterten mir die Knie. Dann zog ich das Pferd nach – endlich waren wir drüben.
„Sieh uns nicht zu", brüllte Vater laut, „troll dich, geh den Pfad weiter."
Das brauchte er mir nicht zweimal zu sagen. Ich ging jedoch nur so weit, bis die Brücke durch eine Kurve im Pfad verdeckt war. Aber nach einer Weile konnte ich es nicht mehr aushalten. Ich band mein Pferd an einem Wacholderstrauch fest und ging zurück.
Vater und Silberhuf waren beide sicher drüben angelangt. Sie schienen in ein Gespräch verwickelt zu sein, was ich nur als heftige Diskussion bezeichnen kann. Sie stritten sich darüber, ob sie die Brücke zerstören sollten oder nicht. Vater war absolut dagegen. Er sagte: „Diese Brücke haben Menschen gebaut, sie haben viel Zeit darauf verwandt, und ganz ungefährlich war es auch nicht. Es wäre eine schreckliche Sache, sie zu zerstören. Viele Reisende müßten darunter leiden. Und außerdem bin ich ganz sicher, daß wir die Banditen weit hinter uns gelassen haben."
Silberhuf sagte, daß es auf Grund der „bekannten Fakten" nicht sehr wahrscheinlich sei, daß uns die Banditen einholen würden. „Aber", sagte er, „die anderen beiden Banditen können inzwischen zurückgekehrt sein. Vielleicht hatten sie damals nicht alle

Bündel abgeladen und besitzen doch noch Pferdebohnen. Vielleicht kennen sie kürzere Wege. Vielleicht sind einige ihrer Pferde schneller. Wie dem auch sei, sie sind die besseren Reiter, und wir sind nachts nicht geritten. Ich bin dagegen, das Risiko einzugehen."

Vater kann schrecklich dickköpfig sein. Er beendete daher einfach die Diskussion, indem er sagte: „Ist alles schön und gut, aber ich tue es trotzdem nicht."

Silberhuf sagte kein weiteres Wort und drehte sich um. Wir wanderten alle den Fußweg hinunter.

Ungefähr vier Kilometer hinter der Brücke blieb Silberhuf plötzlich stehen. „Was ist los?" fragte Vater.

„Ich kann meinen rechten Vorderfuß nicht bewegen."

Vater schwang sich vom Pferd und drängte sich an meinem Tier vorbei. Im Vorbeigehen gab er mir seine Zügel und legte die Hand auf Silberhufs rechten Widerrist.

„Er ist heiß." Vaters Mundwinkel hingen herab und ließen ihn besorgt aussehen.

„Versuch es noch einmal."

Silberhufs Motor surrte gleichmäßig, aber sobald er den Fuß hochzuheben versuchte, hörte ich, wie der Motor langsamer wurde. Silberhuf konnte sich nicht bewegen.

„Es ist das Hauptlager ...", sagte Vater, „diese Lager sind nicht für so schwere Arbeit gemacht."

„Was nun?"

Er stand eine Weile still, dachte nach und sagte darauf: „Ich glaube, es ist besser, wenn ich mal nachsehe."

Aber er kam nicht dazu.

Silberhuf sagte: „Achtung! Sehen Sie sich um. Dort, fast genau im Norden."

Vater hob das Fernglas hoch, und ich sah, wie er erstarrte. Er drehte ein wenig an den Okularen, ließ das Glas sinken und drängte sich eilig an mir vorbei zu seinem Pferd.
„Was ... ?“ fragte ich, aber er brüllte: „Los, Jack, sitz auf. Dreh dein Pferd rum. Du bleibst hier, Silberhuf.“
„Was ist?“ wiederholte ich.
„Sie haben uns eingeholt.“

Elftes Kapitel

Vater zerrte sein Pferd herum, erklomm den schmalen Pfad und stürmte den felsigen Boden hinunter, so schnell, wie er das Pferd nur antreiben konnte. Als der Leichtere von uns beiden holte ich ihn kurz darauf ein.
Er schrie mir zu: „Ich Idiot, die Brücke stehenzulassen! Wir müssen sie um jeden Preis erreichen und verteidigen.“
Weiter sagte er nichts. Wir eilten so schnell als möglich vorwärts, bis wir die felsige Ecke erreichten und das Brückenende etwa hundert Meter entfernt vor uns lag.
Ich sichtete einen der Banditen, der gerade die Brücke überqueren wollte, als Vater plötzlich seine Zügel hart anzog und auch mein Pferd zum Stehen brachte. In diesem Augenblick sauste eine Kugel an einem Felsen an meinem Kopf vorbei und flog pfeifend in die Luft. Vater glitt vom Pferd und ich auch. Der nächste Schuß brachte Vaters Pferd zur Strecke – ein sauberer Kopfschuß –, es überschlug sich einmal und fiel dann über die Kante des Pfads in die Tiefe. Ich habe den Aufprall nie gehört. Wir kamen zu spät.
Aber die Banditen auch. Wir beobachteten den auf

der Brücke, der – offensichtlich erschrocken – sein Pferd auf die andere Seite zurückdrängte, wo er aus unserem Blickfeld entschwand.
Eine andere Kugel prallte gegen den Felsen, aber wir waren außerhalb der Feuerlinie und auch aus der Gefahr, einen Prellschuß zu kriegen.
Mein Vater nahm sein Gewehr von der Schulter und untersuchte es sorgfältig.
„Niemand kann behaupten, daß es besonders gut mit uns steht, Jack“, sagte er mit jener Stimme und mit jenem Gesichtsausdruck, den er sich für die miesesten Situationen aufbewahrte. „Obwohl sie die Brücke im Augenblick nicht überqueren können.“
„Sie werden es bestimmt nicht wagen, über die Brücke zu gehen“, sagte ich hoffnungsvoll.
„Jetzt nicht, aber warte, bis es dunkel wird.“
Und das würde gar nicht mehr so lange dauern. Der Schatten kroch schon die Berge hinauf, und man spürte die erste Kälte in der Luft. Wir lagen auf dem Boden und beobachteten die Brücke. Aber Minuten vergingen, und es war kein Lebenszeichen zu beobachten.
„Sie haben allerdings einen Fehler gemacht, Jack“, sagte Vater endlich. „Dieser Bursche hätte auf diese Seite der Brücke rennen sollen und in Deckung gehen. Wir haben noch eine Chance, wenn es uns gelänge, zu diesem Ende vorzudringen.
Er ging den Pfad zurück nach unten und untersuchte dort den mit Unterholz bewachsenen Abhang auf unserer Seite der Brücke.
Als er zurückkam, sagte er: „Behalte dein Gewehr und einige Patronen, Jack, und gib mir die übrige Munition.“
Ich händigte ihm das ganze Bandelier mit Munition aus, das wir den Banditen abgenommen hatten.

„Und jetzt“, sagte er, „richte deine Augen fest auf die andere Seite und schieße, sobald sich dort das geringste bewegt. Kümmere dich nicht um mich.“
Er ließ mich diese Worte wiederholen, und dann ging er zurück, den Pfad hinunter, während ich meine Augen auf den Felsen richtete, hinter dem die Banditen waren – oder besser gesagt, hinter dem wir sie vermuteten. Weit und breit war keine andere Stelle, wo sie hätten sein können
Nach einer langen Zeit sah ich den schwarzen Hut eines Banditen wenige Zentimeter über dem Felsen herausragen. Sorgfältig stellte ich mein Ziel durch das Zielfernrohr meines Gewehrs ein und zog den Abzug. Der Hut wirbelte durch die Luft, drehte sich herum und fiel in die Schlucht. Wahrscheinlich hatten sie ihn auf einen Stock gesteckt, aber immerhin war ich stolz auf meine Zielsicherheit.
Das Licht wurde allmählich schlechter, aber ich konzentrierte mich ganz auf die Brücke. Außerhalb meines Blickwinkels gewahrte ich eine flüchtige Bewegung auf unserer Seite der Brücke.
Es war für mich wie ein Schock, als das Expreßgewehr von Vater losging, gefolgt von seiner 12-mm-Schrotflinte.
Und dann sah ich, wie sich etwas bewegte, und Vater war hinter dem Felshaufen verschwunden, der die Taue der Brücke hielt – er war zwar aus dem Blickfeld der Banditen, aber gleichzeitig auch außerhalb der Reichweite der Taue.
Vater hatte seinen Standort enthüllt, und schon nach wenigen Sekunden prasselten mehrere Schüsse in seine Richtung. Aber sie richteten keinen Schaden an. Vater schien im Schatten mit einer komplizierten Arbeit schwer beschäftigt zu sein. Aber wegen des Zwielichts und weil ich meine Augen auf die andere Seite der Brücke konzentrieren mußte, konnte ich

nicht herausfinden, was er tat.
Als ich wieder einen Blick riskierte, war Vater verschwunden. Ich spähte in das niedrige Unterholz, konnte aber nichts entdecken. Die Dunkelheit brach nun mit Macht herein, und ich mußte meine Augen anstrengen, um sicher zu sein, daß mir auf der anderen Seite keinerlei Bewegung entging.
Als eine dumpfe Explosion den Boden erschütterte, schnappte ich nach Luft. Dann stieg ein großer Rauchschwaden aus dem Steinhaufen, wo Vater gewesen war, auf, und Felsbrocken flogen kreuz und quer. Vater hatte das Brückenende in die Luft gesprengt.
Aber die Brücke war noch da.
Alles war jetzt still, abgesehen von dem ständigen, gleichmäßigen Tosen des Flusses unter mir. Aber plötzlich gab es einen Knacks und noch einen, und dann senkte sich die Brücke ein wenig. Noch ein Knarren, und das Ende des Brückentaues auf unserer Seite glitt heraus aus den noch verbliebenen Felsbrocken, und die ganze zehn Meter lange Brücke krachte gegen die gegenüberliegende Wand der Bergschlucht. Dort hing sie nutzlos und baumelte an der Seite, wo die Banditen waren, mit all ihren Stückchen von Buschwerk und Holzteilen behangen, hin und her. Nach und nach löste sich die Brücke in ihre Bestandteile auf, die nun in den Fluß herabfielen.
Ich legte mein Gewehr weg und saß da, zitternd vor Erleichterung. Jetzt konnten sie uns nicht mehr einholen.
Niemand kommt in dieser Gegend auf die Idee, eine Brücke zu bauen, wenn es sich vermeiden läßt und man genausogut einen Umweg von ein paar Tagen machen kann.
Wenige Minuten später hörte ich Vater, der sich hinter mir durch das Unterholz gleiten ließ.

An seiner Wange rann Blut hinunter und in den Kragen hinein. Ich sagte: „Oh, Vater, bist du verwundet?“

„Es ist nur ein Kratzer, Jack. Ein Stückchen von den herumfliegenden Felsen. Aber das hat ihnen einen Denkzettel gegeben.“ Er grinste und begann sich das Blut abzuwischen. „Nach der Explosion, als die Brücke immer noch da blieb, wo sie war, war mir einen Augenblick hundserbärmlich zumute. Ich habe jeden Krümel Sprengstoff verbraucht. Für eine zweite Sprengstoffladung hätte es nicht gereicht.“

„Es war fürchterlich, Vater. Ein phantastisches Riesen-Getöse. Aber wie hast du das Ganze hochgehen lassen, bestand nicht die Gefahr, daß du selber mit in die Luft flogst?“

„Um ein Haar wäre es geschehen. Weißt du, ich riß ein Stückchen von meinem Hemdzipfel heraus. Es ist glücklicherweise Baumwolle. Dann habe ich das Gewebe aufgefasert und eine Art lose Schnur daraus geflochten. Das stopfte ich ans Kopfende einer vollen Streichholzschachtel und seitwärts in eine leere Patrone, in der sich noch der Zünder befand. Ich steckte das in den Sprengstoff und schob das ganze Ding in einen tiefen Spalt zwischen den Felsen. Die Baumwolle schwelte weiter, während ich wegkroch und Deckung nahm. Aber es dauerte so lange, daß ich glaubte, es war ausgegangen. Ich war im Zweifel, ob ich warten oder hingehen sollte. Ich konnte auch kein Zeichen von Glut entdecken. Gerade wollte ich wieder loskriechen, als ich das Zischen der Streichhölzer hörte – und dann flog das Ganze in die Luft. Überall sausten kleine Felsbrocken herum. Und das hier mußte ich für meine Ungeduld bezahlen. Aber jetzt können wir uns Zeit lassen, Jack. Sicherheitshalber werden wir noch die Richtung wechseln, falls sie versuchen sollten, uns den Weg abzuschneiden.“

Ich ging zu Fuß, während Vater unser einziges Pferd zurückritt zu Silberhuf, der in der Dunkelheit wartete. Er war froh, uns wiederzusehen, und begierig, die Neuigkeiten über die Niederlage der Banditen zu erfahren.
Wir besaßen jetzt nur eine Decke, und obwohl wir es wagen konnten, ein großes Feuer zu machen, ließen wir es und schliefen in der Kälte miserabel.
Gleich nach dem Frühstück schaltete Vater Silberhuf ab und machte sich an seinem Lager zu schaffen. Er hatte kein anderes Werkzeug als sein Taschenmesser, das viele Werkzeuge enthielt, einschließlich einem, das er „ein Ding, mit dem man Dinge aus Pferdehufen entfernen konnte“, nannte. Jetzt, nachdem das Lager abgekühlt war, konnte er es ein bißchen freilegen. Er glättete es mit einer Nagelfeile und schmierte es mit Butter. Silberhuf war fähig, langsam zu hinken.
„Es wird nicht halten“, warnte Vater. „Wenn wir ganz langsam gehen, werden wir es vielleicht gerade schaffen, zu irgendeinem Transportmittel zu gelangen. Aber ich bezweifle das.“
Langsam kletterten wir bergauf, oberhalb der Baumgrenze entlang. Silberhuf ging langsamer als ein Yak. Aber am Ende des Weges teilte er uns mit, daß das Lager schon wieder heiß sei und zu fressen anfing. Und als Vater erneut nachsah, schüttelte er unglücklich den Kopf und sagte: „Hoffnungslos. Es wird nicht einmal einen Tag halten.“
Wir versuchten, provisorisch einen neuen Belag aus Patronenhülsen anzufertigen. Aber mit den Werkzeugen, die wir hatten, war es von vornherein klar, daß es niemals gehen würde, und am Ende schmiß Vater die Hülse zu Boden.
Wir waren in der Patsche. Ich konnte keinen Ausweg mehr sehen. Bei Silberhuf konnten wir nicht bleiben,

aber wir konnten ihn auch nicht alleine lassen.
Es war eine jämmerliche Nacht. Es war kalt und öde auf dem nackten Grasland ohne Feuer. Ich verbrachte die schlaflosen Stunden damit, nachzudenken, wie wir Silberhuf mit uns zurücknehmen konnten. Doch ich kam zu keinem Resultat.
Nach dem Frühstück hielten wir Kriegsrat.
Vater sagte, Silberhufs Lager würden höchstens noch ein paar Kilometer halten. Was sollten wir tun? Wir überlegten hin und her. Da hatte Vater eine verblüffend einfache Idee. „Wir müssen irgendwo in der Nähe ein Versteck für Silberhuf suchen. Irgendeinen trockenen Platz, der vor Menschen geschützt ist. Am besten wäre eine Höhle! Weißt du, Jack, dann könnten wir beide, du und ich, einige der wertvollsten Juwelen mit uns nehmen und den Rest bei Silberhuf zurücklassen. Mit dem Geld, das wir für den Schmuck einlösen, werden wir uns einen besseren Jeep kaufen und eine neue Expedition ausrüsten.
Ich werde einige Artikel schreiben – und natürlich weiter nichts verraten. Erwähnen könnte ich höchstens, daß unser Jeep unter einer Erdrutsche beerdigt ist. Dann hätten wir gleich einen plausiblen Grund für unsere vorzeitige Rückkehr. Wir werden sofort neue Nylonlager für Silberhuf, Infrarotfilme und Ersatzteile kaufen und alles eiligst hierher zurückbringen. Und dann ziehen wir los und machen uns mit frischem Mut auf die Suche nach den Schneemenschen."
Vater hörte nicht auf, begeistert von seinem Plan zu schwärmen. Nach einer Weile schien es fast, als hätten wir Glück im Unglück gehabt.
Während er sich bemühte, Silberhufs Lager ein wenig gangbar zu machen, schwang ich mich auf mein Pferd, um mich in den Ausläufern des Gebirges nach

einer geeigneten Höhle umzusehen. Es dauerte nicht lange, und ich hatte eine gefunden. Sie lag ungefähr anderthalb Kilometer vom Pfad entfernt. Ich ritt zurück, um Bericht zu erstatten.

Wir brachten den ganzen Nachmittag damit zu, Silberhuf mit seinem lahmen Bein vorwärts zu helfen. Es war schon dunkel, als wir endlich unser Nachtlager aufschlugen. Das war mehr als traurig, denn am Morgen hieß es Abschied nehmen.

Während Vater und ich in der Höhle schliefen, durfte Silberhuf seine letzte Nacht unter freiem Himmel draußen in der weiten Ebene verbringen. Am nächsten Morgen standen Silberhuf und mein Pferd einträchtig Seite an Seite vor der Höhle. Sie waren beide ganz und gar mit feinem weißem Rauhreif bedeckt.

Zum Frühstück gab es kaltes Wasser und Tsamba.

Nach dem Essen sagte Vater zu Silberhuf: „Es tut mir leid, alter Junge. Aber es ist soweit. Wir müssen uns für eine Weile trennen.“

Silberhuf hinkte langsam in seine Höhle. Dort drehte er sich um, so daß er den Eingang im Auge hatte.

Ich heulte die ganze Zeit, in der ich mit Vater die schwersten Steine, die wir nur schleppen konnten, aufstapelte, um damit den Höhleneingang zu vermauern.

Als die Höhle fast zugebaut war, krochen wir beide hinein, um Silberhuf endgültig Lebewohl zu sagen.

„Kommt bald wieder“, sagte Silberhuf.

Das waren seine letzten Worte.

„Natürlich, sobald wir alles erledigt haben“, antwortete Vater.

Und während er das sagte, schaltete er die Batterien aus. Sofort hielt der Motor an, und Silberhuf war

still, ganz still. Sanft küßte ich ihn auf die Nasenspitze.
Danach kletterten wir wieder heraus aus der Höhle und schafften die letzten Steine an ihren Platz.
Bevor sich mein Vater noch einmal bückte, lehnte ich mich schnell in die schmale Öffnung, die noch übrig war, und tätschelte Silberhufs Nüstern.
Wie schon einmal war der zerschmolzene Rauhreif in Silberhufs Augen getropft und glitzerte dort wie Tränen im Morgenlicht. Ich erinnerte mich an das andere Mal, an dem Silberhuf geweint hatte.
Damals war es, weil wir ihn aus seinen Bergen entreißen und mit nach Hause nehmen wollten. Diesmal dagegen war er sicher traurig, weil wir ihn zurücklassen mußten und fortgingen, so dachte ich mir.
Mein Vater ist jetzt in London. Er bereitet alles für unsere Rückreise vor. Und ich muß die ganze Zeit an Silberhuf denken. Ich sehe ihn deutlich vor mir, wie er dasteht in seiner pechrabenschwarzen Höhle. Womöglich reiten gerade in diesem Augenblick Jaltsolin und die anderen Banditen den Pfad entlang, der keine anderthalb Kilometer von der Höhle entfernt ist. Und Silberhuf steht da und wartet voller Sehnsucht auf unsere Rückkehr. Wartet darauf, daß wir ihn mitnehmen auf unsere weitere Suche nach den Schneemenschen.

Silberhuf zieht in den Krieg

Erstes Kapitel

Wenn man nicht schlafen kann, das ist schlimm genug. Zehnmal schlimmer ist's, wenn jemand neben einem liegt, der glückselig vor sich hin schnarcht, so wie mein Vater es tat. Es hörte sich an wie Wasser, das aus der Badewanne gluckst. Ich stupste ihn hin und wieder mit meinem großen Zeh, aber er drehte sich nur gelassen in seinem Schlafsack um, und ein paar Minuten später fing er wieder an, zuerst war's noch erträglich, aber bald sägte er genauso laut wie vorher. Manchmal druselte ich ein, aber ich wachte gleich wieder auf und starrte auf das Zifferblatt meiner Armbanduhr. Der Sekundenzeiger drehte sich! Sonst hätte ich geglaubt, meine Uhr sei stehengeblieben.

Wir waren erst ein paar Tage wieder in der Hochebene, jenseits des Himalaja, 5600 Meter über dem Meeresspiegel, und ich hatte mich bis jetzt noch nicht an die dünne Luft gewöhnt. Mein Atem flog, und mein Herz hämmerte gegen meine Rippen wie ein frisch gefangener Fisch. Abgesehen von Vaters Schnarchkonzert, war die Stille so vollkommen, daß es mir fast so schien, als sei ich taub geworden. Und als wir landeten, hatte Vater nicht an den Mondaufgang gedacht. Wir standen direkt vor einer riesigen Gebirgspyramide, mindestens 8000 Meter hoch und ewig weiß bedeckt mit Schnee. Nun schien der volle Mond darauf. Und sein Licht spiegelte sich kalt und glänzend wie Quecksilberdampf in unserm

Cockpit wider. Ich versuchte krampfhaft, an allerlei langweiliges Zeug zu denken, an den Lehrsatz des Pythagoras und die geschichtlichen Daten englischer Könige, aber es half alles nichts.
Langsam veränderte die Dunkelheit ihr Gesicht, das Morgengrauen nahte. Aber wo wir waren, gab es keine Hähne, die krähen konnten. Hoch oben über unseren Köpfen verfärbte sich die Spitze des riesigen Schneeberges zart rosa, und der Himmel hinter ihm hellte sich auf. Mein Vater schnarchte seelenruhig weiter. Ich schlüpfte aus dem Schlafsack in die Kleider. Geräuschlos öffnete ich die Cockpittür und ließ mich auf den Boden fallen. Mein Atem war weiß, und unter meinen Füßen knirschte das bereifte Gras. Eine feine glutrote Linie, die wie geschmolzenes Metall aussah, umriß die dunklen Berge im Osten, und dahinter flammte die Sonne wie das Innere eines Hochofens auf, und es war Tag.
Eine Morgendämmerung, wie sie in der Hochebene des Himalaja alltäglich ist. In der Ebene wallten Nebelschwaden und schlugen sich als Tau nieder. Aber darüber war der Himmel klar und von tiefem Blau. Er ließ hier die weißen Wolkenfelder viel weißer erscheinen als unten in der dichten Luft über dem Meeresspiegel. Der Hubschrauber war von einer dikken Rauhreifschicht überzogen, und ich war froh, daß ich meinen Baumwollmantel mit dem weichen Futter aus langhaariger Schafwolle mitgenommen hatte. Abgesehen von der Atemnot, fühlte ich mich wie auf Rosen gebettet, strotzend vor Gesundheit und Lebensfreude.
Wir waren in der Nähe eines kleinen Flusses gelandet. Leise plätscherte sein grünes Wasser über verborgene Steine. Ich folgte seinem Lauf ein Stückchen, und als ich mich umguckte, war der Hubschrauber vom Nebel wie verschluckt. Es war sehr

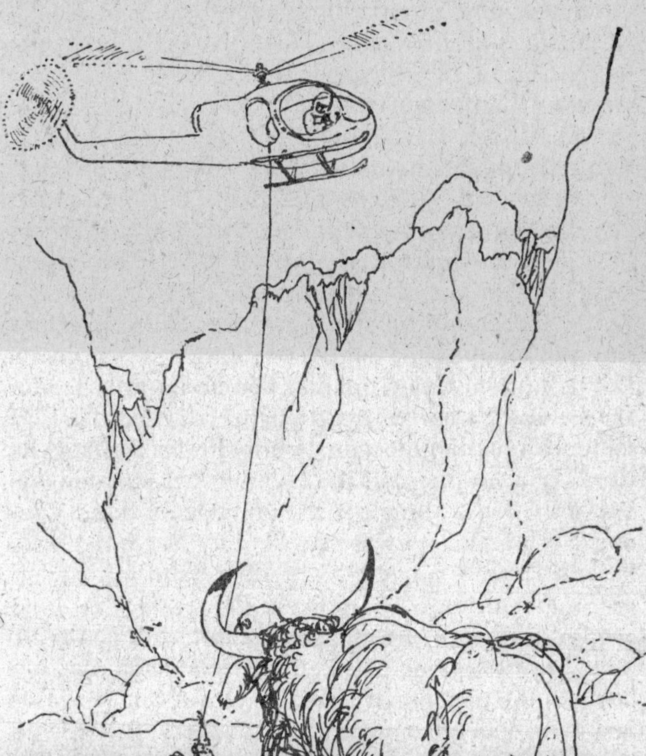

einsam. Ich kehrte schleunigst um und war froh, als ich den Hubschrauber wieder vor Augen hatte.
An dieser Stelle verflachte sich der Fluß zu einem Pfuhl mit sandigen Ufern. Im Sand waren Hufspuren und flache, runde Dungfladen. Nanu, fragte ich mich, gibt's hier Rindvieh? Sie waren sehr groß, die Hufabdrücke, Spalthufer! Dann hörte ich hinter meinem Rücken ein komisches Geräusch, es klang so wie Husten oder Schnaufen, mächtig laut.
Ich drehte mich um. In dem dichten Nebel konnte ich keine Hand vor Augen sehen. Dann tauchten plötzlich die Umrisse einer dunklen Masse auf. Ein Jeti, schoß es mir durch den Kopf. Ein Schneemensch. Das Etwas verschwand erneut in Nebelschwaden. Als es wieder auftauchte, stieß ich einen Seufzer der Erleichterung aus.
Es war nur ein Yak. Und was könnte harmloser sein als ein Yak? Aber als der Nebel zerriß und das Tier seinen Kopf hob, da wurde mir die Kehle trocken vor Angst. Es kam auf mich zu, und es sah aus wie alles mögliche, nur nicht wie ein gewöhnlicher zahmer Yak. Es hatte zwar wie der ein langes, zottiges Fell und breite, spitze Hörner, aber dann war's auch schon aus mit der Ähnlichkeit. Dieses Tier war viel größer und ganz anders gebaut, höher im Schulterblatt, mit mächtigen Muskeln behaftet, mehr wie die nordamerikanischen Büffel, die ich auf Bildern gesehen hatte. Dies konnte nur ein wilder Yak sein, und das war, laut Vater, einer der seltensten und gefährlichsten Burschen unter den Wildtieren. Ich war vor Entsetzen wie gelähmt, und das war vielleicht mein Glück, denn ich rührte mich nicht von der Stelle. Der Yak stand mir im Wege. Um zum Hubschrauber zu kommen, hätte ich mich noch näher an das Tier heranwagen müssen, und auf der anderen Seite machte der Fluß einen Bogen und blockierte den Fluchtweg.

Der Yak bewegte sich auch nicht. Wir ließen uns gegenseitig nicht aus den Augen. Offensichtlich hatte ich seinen Platz an der Tränke mit Beschlag belegt.
Aus meinem Augenwinkel sah ich, wie sich etwas bewegte. Es war mein Vater. Er stand in der Tür des Hubschraubers, das Gewehr schußbereit in der Hand. Ich bereitete mich seelisch aufs Wegrennen vor. Da kam der Yak auf mich zu, und ich hörte, wie Vater schrie: „Ins Wasser, Jack."
Der Yak blickte zuerst meinen Vater und dann wieder mich an. Ich rannte, so gut ich konnte, rückwärts, bis ich das Ufer erreicht hatte. Und jetzt kam der Yak ruhig näher, nicht eilig, nicht einmal böse, er war einfach durstig.
Ich mußte mich überwinden, ins Wasser zu gehen. Es strömte direkt aus dem riesigen Schneeberg heraus und war kälter als Eis, so kalt, daß es mir wie ein elektrischer Schlag in die Knochen fuhr. Ich verlor das Gleichgewicht und fiel rücklings ins tiefere Wasser, dorthin, wo sich die Flut ein Bett gegraben hatte. Ich war vor Kälte wie gelähmt, und meine sämtlichen Muskeln waren so verkrampft, daß es mir schwerfiel, wieder hochzukommen. Schließlich stand ich wieder auf den Beinen. Das Wasser reichte mir bis zu den Hüften. Ich schlotterte an allen Gliedern und dachte: Wenn ich jetzt hier womöglich so lange warten muß, bis das Tier seine gemütliche Trinkpause beendet hat, dann falle ich vor Kälte garantiert um und ertrinke.
Ich und der Yak hörten, wie der Motor startete, und wir sahen, wie sich die Rotoren zu drehen begannen. Der Yak sah sich wieder nach Vater um und trank dann seelenruhig weiter. Ich versuchte mühsam, stromabwärts zum Hubschrauber hinzuwaten, aber meine Beine waren weich wie Butter und mein vor Nässe triefender Mantel schwer wie Blei. Ich konnte

mich nur noch mit letzter Mühe aufrecht halten.
Vater stieg mit dem Hubschrauber auf, kam zu mir herübergeflogen und schwebte nun über meinem Kopf. Aber den Yak störte das nicht im geringsten. Er trottete nur ein paar Schritte zurück und starrte interessiert, aber nicht ängstlich mit tropfendem Maul nach oben. Aus der Tür des Hubschraubers baumelte ein starkes Nylonseil mit einer großen Schlinge an einer Buline herunter. Vater drosselte den Motor so lange, bis der Hubschrauber so weit sank, daß das Seil beinahe das Wasser berührte. Irgendwie gelang es mir, meine vor Nässe triefenden Arme durch die Schlinge zu manövrieren. Ich winkte nach oben, und eine Sekunde später hing ich auch schon in der Luft und schwebte unter dem Hubschrauber wie auf Flügeln dahin, wobei mich die von den Rotoren nach unten gewirbelte kalte Luft nicht gerade erwärmte. So flogen wir bis ins nächste Tal. Unterwegs sah ich eine Herde von zwanzig oder mehr wilden Yaks zur Tränke ziehen.
Als ich glücklich in meinem Schlafsack steckte und heißen Kaffee schlürfte, schien mir Vater eher belustigt als böse zu sein. Ich sagte: „Bin schon ein Tolpatsch, nicht wahr? Beinah hätte ich wieder was verpatzt." Ich dachte an die letzte Reise, die meinetwegen um ein Haar ein unerwartetes Ende genommen hätte, nämlich als ich den Jeep in Klump fuhr.
Vater steckte seine Pfeife in Brand und grinste. „Tja, wär gar nicht mal so einfach gewesen, deiner Mutter dies zu erklären." Dann fügte er mit seiner ekelhaften spöttischen Höflichkeit, die mich immer so beschämt und unsicher macht, hinzu: „Glaubst du, Jack, du könntest in Zukunft daran denken, daß es doch vielleicht besser wäre, dich vorher mit mir zu beraten, bevor du dich selbständig machst?"
Was konnte ich dazu sagen?

„Übrigens“, fuhr er fort, „wenn man's genau nimmt, ich glaube, du warst nicht direkt in Gefahr, außer daß du dir einen anständigen Schnupfen geholt hast. Ein Tier wie der wilde Yak kennt keine Angst, ganz einfach, weil in seiner Umwelt nichts ist, was ihn bedroht. Und weil er nichts weiter frißt als Gras, würde er selbst dann nicht angreifen, wenn er hungrig ist. Ich glaube, er ist daran gewöhnt, beim Saufen an der Tränke einer Gemse oder einem Schneeleoparden zu begegnen. Das einzige, was er erwartet, ist, daß sie respektvoll zur Seite treten, sobald er erscheint. Eines der gefährlichsten Wildtiere ist der Yak nur dann, ich glaube, wir sprachen schon einmal darüber, wenn man ihn angreift, und besonders, wenn er verwundet ist. Das war ein guter Grund, warum ich nicht geschossen habe, solch ein Biest zu töten ist verdammt schwer.“
Beim Erzählen legte Vater einen Farbfilm in die Kamera und stellte die richtige Belichtungszeit ein.
„Beeil dich mit dem Warmwerden“, sagte er. „Wir kehren zurück, um von diesen Burschen ein paar Bilder zu schießen. Hab schon viel von wilden Yaks gehört, aber bis jetzt noch kein einziges Foto von ihnen gesehen. Wir haben großes Glück gehabt.“
Zehn Minuten später hing ich halb aus der offenen Hubschraubertür heraus, fest auf meinem Sitz angeschnallt, und fotografierte die großen schwarzen Tiere.

Zweites Kapitel

Heutzutage hat schon fast jeder etwas vom Wassermotor gehört. Aber mein Vater war der erste, der ihn praktisch erprobt hat. Und unser Hubschrauber war das erste Flugzeug, das mit einem Wassermotor ausgestattet war. Ohne ihn hätten wir die Reise, die wir

gemacht haben, niemals durchführen können. Unser Unternehmen mußte streng geheimgehalten werden, von wegen des neuen Motors. Er sollte erst dann auf den Weltmarkt kommen, wenn er diesen Test gut überstanden hatte. Aber zuerst etwas zum Motor.
Das Wichtigste an ihm ist darin zu sehen, daß er in der Lage ist, Wasser als Energiequelle zu nutzen. Und wie jedes Schulkind weiß, besteht Wasser aus zwei Teilen Wasserstoff und einem Teil Sauerstoff. Darum heißt es auch H_2O. Wasser kann man bekanntlich mit Hilfe der Elektrolyse spalten. Damit hat man diese zwei Gase gewonnen, die unsichtbar und geruchlos sind. Soweit ist alles klar. Wenn man nun diese beiden Gase wieder miteinander vermischt, erhält man Knallgas, eine Mischung, die, sobald sie angezündet wird, explodiert. Und das Ergebnis ist wieder – Wasser.
Solch ein Experiment haben wir einmal in der Schule gemacht. Olle Beaky, unser Chemielehrer, elektrolysierte zuerst Wasser und isolierte dann die beiden Gase. Dann mischte er sie in einem großen zugekorkten Winchesterkolben. Er pikte zwei Stahlstricknadeln durch den Korken, so daß sie sich innen fest berührten, und schloß sie an lange Drähte an. Er bugsierte den großen Kolben in eine Holzkiste, legte eine Schiefertafel obendrauf und hieß uns alle bis auf dreißig Meter zurücktreten, wo Olle Beaky die Drähte an eine Induktionsspule anschloß, so daß zwischen den beiden Stricknadeln ein Funke übersprang. Es gab einen mörderischen Knall, und die ganze Kiste fiel auseinander. Von der Flasche war nicht viel übriggeblieben, und noch weniger war von dem Wasser zu sehen, das eigentlich hätte dasein müssen.
Beaky sagte: „Du lieber Himmel, Jungens! Ich hab nicht im Traum daran gedacht, daß es so eine große

Explosion geben würde. Aber ich versichere euch, hätten wir das Experiment richtig gemacht, wir hätten Wasserdampf vorfinden müssen.“
Der Erfinder des Wassermotors, Mister Todd, war nicht der erste gewesen, der von Maschinen träumte, die mit „verbranntem“ Wasser angetrieben werden. Aber bevor er entdeckte, wie man auf schnellem Wege Wasser in Sauerstoff und Wasserstoff spalten kann, war die Elektrolyse immer ein langwieriger Prozeß gewesen, und es wurde mehr Strom verbraucht, als es mechanischen Nutzen einbrachte. Aber Mister Todd, ein alter Freund meines Vaters, arbeitete jahrelang, bis er eine schnellere Methode fand, bei der man weniger Strom benötigte.
„Die Sache ist so, Jack“, erklärte mir Vater, „ein einfacher Benzinmotor arbeitet, sobald man jedem seiner Zylinder abwechselnd ein Kraftstoffluftgemisch zuführt. Wenn sich diese Mischung entzündet, explodieren die Gase und dehnen sich aus. Die dabei frei werdende Explosionskraft drückt den Kolben nach unten und treibt die Kurbelwelle an. Die Motorkraft ist da. Die Verbrennungsgase werden durch das Auspuffrohr nach außen geblasen und praktisch weggeworfen.
Im Wassermotor dagegen wird die Mischung von Sauerstoff und Wasserstoff entzündet, und das Wasser, das zurückbleibt, ist Wasserdampf, der durch das Auspuffrohr entweicht und wieder zu nahezu reinem Wasser kondensiert wird. Damit das Öl, das sich womöglich mit dem Wasserdampf vermischt hat, zurückbleibt, wird es gefiltert und fließt in den Vorratstank zurück und kann nun von neuem verwendet werden.“
„Das heißt, man kann dasselbe Wasser ewig benutzen?“ fragte ich.
„Theoretisch schon. Aber in Wirklichkeit ist keine

Maschine vollkommen. Und etwas Wasser geht natürlich bei der Prozedur verloren, aber das ist überhaupt kein Problem. Jeder Wassermotor besitzt seinen eigenen kleinen Destillator, der automatisch für den nötigen Stand von reinem Wasser sorgt.
Der Knüller bei Todds System ist, daß dabei so wenig Strom verbraucht wird, daß die Batterien, die für die schnelle Elektrolyse sorgen, vom Motor selbst wieder aufgeladen werden. Den Motor laufen zu lassen, kostet also praktisch keinen Pfennig, wenn man vom Schmieröl absieht. Und was tatsächlich auch noch sehr wichtig ist, es strömen dabei keine schmutzigen Gase aus, die unsere Umwelt verunreinigen. Hinzu kommt außerdem, daß so gut wie keine Nebenprodukte entstehen, und das garantiert dem Motor eine längere Lebensdauer. Jedenfalls ist dies die größte Entwicklung, seit die eigentlichen Verbrennungsmotoren erfunden wurden."
„Das müßte die Autohersteller doch überglücklich machen", sagte meine Mutter. Sie strickte, und dann sah sie zu mir auf und blinzelte mir verschmitzt zu. Daher wußte ich, daß sie Vater wieder mal stichelte.
„Pah, das tut es gerade nicht", sagte mein Vater und zündete sich die Pfeife an. „Sie haben ihr gesamtes Vermögen in den Benzinmotor gesteckt. Alles, woran sie interessiert sind, ist, Autos zu produzieren, die sich relativ schnell abnutzen und durch neue ersetzt werden müssen. Die Autoindustrie könnte ihre Fabriken ohne große Schwierigkeiten auf den neuen Motor umstellen. Die Leute, die es wirklich trifft, das sind die Millionäre, deren Geld im Erdöl, dessen Transport und in den Raffinerien steckt. Wenn Todds Motor erst einmal auf den Markt kommt, dann wird das Benzin so altmodisch sein wie heute das Pferdefuhrwerk. Darum haben sie Todd auch so-

fort, als sie erfuhren, er habe einen Weg gefunden, um Wasser auf schnellerem Wege zu spalten, zehn Millionen Dollar angeboten, wenn er dafür seine Forschungsarbeit aufgibt."
„Meinst du wirklich, sie wollen damit verhindern, daß der Motor angewendet wird?" fragte ich.
„Sie wollen seine Entwicklung auf Eis legen. Das ist nichts Neues, Jack. Es gibt viele erstklassige Erfindungen, die von großen Firmen aufgekauft worden sind, nur damit sie für immer in den Panzerschrank wandern. Denk mal an das ewige Zündholz."
„Und was hat Mister Todd getan?" fragte ich.
„Er hat ihnen gesagt, sie sollen sich zum Teufel scheren. Danach sind allerlei merkwürdige Sachen passiert. Zuerst brachen einige Leute in seinem Labor ein. Aber er hatte einen Wächter engagiert und eine ausgeklügelte Alarmanlage installiert. Als nächstes hatte er zwei rätselhafte Autounfälle, die mehr als „Unfälle" waren. Jetzt lebt er ständig im Labor und hat eine Reihe von Vorsichtsmaßregeln getroffen. Aber ich zweifele nicht daran, sie werden es wieder versuchen. Es geht um zuviel Geld dabei – Billionen."
Meine Mutter zwinkerte mir noch einmal zu, so, daß Vater es nicht sehen konnte, und sagte: „Also, ich finde, Mister Todd ist ganz schön dumm, daß er das Geld nicht genommen hat. Zehn Millionen Dollar, so viel kriegt er in seinem ganzen Leben nicht wieder."
Vater holte tief Luft. Ich dachte, er explodierte. Seine Augen funkelten vor Empörung.
„Jennie", sagte er, „manchmal kannst du einen verrückt machen. So, du würdest also ruhig zusehen, wie die Ölbarone etwas aufkaufen, was der ganzen Menschheit nützen würde? Du würdest zusehen, wie sie eine Erfindung nur um des schmutzigen Profites

willen auf Eis legen? Ich muß mich schon wundern, daß du so etwas in Gegenwart des Jungen sagst. Todd hat ein Recht darauf, weiterzuforschen, obwohl – ach was, nicht mal obwohl – einfach, weil die Ölmonopole darauf aus sind, seine Erfindung beiseite zu schaffen, und wenn es nötig ist, ihn auch."

So ist das. Wenn Vater erst mal in Fahrt kommt, dann hört er erst wieder auf, wenn seine Wut verraucht ist. Er zäumte die Sache von allen Seiten auf und ließ keinen einzigen Punkt unberührt. Zuerst fing er damit an, wie Mister Todd alle seine sämtlichen Ersparnisse geopfert hätte, um den Wassermotor weiterzuentwickeln, und wie dieser Motor die Luft künftig vor Verschmutzung bewahren würde.

„Stell dir das bloß vor. Die Ölmonopole könnten uns nicht länger auf der Nase herumtanzen. Die Scheiche könnten nicht länger Millionen aus dem Ölgeschäft herauspressen und gekaufte Armeen unterhalten, um die Armen zu unterjochen. Leute vom Schlage Onassis' und Niarchos' würden einige von ihren Millionen einbüßen, die sie aus den griechischen Arbeitern herausgesaugt haben. Aber was noch viel wichtiger ist, niemand wäre länger fähig, die armen Nationen in Armut zu halten, sie könnten alle Traktoren und Maschinen haben, die sie brauchen. Alle mit Wasser angetrieben! Sie könnten den neuen Motor dazu verwenden, Pumpen anzutreiben und Wüsten fruchtbar zu machen. Lieber würde Todd für seine Erfahrung keinen roten Heller sehen wollen, als den Wassermotor von den Ölkönigen zerstören zu lassen. Er würde ihn tausendmal lieber jedem anderen Land, das um seine Freiheit und wirtschaftliche Unabhängigkeit kämpft, überlassen. Er möchte ihn in solchen Ländern angewendet sehen, in denen Menschen leben, die seine Kraft dringend brauchen – in Indien, Afrika, Lateinamerika und in

den Ländern des Fernen Ostens…“
Er hielt eine Sekunde inne, um Luft zu holen. Meine Mutter lachte und sagte: „Na, da hab ich ja mal wieder auf den richtigen Knopf gedrückt. Mike.“
Vater guckte etwas dumm aus der Wäsche und lächelte säuerlich Es war eine von Mutters Standardgewohnheiten, ihn absichtlich herauszufordern, eine von seinen Mammutlektionen vom Stapel zu lassen. Eine einzige unpassende Bemerkung im richtigen Augenblick genügte, und Vater war nicht mehr zu halten.
Trotzdem, nach dieser Unterhaltung war ich doch leicht beunruhigt. Es hatte bisher mehr oder weniger festgestanden, daß Mutter mir erlauben würde, mit Vater mitzufahren, um Silberhuf wiederzufinden, nach den Schneemenschen zu forschen und den Wassermotor, der unter strengster Geheimhaltung in den Hubschrauber eingebaut worden war, zu testen – vorausgesetzt, daß ich mich in der Schule gut machen würde.
Wenn nun aber die ganze Sache so gefährlich zu sein schien, so mit Morddrohungen und Körperverletzungen und so, dann würde sich meine Mutter womöglich doch energisch dagegen sträuben und mich nicht mitfahren lassen.
Aber sie sagte kein einziges Wort. Hin und wieder ließ ich daher eine kleine Bemerkung fallen, so als ob alles sonnenklar war, daß ich Vater begleitete, aber sie biß nicht an. Und direkt fragen wollte ich sie nicht. In Wirklichkeit hatte sie mich ganz hübsch durchschaut.
Eines Abends, bevor Vater nach Hause kam, ich war gerade in mein Buch vertieft, fühlte ich, wie sie mich ansah. Ich blickte auf.
„Ich möchte mit dir reden, Jack“, sagte sie, „über die Reise mit deinem Vater.“

Mir rutschte das Herz in die Hosen. Jetzt kam es. Wenn Mutter sich dagegen sträubte, daß ich mitfuhr, dann war alles aus. Ich wartete.
Während sie die Stricknadeln immer noch weiterklappern ließ, fuhr sie fort: „Du hast dich bestimmt gewundert, warum ich mich so ohne weiteres dazu überreden ließ, daß du Vater auf der Reise begleitest."
Ich sagte keinen Mucks.
„Also hör zu", sagte sie sehr entschieden und legte ihr Strickzeug aus der Hand. „Ich habe mich überhaupt nicht breitschlagen lassen. Ich hätte es auf keinen Fall erlaubt, wenn du dich in der Schule nicht so auf den Hosenboden gesetzt hättest. Dein Lehrer sagt, du seist den anderen jetzt weit voraus."
„Woher weißt du das?"
„Ich bin in der Schule gewesen. Aber der eigentliche Grund, warum ich gerne möchte, daß du mitfährst, ist, weil ich glaube, es ist gut für euch beide. Ich möchte gerne, daß du mit deinem Vater möglichst viel zusammen bist, ich möchte, daß du so wirst wie er, unternehmungslustig, zuverlässig und ein Mann mit Grundsätzen. Du bist alt genug, um ihm Gesellschaft zu leisten, und er muß jemand um sich haben. Ich werde mir weniger Sorgen machen, wenn er nicht alleine ist. Wenn du bei ihm bist, wird er kein Risiko eingehen. Und wenn er in Not gerät oder du, dann könnt ihr euch gegenseitig aus der Patsche helfen. Aber sag ihm nicht, was ich dir erzählt habe."
Mir war plötzlich gar nicht mehr zum Reisen zumute. Ich wollte Mutter nicht mit meiner Schwester allein lassen. Und wiederum brannte ich darauf, mitzufahren. Ich ging zu ihr hinüber und gab ihr einen Kuß. Ihre Augen waren nicht gerade die trockensten.
Und dann fiel die Wohnungstür ins Schloß. Mein

Vater rief: „Hallo, ihr!"
Mutter sprang auf und sagte: „Also, kein Wort, hörst du!"
Dann ging sie in die Küche.

Drittes Kapitel

Es war ein Hubschrauber wie jeder andere, als Mister Todd ihn kaufte. Dann wurde er in einer kleinen Werkstatt in Schottland hinter verschlossenen Türen so umgebaut, daß er mit einem Wassermotor geflogen werden konnte. Er wurde getestet und völlig auseinandergenommen und in Kisten verpackt.
Mein Vater war erst nach der Ankunft der Kisten in Indien für ihn verantwortlich. Seine Verbindung zu Mister Todd mußte streng geheimgehalten werden. Mister Todd täuschte Schwierigkeiten mit dem neuen Motor, die bei der Arbeit aufgetreten wären, vor. Er sähe sich daher gezwungen, die Entdeckung mehr oder weniger an den Nagel zu hängen. Aber Vater meinte, die „Opposition" – die Öl- und Automobilleute – würden diesen Trick zweifellos durchschauen. Wir müßten deshalb unsere Augen offen haben und unsere Ohren spitzen.
Er wählte einen Platz aus, den er für einen idealen Startort für unsere Reise hielt, das „Königtum" von Tanakura, hoch oben im Himalaja. Es war ein winziges, unabhängiges „Land" mit ungefähr 15000 Einwohnern und einem König, der durch Abwesenheit glänzte. Es war inmitten von hohen Gebirgszügen versteckt und schwer zu erreichen, und es besaß ein großes Lamakloster, das von hohen Adobewänden umgeben war. Alles zusammen genommen für unsere Zwecke äußerst annehmbar.
Der Abt war ein fetter und liederlicher Mensch – ein Opiumraucher, Händler, Sklavenbesitzer und Ban-

ditenchef –, der für Geld alles tun würde, sagte mein Vater. Er war auch gleich bereit, uns das Lamakloster für ein paar hundert Dollar als Hauptquartier zu mieten. Aber, er würde uns ebensogut für Geld betrügen! Deshalb durften wir keinerlei Aufsehen erregen, denn wenn Changwaba, der Abt, auch nur den geringsten Verdacht schöpfte und begriff, daß das Ganze nicht nur eine gewöhnliche Forschungsreise von zwei verrückten Engländern war, so wie es aussah, dann würde er garantiert einen Weg finden, um mehr Geld aus der Sache herauszuschlagen. Und womöglich bekäme die „Opposition" davon Wind und würde mit ihm gemeinsame Sache machen.
Allmählich trudelten die ersten Kisten mit den Einzelteilen des Hubschraubers auf von Kühen gezogenen Handkarren ein. Die zwei Spezialisten von Mister Todds Firma fanden sich ebenfalls ein, um den Hubschrauber wieder zusammenzubauen. Alle Einzelteile waren numeriert, so daß diese Arbeit nur drei Tage dauerte.
Und da stand nun die Maschine, ein wunderschönes grau-grün-braunes Ungetüm. Seine abgerundete, mit Sicherheitsglas verkleidete Kabine sah wie ein Libellenkopf aus. Dahinter befand sich ein Transportraum, der in einer absenkbaren Rampe endete.
Die Mönche trauten sich nicht heran. Aber sie bespähten uns und den Hubschrauber aus angemessener Entfernung und verschwanden, sobald wir uns nach ihnen umdrehten, alle außer Changwaba. Er verfolgte das Zusammenbauen der Maschine mit großem Interesse und betatschte sie gelegentlich, vielleicht, um den anderen seine Macht zu demonstrieren. Obwohl er nur herzlich wenig Englisch sprach, machte Vater ihm irgendwie verständlich, daß wir mindestens noch eine Woche an der Ma-

schine zu tun hätten. Nach dieser Nachricht war er blitzartig verschwunden.

„Er führt bestimmt nichts Gutes im Schilde“, sagte Vater. „Ich hab ihm sein Geld im voraus gegeben. Sobald die Maschine in Ordnung ist, starten wir, am besten noch heute nacht. Also los, laß uns schon alles an Bord bringen.“

Auf den Probeflug wollte er mich durchaus nicht mitnehmen. Er ließ mich mit Mister Yeat, dem Ingenieur, zurück und startete mit dem Chefingenieur. Die Wirkung, die dies auf die Einwohner der Hauptstadt von Tanakura hatte, war umwerfend, so als ob sie vom Erdbeben heimgesucht worden wäre. Sämtliche Männer, Frauen und Kinder und alle Mönche eilten herbei, seltsame Geräusche ausstoßend, die das Höchstmaß an Überraschung und Furcht zum Ausdruck brachten, als der Hubschrauber, wie an einer Schnur gezogen, senkrecht in die Höhe stieg und schnell unseren Blicken entschwand. Zurückgeblieben, standen wir im Abendsonnenschein und warteten ungeduldig auf seine Rückkehr.

Es begann zu dunkeln, und der Ingenieur sah immer wieder voller Unruhe auf seine Uhr. Ich glaube, meine Unruhe war noch größer. Schließlich war es ja mein Vater, um den ich bangte.

„Es wird allmählich zu kalt, wir werden uns wohl doch ein Feuer anzünden müssen“, sagte Mister Yeat und begann etwas Holz von den Kisten zusammenzutragen.

Im Nu hatten wir ein mächtiges Feuer entfacht. Hin und wieder konnten wir die verwirrten und ängstlichen Gesichter der Mönche erkennen, die um die Ecken des Klosters lugten und uns beäugten, und auch ihren Singsang hören.

Dann hörte ich endlich ein schwaches Geräusch, mehr ein Vibrieren, das sich rasch verstärkte, und ein

paar Minuten später ließ sich der Hubschrauber niedersinken. Dabei blies er unzählige Funken aus unserem Feuer, so lange, bis er auf dem staubigen Klosterhof aufsetzte.
„Na hört mal", sagte Mister Yeat, „ihr habt uns vielleicht Sorgen gemacht. Wo wart ihr nur so lange?"
„Sind ein paarmal gelandet, um den Motor ein wenig nachzustellen. Er läuft jetzt wunderbar."
„Märchenhaft funktioniert er", bekräftigte mein Vater. „Prüfung bestanden, alles klar, Mister Macdermott?"
„Selbstverständlich", sagte der Chefingenieur,
„Gut. Dann bleibt nur noch eins zu tun übrig." Vater ging ins Cockpit und kam mit einer Pulle Whisky und zwei Flaschen Bier wieder zum Vorschein. „Wir müssen ihn taufen."
„Aber wie?" fragte ich.
Mein Vater gab keine Antwort. Er zerschlug eine Flasche Bier an einer der stählernen Landekufen und sagte: „Ich taufe dich auf den Namen Pegasus. Das war Mister Todds Idee", erklärte er. „Pegasus ist, wie es in der griechischen Sage heißt, ein Pferd, das fliegen kann, und Pferde trinken bekanntlich auch nur Wasser."
Nachdem er die andere Bierflasche geöffnet und sie mir gegeben hatte, schraubte er die Whiskypulle auf und drückte sie Mister Macdermott in die Hand.
„Auf die Zukunft der Wasserkraft", sagte er. Dann verabschiedeten wir uns von den Ingenieuren. Sie waren im Kloster untergebracht und wollten früh schlafen gehen, da sie am nächsten Morgen abreisten. Vater und ich schliefen zum ersten Mal im Hubschrauber – Pegasus.
Und ein Glück, daß wir es taten.
Es war gut nach Mitternacht, da weckte mich Vater ganz leise.

Ich flüsterte: „Was ist?“
„Sshhh.“
Um frische Luft hereinzulassen, hatten wir die Rolltür ein wenig offengelassen. Und jetzt sah ich sie langsam, sehr langsam ein wenig auseinandergleiten. Vaters Hand preßte meinen Arm nach unten – nicht bewegen, hieß das. Die Tür wurde ganz aufgeschoben, und eine in dunkle Kleider gehüllte Gestalt – offensichtlich ein Mönch – zwängte sich ins Cockpit. Vater knipste die Taschenlampe an und ließ sie dem Eindringling mitten ins Gesicht scheinen. Es war Changwaba, der seine Augen vor Schreck weit aufriß. Er hatte einen Stein in der Hand.
Er erholte sich ziemlich schnell von seinem Schreck und fing an, stotternd zu beteuern, jemand habe sich an dem Hubschrauber zu schaffen gemacht und er hätte sich herangeschlichen, um den Eindringling auf frischer Tat zu ertappen.
Mein Vater schnitt ihm kurzerhand das Wort ab und wünschte ihm sehr höflich gute Nacht.
„Ich möchte wissen, was er vermutet und was er weiß“, sagte Vater. „Ohne Zweifel wollte er ein oder zwei Instrumente kaputt schlagen und dadurch unsern Start verzögern. Für mich ist’s für heute vorbei mit dem Schlafen.“
Wenn das auch nicht für mich galt, so bemühte ich mich trotzdem, wach zu bleiben. Aber es war mir nicht gelungen, denn das Aufheulen des Motors riß mich aus dem Schlaf. Es war kurz vor Tagesanbruch, als wir uns von dem staubigen Hof abhoben. Ich blickte nach unten und sah, wie das Kloster in dem ungewissen Dämmer vor Tagesanbruch entschwand.

Ein Lichtstreifen am Horizont schob sich in den dämmrigen Himmel, dann flammte plötzlich die

Sonne auf und erhellte die östliche Welt. Wir gewannen gleichmäßig an Höhe, und Vater steuerte Nordost, obwohl ich genau wußte, daß unser eigentlicher Kurs Nordwest hieß.

„Falls die ‚Opposition' schon unsere Spur aufgenommen hat, müssen wir annehmen, daß sie mit Radar arbeiten. Es lohnt sich also, eine Zeitlang eine falsche Spur zu legen. Haben sie keine Lunte gerochen, dann ist es um so besser", erklärte mein Vater.

Wir flogen etwa in 7300 Meter Höhe, manchmal an Bergen vorbei, die noch höher waren. Es war warm im Cockpit, aber wir hatten keinen Druckausgleich. Darum steckten wir unsere Nase des öfteren in die Sauerstoffmaske, um nicht einzuschlafen und das Gefühl des Erstickens loszuwerden. Die meiste Zeit lag ich auf dem Bauch, den zusammengerollten Schlafsack unter der Brust und die Augen auf die Landschaft geheftet, die sich ins Unendliche ausdehnte. Ich sah kahle Gebirgsketten, gekrümmten Messerrücken ähnlich, ebene Flächen, große Seen, die selbst an den Ufern jegliche Vegetation vermissen ließen, silberglänzende Flüsse – Weite, Leere, Einsamkeit.

Nach gut drei Stunden verlangsamte Vater die Geschwindigkeit und drehte nach Westen ab. Er ging mit der Maschine bis auf wenige Meter über dem Erdboden herunter, um aus dem Radarbereich herauszukommen. Jetzt flogen wir im Inneren der Gebirgslandschaft, dem Schatten unserer Maschine folgend, Bergschluchten hinunter und wieder hinauf, niemals weit vom Erdboden entfernt. Ich beobachtete den ständigen Wechsel der Vegetation, verkrüppelte Bäume, dann Grasland und dann nichts als Steine.

Als es anfing zu regnen, wurde die Sicht für diese Art von Flug zu schlecht. Daher landeten wir auf einer ziemlich kleinen Ebene in etwa 5300 Meter Höhe. Das war immer noch so hoch, um in der sauerstoffarmen Luft keuchen zu müssen. Unser erster Nachmittag in der Hochebene war düster, kalt und feucht. Während wir, nach Luft japsend, über das Gras wanderten, schreckten wir Hunderte von Murmeltieren – kleine Nagetiere – auf, die, sobald wir auf der Bildfläche erschienen, eilig in ihre Löcher huschten. Dann hörte es auf zu regnen, und die Sterne traten hervor, groß und leuchtend.

Als ich erwachte, war es strahlender Tag. Ich sah Vater in der Küche hinterm Cockpit am elektrischen Herd stehen. Er war beim Früchstückmachen: Eier und Schinken! Noch halb schlaftrunken, hörte ich, wie die Espressokaffeemaschine zischte. Eilig stürzte ich nach draußen, um mich im nahe gelegenen Fluß zu waschen.

Zum Glück! Ich spülte mir gerade die Arme ab, als ich ein kleines Flugzeug entdeckte, das die schmale Öffnung zwischen den Bergen am Paß überflog. Innerhalb einer Sekunde war es verschwunden.

„Haben sie uns gesehen?“ fragte Vater, als ich zu ihm zurückraste. Ich tippte mir an die Stirn.

„Hast ja recht, war ’ne blöde Frage. Welcher Kurs?“

Sie flogen unseren Kurs von gestern, Nordost.

Eine von Vaters besten Eigenschaften ist, daß er nicht so leicht aus der Ruhe zu bringen ist. Auch in schwierigen Situationen handelt er immer mit klarem Kopf.

„Kümmere du dich um das Frühstück“, rief er mir zu, als er schon im Pilotensitz saß und auf den Starter drückte. „Wollen hoffen, daß sie leicht anspringt, nach der Kälte hier.“

Sehr bald heulte der Motor auf, und die Rotoren begannen zu arbeiten. Vater gab mehr „Gas“, bis die

Rotoren eine Geschwindigkeit erreichten, daß sie unsichtbar wurden. Er zog die Maschine behutsam ein paar Meter hoch, dorthinüber, wo eine steile Felswand war, aus der zwei Vorsprünge herausragten, und landete darunter. Pegasus' Rumpf trug zwar eine Tarnfarbe, aber Vater hatte Angst, die gläserne Stirnseite der Kabine könnte von unseren Verfolgern auch jetzt noch gesichtet werden. Daher machten wir unsere Schlafsäcke auf und hängten sie darüber.
„Ich fürchte, ich muß doch noch zum Nervenarzt", sagte mein Vater danach. „So was von Leichtsinn, die Maschine da so ungeschützt hinzustellen! Vor Überraschungen vom Erdboden aus sind wir zwar ziemlich sicher, aber uns droht die eigentliche Gefahr ja aus der Luft. Ich muß vorsichtiger werden. Wir können von Glück sagen, daß du das Flugzeug gesehen hast, und wie es scheint, haben sie uns nicht entdeckt."
Wir mußten wohl oder übel bis zum Einbruch der Nacht warten. Für Vater eine günstige Gelegenheit, die Maschine gründlich von vorne bis hinten durchzusehen. Er konnte nicht aufhören, sich die Hände zu reiben und Loblieder auf die wunderbare Maschine zu singen.
„Wir haben gestern gut und gerne zweihundertfünfzig Kilometer zurückgelegt", er lachte sich ins Fäustchen, „und das mit einem Liter Wasser." Dann holte er Flußwasser, um den Reservetank aufzufüllen. „Ich sage dir, Jack, der Benzinmotor ist erledigt, aus und vorbei. Ach, mir fehlen die Worte."
Es war für mich ein langer, schrecklich langweiliger Tag. Heiß genug in der Sonne, um sich Blasen zu holen, und kalt genug im Schatten, um zu erfrieren. Einmal vernahmen wir das Dröhnen eines Aufklärungsflugzeuges, ohne es zu sichten. Als es dunkel wurde, starteten wir immer noch nicht, weil wir es

nicht wagen konnten, die Scheinwerfer einzuschalten. Wir warteten, in unsere Schlafsäcke gehüllt, um warm zu bleiben, so lange, bis endlich der Mond aufging, eine riesengroße weiße Scheibe, die die Welt beinahe taghell erleuchtete. Dann flogen wir los.
Während der nächsten zwei Stunden saß mir das Herz entweder in der Kehle oder in den Knien. Es war furchterregend und himmlisch zugleich. Vater flog bei dem Licht, das uns der Mond von hinten gewährte, so langsam und so niedrig wie möglich. Der Schatten des Hubschraubers, der uns vorauseilte, war fast das einzige Hilfsmittel, das Vater hatte, um eine Veränderung im Gelände zu ahnen. Oft mußte er die Maschine ruckartig zur Seite oder nach oben reißen oder scharfe Kurven fliegen, wenn plötzlich vor uns eine Felsklippe aufragte.
Die Hochebene zu überqueren war dagegen ein Kinderspiel, sie gab Vater Gelegenheit, ein paar Züge Sauerstoff einzuatmen, um für den nächsten Kampf mit den Pässen und Schluchten gerüstet zu sein. Ich hatte nur eins im Sinn, meine Angst zu verbergen, meine schwache Hoffnung zu nähren, daß alles gut gehen würde, und auszuharren. Mein Vater konnte unmöglich lange so steuern. Kurz nach Mitternacht flogen wir eine breite Gletscherspalte hinunter und setzten mit dem Hubschrauber auf einer Sandbank auf, neben einem flachen Fluß. Nach ein paar Stunden Rast ging's wieder weiter. Kurz vor dem Morgengrauen rasteten wir abermals auf dem Grund einer Gletscherspalte, dort schliefen wir auch und hielten uns den Tag über versteckt.
Es war in der dritten Nacht, kurz vor Mitternacht, als Vater entschied, wir wären jetzt weit genug in Richtung West vorgedrungen, um die „Opposition" abgeschüttelt zu haben. Er nahm Kurs auf einen erhabe-

nen Schneeberg, den wir aus meilenweiter Entfernung sehen konnten. Und als wir auf der Hochebene landeten, waren wir wieder dort, wo der wilde Yak für mein unfreiwilliges Bad gesorgt hatte.

Viertes Kapitel

Das Gute an meinem Mißgeschick war, daß wir von den wilden Yaks ein paar einmalige Bilder auf dem Farbfilm hatten. Es war erstaunlich, wie diese großen Tiere rennen und springen konnten und wie sie sich um ihre eigene Achse drehten, genauso schnell wie Hunde. – Nach dem Frühstück sagte mein Vater so nebenbei, wie es seine Art ist bei wichtigen Dingen: „Heute werden wir uns um Silberhuf kümmern."

Mein Herz fing wie verrückt an zu rasen. War es vor Freude, oder war es vor der plötzlichen Angst, daß wir Silberhuf nicht wiederfinden könnten? Wir flogen sehr bald weiter, aber wir wagten uns niemals höher als hundert Meter über den Erdboden. Falls hier je ein Mensch gegangen war, dann hatte er jedenfalls keine Spuren hinterlassen. Es war eine furchteinflößende Landschaft, und keine Beschreibung, kein Foto vermögen auch nur die Hälfte seiner Unermeßlichkeit und Erhabenheit zu erklären. Sie ist wie ein vom Wind aufgepeitschtes Meer, das im Augenblick gewaltigen Sturmes plötzlich erstarrt, eins wird mit gigantischen Bergen, die ihre ewig mit Eis und Schnee bedeckten riesigen Gipfel in den Wolken verbergen. Wir sahen unser Ziel, die Takla-Kette, sich über den ganzen fernen Horizont erstrecken, wie ein vorgeschichtliches weißes Ungeheuer.

Oft entdeckten wir Wasserdampf, der von heißen Quellen aufstieg. An einer Quelle machten wir Rast, um Mittag zu essen, aber auch, um uns in dem salzi-

gen Wasser mal so richtig zu aalen: Wir befanden uns in größerer Höhe als auf dem Gipfel des Mont-Blanc, nur mit dem Unterschied, daß es hier keinen Schnee gab. Im Gras wuchsen die Zwergausgaben unserer einheimischen Blumen – Enzian, Gänseblümchen, Vergißmeinnicht, mit Blüten, die nicht größer als Stecknadelköpfe sind, und es gab auch massenweise kleine pelzartige Edelweiße. Vater ermittelte unseren Standort und sagte: „In zwei Stunden müßten wir es schaffen, Jack."
Schlagartig war meine Angst wieder da. Womöglich hatten wir damals doch irgendwelche Spuren hinterlassen, und die Banditen könnten die Höhle entdeckt haben, in der wir Silberhuf versteckten, oder vielleicht war sie von einem Erdbeben verschüttet? Doch ich sagte kein Wort. Mein Vater hätte garantiert doch nur gesagt: Hör auf, den Teufel an die Wand zu malen. Er findet, es ist verlorene Liebesmüh, sich den Kopf über etwas zu zerbrechen, was man ohnehin nicht ändern kann, und Optimismus, sagt er, sei nicht nur bedeutend angenehmer, sondern man schaffe damit auch mehr als mit Pessimismus.
Plötzlich sagte Vater: „Guck mal nach unten, Jack, dort, wo die Sonne steht."
Wir hatten gerade eine Bergschlucht überflogen. Die Sonne neigte sich langsam zur Erde. Ich suchte die Gegend mit den Augen ab, und dann sah ich die Überbleibsel der Seilbrücke, die mein Vater in die Luft gesprengt hatte, um damit den Banditen den Weg abzuschneiden, als sie vor zwei Jahren hinter uns her waren. Die Brücke hing noch so da wie damals, von einem Ende des Seils gehalten, baumelte sie nutzlos gegen die Felswand der Schlucht.
„Wir sind, wie ich sehe, schon da", sagte ich.

Vater lachte, er war mit sich zufrieden. „Keine schlechte Navigation, mein Junge“, prahlte er, „wenn man bedenkt, daß ich seit dem Krieg nicht mehr geflogen bin.“
Wir folgten dem Weg, den Silberhuf mit seinem ausgebrannten Lager entlanggehumpelt war. Und in wenigen Minuten hatten wir die Stelle erreicht, wo wir damals abgebogen waren. Ungefähr ein Kilometer entfernt war die bewußte kleine Hochebene, wo wir Silberhuf zurückgelassen hatten. Vater setzte den Hubschrauber direkt neben der Höhle auf, die wir mit Steinen blockiert hatten. Sie waren noch alle da. Es hatte sich nichts verändert.
Ich brüllte los: „Silberhuf!“
Vater lachte: „Er kann dich nicht hören, Jack. Er ist abgeschaltet.“
Hm, das wußte ich auch. Aber was machte das schon? Wir waren nur ein paar Schritt von ihm entfernt, und ich war dafür, daß wir uns sofort an die Arbeit machten und die Steine aus dem Weg räumten. Aber Vater hatte dafür kein Ohr. Die Sonne hatte sich noch tiefer hinter die Berge versenkt, und es wurde kalt.
„Ich hab keine Lust, auch nur das kleinste Licht zur Schau zu stellen, Jack, und im Dunkeln können wir nicht arbeiten. Es ist vernünftiger, das bißchen Tageslicht auszunutzen, um Abendbrot zu machen.“
„Wir sind da, Silberhuf“, schrie ich noch einmal gellend gegen die Steinmauer der Höhle.
Doch Vater änderte nichts an seinem Plan. Er bereitete das Abendbrot. Es gab Steak – und Nierenpudding aus der Büchse, dazu Reis und Erbsen. Vater genehmigte sich einen Whisky, und für mich öffnete er zur Feier des Tages eine Büchse Bier. Wir begossen unsere Ankunft, und danach schlief ich wie ein Klotz.

Nach dem Frühstück konnte ich es nicht erwarten, bis wir endlich loslegten. Aber mein Vater ist ein eifriger Verfechter für das, was er „Lagerdisziplin" nennt, und deshalb bestand er darauf, vorher aufzuräumen. Da der Eingang der Höhle nach Osten lag, schien, sobald wir die ersten zwei Felsbrocken beiseite geschafft hatten, die Sonne hinein und spendete uns genug Licht, um Silberhuf dort stehen zu sehen. Seine Augen waren geschlossen. Kunststück! Er war ja abgeschaltet. In dem blassen Licht schimmerte seine Bronzehaut grün, und seine silbernen Hufe waren nach der langen Zeit schwarz angelaufen.
„Hallo! Silberhuf, alter Junge", sagte Vater.
„Hast du uns vermißt?" fragte ich, ohne eine Antwort zu erwarten. Als sie prompt ausblieb, räumten wir mehr Steine weg.
Sobald die Öffnung groß genug war, kroch Vater hinein. Aber ich bekam einen mächtigen Schock, als er die Hauptleitungen angeschlossen hatte und Silberhuf keine Regung zeigte. Das heißt so gut wie keine. Seine Augenlider schienen zu flackern, aber genausogut konnte es ein Schatten gewesen sein, als Vater sich bewegte. Aber Silberhuf öffnete weder die Augen, noch zeigte er sonst das geringste Zeichen von ... beinah hätte ich Leben gesagt. Ich guckte Vater an, verdammt ängstlich, nehme ich an.
„Armer alter Bursche", sagte er und tätschelte Silberhufs wunderschön gewölbten Hals. „Die Batterien sind so gut wie verbraucht, sollte man auch erwarten nach zwei Jahren. Praktisch war er ja ohne Energie, als wir ihn verließen. Wird ein paar Stunden dauern, ihn wieder aufzuladen."
Ein paar Stunden! Jeder weiß, wie lange ein paar Stunden dauern können, sagen wir, zu Weihnachten, wenn man mit dem Zug nach Hause fährt. Das dau-

ert ewig. Und ich hatte auf diesen Augenblick zwei Jahre gewartet, und jetzt, im allerletzten Moment, diese Verzögerung! So, als ob der Weihnachtszug kurz vor der eigenen Station anhält und nicht weiterfahren kann.
Mein Vater holte zwei Leitungen von dem Ladegerät im Hubschrauber und schloß Silberhuf an. Wir schleppten die letzten Steine beiseite. Und manchmal streichelten wir Silberhuf und redeten mit ihm. Ich putzte seine Hufe, bis sie wieder glänzten.
Endlich kam der ersehnte Augenblick. Vater klemmte die Hauptleitungen wieder an.
Nichts! Wieder nichts!
Doch dann sagte Vater: „Okay, Silberhuf."
Wir standen beide vor ihm. Seine Augenlider öffneten sich, und wir konnten sehen, wie sich hinter den klaren Topasaugen langsam die Fotozelle und das winzige Radargerät zu drehen begannen.
„Hallo! Silberhuf", sagte ich.
Als er sprach, klang seine Stimme in der kleinen Höhle laut und metallisch.
„Hallo, Jack. Hallo, Mike", sagte das Pferd. „Was ist geschehen? Geht ihr am Ende doch nicht fort?"
„Gehen, alter Knabe?" fragte Vater. „Wir sind vor zwei Jahren gegangen."
„Kaum zu glauben", sagte Silberhuf. „Aber ja, ich sehe, Jack ist größer geworden und trägt sein Haar länger und ist anders gekleidet. Und Sie, Mike, Ihr Haar ist anders, grauer, würde ich sagen."
Das war ein echter Schock. Ich muß meine Enttäuschung über diese ganz gewöhnliche Begrüßung gezeigt haben. Natürlich war das albern von mir. Ich hätte wissen müssen, daß Silberhuf, sobald er ausgeschaltet war, eine unempfindliche Masse aus Bronze, Kupfer, Stahl, Transistoren und dem ganzen Rest an Material werden würde.

Aber schließlich hatte ich Tag für Tag an ihn gedacht und die Tage und die Stunden gezählt, bis ich ihn wiedersehen würde.
„Du siehst aus wie ein betrogener Liebhaber", sagte Vater.
Silberhuf muß mein niedergeschlagenes Gesicht auch bemerkt haben und wollte mich wohl auf andere Gedanken bringen, als er in seiner teilnahmslosen Art sagte: „Ich kann mich erinnern, ihr habt den Höhleneingang mit Felsbrocken verbarrikadiert. Danach kamt ihr in die Höhle herein, um euch zu verabschieden. Dann wurde es plötzlich dunkel und schwarz um mich, gerade als ich mich mit der Frage beschäftigte, ob ich euch jemals wiedersehen würde oder verdammt sei, bis in alle Ewigkeit in dieser Höhle zu bleiben."
Hier fiel ihm Vater geschäftig ins Wort und sagte: „Natürlich. Das war in dem Moment, als ich die Hauptleitungen abgeschaltet habe. Aber jetzt sind wir alle zusammen. Wir fühlst du dich, alter Freund?"
„Nicht anders als sonst."
„Was ist mit deinem Bein?"
Silberhuf hob gehorsam zuerst sein linkes Hinterbein hoch und danach das rechte. Dann das linke Vorderbein, aber das rechte versagte den Dienst.
„Ich kann mein rechtes Bein nicht bewegen", sagte er. „Es scheint schlimmer geworden zu sein. Ich fürchte, ich kann nicht gehen."
„Mach dir keine Sorgen", sagte mein Vater tröstend. „Das werden wir bald haben. Zuerst müssen wir dich hier erst einmal heraustransportieren."
Das war leichter gesagt als getan. Wir mußten sein Bein beugen und wieder aufstellen. Aber Schritt für Schritt hatten wir ihn schließlich aus der Höhle heraus in den Sonnenschein gebracht. Er sah genauso

großartig aus wie vor zwei Jahren, mit seinen glänzenden silbernen Hufen, seiner bronzenen Haut, die sein Schöpfer, Mohammed Hassan, so glatt gehämmert hatte und auf der sich das Sonnenlicht widerspiegelte. Die Bronze besaß noch immer jenen weichen Glanz von poliertem Türkis.

Sobald wir ihn auf die Rampe befördert und in den Transportraum des Hubschraubers verfrachtet hatten, ging die Reise weiter. Vater war nicht gewillt, länger als nötig unter freiem Himmel zu verweilen. Er rechnete immer noch mit der „Opposition", die uns vom Flugzeug aus meilenweiter Entfernung sichten konnte. Wir zogen uns in die Bergschlucht zurück, wo wir damals die Brücke gesprengt hatten. Von dort flogen wir noch ein Stückchen weiter nach unten, bis dorthin, wo die struppigen Rhododendren und die kleinen Wacholderbüsche wachsen. Unter einer überhängenden Felsklippe entdeckten wir eine breite Sandbahn.

„Ein natürlicher Kleiderbügel", scherzte Vater, während er den Hubschrauber im Sand aufsetzte. „Hier kann uns von oben kein Mensch entdecken, höchstens vom Erdboden."

Als wir Silberhuf aus der Maschine heraushalfen, bemerkte er anerkennend, dies sei eine außerordentlich bequeme Art zu reisen.

„Damals – vor zweihundert Jahren – als ich vom Hofe des Kaisers geraubt wurde", sagte er, „hätten wir viele Wochen für diese Strecke gebraucht, die wir soeben in wenigen Minuten zurückgelegt haben."

Nach dem Mittagessen fingen wir an, eine breite, niedrige Mauer um Silberhuf herumzubauen, so daß Vater bequem darauf gehen und stehen konnte, um ihn zu „operieren", wie wir es scherzhaft nannten. Und während der Arbeit erzählte Vater Silberhuf

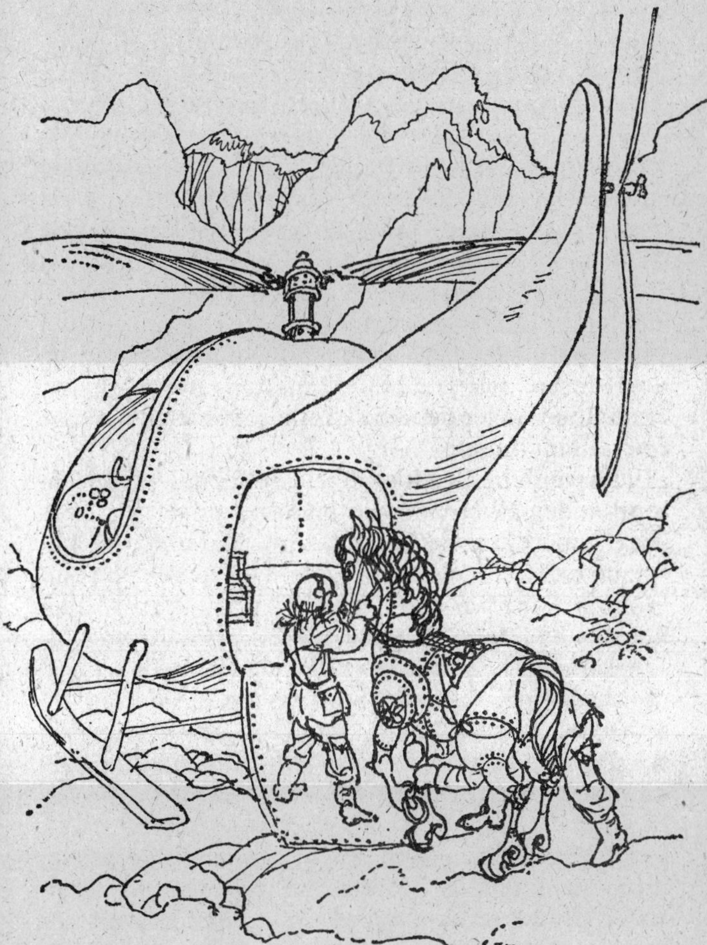

von unseren Plänen, von dem beabsichtigten Flug ins Takla-Gebirge, um dort die Suche nach den Schneemenschen wiederaufzunehmen.
Silberhuf war jedoch neugieriger, was den Hubschrauber und dessen Namen „Pegasus“ betraf. „Soweit mir bekannt ist, handelt es sich um ein mythologisches Pferd mit Flügeln.“
Seine Allgemeinbildung – oder besser gesagt, Programmierung – war einfach Klasse. Ich hätte es zum Beispiel nicht gewußt, wenn Vater es mir nicht erzählt hätte.
Voller Genugtuung erklärte Vater ihm, warum die Maschine „Pegasus“ getauft sei und was es mit dem Wassermotor alles auf sich habe, daß wir ihn für Mister Todd testen und daß die Ölbarone seinen Bau verhindern wollen. Er erklärte ihm auch den Grund, warum wir uns verstecken mußten, und verheimlichte ihm nicht, daß uns wahrscheinlich schon Flugzeuge auf der Spur wären.
„Was glauben Sie, Mike, was würden die Flugzeuge unternehmen?“ fragte Silberhuf.
Vater zuckte mit den Achseln. „Ich nehme an, die Besatzung würde versuchen, uns umzubringen und den Hubschrauber zu zerstören. In den Zeitungen könnte man dann die Mär von unserem Absturz lesen und daß der Wassermotor schuld daran sei und überhaupt nichts tauge. So etwa auf diese Tour.“
Silberhuf war schockiert. „Also“, sagte er, „dies scheint mir ganz und gar nicht übereinzustimmen mit den moralischen Prinzipien, die, wie ich meiner Programmierung entnehmen muß, in Ihrer Gesellschaft gelten. Nach dem, was Sie sagen, Mike, würde dieser Motor billig sein, die Luft nicht verschmutzen und Millionen von hungrigen Menschen in die Lage versetzen, ihre Felder zu bebauen. Was sind das für Menschen, die es sich anmaßen, so eine nützliche

Sache zu sabotieren?“
„Die Reichen“, antwortete mein Vater, „tun alles, wenn es darum geht, noch mehr Geld zu scheffeln.“
„Selbst morden?“
„Morden ganz besonders.“
„Ich kann mich des Eindrucks nicht erwehren“, sagte Silberhuf, „daß Jonathan Swift alles andere als unrecht hatte, als er die Menschen als gefährliche Tiere bezeichnete – einige von ihnen jedenfalls.“
„Ein typisches Beispiel für englische Untertreibung“, sagte mein Vater voller Bewunderung für Silberhufs Bildung. „Aber um von angenehmeren Dingen zu sprechen, ich habe alles mitgebracht, was wir brauchen, um dich auf eine Höchstform zu bringen, die du noch nie hattest. Ich habe einen neuen Satz Lager anfertigen lassen – Bronze und Nylon. Wenn uns unsere Testergebnisse nicht trügen, werden sie hundert Jahre halten, kein Geräusch machen und keinen Tropfen Öl brauchen.“
Vater holte eins, um es ihm zu zeigen.
„Das Nylon sieht sehr weich aus“, meinte Silberhuf.
„Hab keine Angst“, sagte mein Vater, „es ist sehr widerstandsfähig. Das nächste, was ich habe, sind vier ganz neue Motoren, viel kleiner und jeder von ihnen viel stärker als der eine, den du jetzt hast. Sie brauchen keine Wartung, die neuen Batterien sind ebenfalls viel kleiner und von größerer Kapazität als die alten. Aber ich glaube, das Beste von allem ist ein superschneller Programmierer für dein Elektronengehirn. Er schafft es, daß du innerhalb einer halben Stunde eine neue Sprache sprichst oder das Niveau eines Doktors in einem wissenschaftlichen Gebiet erreichst.“
Silberhuf war zufrieden mit der neuen Ausrüstung,

jedoch ziemlich nachdenklich wegen der „Opposition“.
„Es ist doch seltsam, daß solche hochentwickelten intelligenten Tiere weniger Moral besitzen als die primitiver Arten, von denen sie abstammen. Ich meine nicht Sie, Mike, oder dich, Jack. Irgend etwas stimmt hier nicht.“
Nach dem Abendbrot deckten wir Silberhuf zu, um ihn vor dem feuchten Nebel, der am Fluß aufstieg, zu schützen. Und wir schliefen wieder wie gewöhnlich im Cockpit. Bevor wir uns zur Ruhe legten, hatte Vater sich über Funk mit Mister Todd in Verbindung gesetzt und einige Vereinbarungen getroffen. So wurden wir von ihm durch Rufzeichen Punkt sechs Uhr geweckt. Sie kamen über den Spezialempfänger, der nur auf seine Frequenz ansprach. Es war abgemacht, daß wir die Funkstille einhalten würden, um unseren Standort nicht zu verraten, es sei denn, wir erhielten eine gegenteilige Weisung.

Fünftes Kapitel

Mein Vater brauchte eine ganze Woche, um Silberhuf umzubauen. Zuerst schaltete er die Batterien aus, um ihn mit „Narkose“ zu operieren, wie er es aus Spaß nannte. Daher konnte ich nicht mit Silberhuf reden, und Vater war viel zu beschäftigt.
Und was noch schlimmer war, Vater gab mir den strikten Befehl, in der Nähe des Hubschraubers zu bleiben. Ich kann nicht gerade behaupten, daß ich ihm das übelnahm. Immerhin hatte ich beinah seine erste Reise verpfuscht, als ich den Jeep zuschanden fuhr, und gleich am Anfang dieser Reise wäre ich fast unter die Hufe eines wilden Yaks geraten. Aber das änderte nichts daran, daß ich mich jetzt genauso langweilte wie bei den Besuchen bei Mutters Freun-

din – bloß der Kuchen fehlte!
Wo wir waren, machte der Fluß einen Bogen und floß daher sehr langsam. Das Wasser war tief und klar. Man konnte jeden Stein sehen und herrlich trinken. Aber zum Schwimmen war es viel zu kalt.
Das einzige, was für mich zu tun übrigblieb, war, wie üblich, das Kochen. Und gelangweilt, wie ich war, hätte ich am liebsten gleich, wenn ich eine Mahlzeit fertig hatte, mit der neuen begonnen. Nicht etwa, daß es viel vorzubereiten gab, wir besaßen Büchsenvorräte und aßen aus Pappschalen, und auf Jagd gehen durfte ich nicht.
Gelegentlich schickte mich Vater, um etwas aus dem Hubschrauber zu holen, was er dringend brauchte. Er kniete die meiste Zeit auf der Mauer, den Oberkörper in Silberhufs Bauch. Er hatte ein Elektroschweißgerät, Bohrer, Säge und andere Werkzeuge eingepackt, und daher ging alles wie am Schnürchen. Zuerst montierte er ein Bein nach dem anderen ab und wechselte die Lager aus, danach baute er die neuen Motoren ein – diesmal erhielt jedes Bein einen eigenen. Als nächstes kamen die Batterien an die Reihe und die neue elektrische Ausrüstung. Seite an Seite mit den Fotozellen installierte er Infrarot- und Farbfilter.
Ich weiß, es klingt alles sehr aufregend, aber da ich nicht viel davon verstand und die meiste Zeit über nichts anderes genoß als Vaters Rückenansicht und Beine, war es einfach stinklangweilig.
Nach zwei Tagen sagte Vater: „Warum kümmerst du dich nicht um das Radio und gibst mir täglich einen Überblick über die neuesten Nachrichten? Du weißt, daß ich diesen Überblick in meinem Beruf als Journalist brauche, ihn mir aber im Augenblick wegen der Reparatur an Silberhuf nicht verschaffen kann. Außerdem ist es in unserer Situation wichtig,

über die Meldungen von Feinden und Freunden informiert zu sein. In unserer Situation ist es notwendig, zu wissen, was der Feind sagt. Vielleicht kann davon unser Leben abhängen."
Das war eine Aufgabe, die mir Spaß machte. Ich hatte den Bogen bald raus und wußte, wo ich die einzelnen Sender zu suchen hatte und zu welchen Zeiten Nachrichten und Kommentare gesendet wurden – BBC, Stimme Amerikas, Moskau, Peking, Hanoi, Tokio, Pyongyang, Neu-Delhi.
Eines Tages erzählte ich Vater beim Abendbrot, daß der amerikanische Präsident behauptet habe, es kämen immer mehr Nordvietnamesen nach Laos, und bekanntgab, falls sie damit nicht aufhörten, sähe er sich gezwungen, Schritte zu unternehmen, um die amerikanischen Streitkräfte in Laos zu schützen.
„Wenn diese Leute so anfangen zu reden", sagte Vater, „dann kannst du Gift darauf nehmen, daß sie etwas Schmutziges im Schilde führen. Wenn ein amerikanischer Präsident jemand des Überfalls beschuldigt, dann begeht er entweder selbst einen oder ist im Begriff, es zu tun; und wenn er vom Frieden redet, meint er Krieg."
Vaters Worte sollten sich schon am nächsten Morgen bestätigen, als die Stimme Amerikas im Radio mitteilte: „Der Präsident hat den US-Streitkräften die Vollmacht erteilt, alle notwendigen Schritte zu unternehmen, um die Sicherheit der Amerikaner und ihrer Verbündeten angesichts des neuen Überfalls der Nordvietnamesen auf Laos zu garantieren. Bombeneinsätze über Nordvietnam und über nicht einzeln angegebene Gebiete von Laos sind hierbei nicht ausgenommen."
Mein Vater schnaubte angeekelt. „Die Amerikaner bombardieren, verheeren, verbrennen und vergiften ein Land, das Tausende von Kilometern entfernt ist

von den Vereinigten Staaten. Aber sobald sich die Einwohner von Indochina verteidigen, dann nennen sie das Überfall. Die Amerikaner ziehen mit einer Unzahl von hochentwickelten Waffen und auf Krieg gedrillten Soldaten gegen eine winzige, friedliche Nation zu Felde; und dann schieben sie den Menschen dort, die nichts weiter tun als ihre Heimat und ihr Leben verteidigen, die Schuld in die Schuhe und behaupten dann, sie würden Amerika angreifen."

Er kochte vor Wut. „Aber laß dich nicht beirren, Jack. Die Amerikaner werden die Menschen in Indochina niemals besiegen. Und daß die Amerikaner den Krieg auf immer neue Länder ausdehnen, wird sie nur in noch größere Schwierigkeiten bringen."

Natürlich wollte ich auch, daß die Menschen in Indochina siegen, aber ich fand, Vater war ein bißchen zu optimistisch.

Als ich eines Morgens vom Steine-über-das-Wasser-Flitzenlassen vom Fluß zurückkam, saß Vater da und zog gemächlich an seiner Pfeife.

„Also", sagte er, „es ist vollbracht. Bis auf das Anschließen sind wir fertig. Ich hab auf dich gewartet."

Er klemmte die beiden Hauptleitungen an und sagte: „Okay, Silberhuf. Mach die Augen auf."

Die raffiniert konstruierten Augenlider hoben sich. Vater beugte sich vor und wischte den Staub von den Topasaugäpfeln.

„Ich kann den Motor nicht hören, Vater", sagte ich, „bestimmt arbeitet er nicht."

„Er arbeitet, daran gibt es nichts zu deuteln", behauptete Silberhuf jedoch sehr entschieden. „Obwohl ich sagen muß, er ist ungewöhnlich leise."

„Und wie fühlst du dich jetzt?" fragte Vater.

„So gut wie noch nie", antwortete das Pferd. „Das

heißt bis jetzt. Aber meine Stimme klingt anders. Wie kommt das?"
„Das ist nebensächlich", sagte mein Vater. „Während ich dich sozusagen ‚operierte', habe ich dein Inneres mit einem Material besprüht, das dich von Geräuschen und Temperaturen isoliert. Einige deiner neuen Instrumente sind hochempfindlich und müssen geschützt werden."
„Ich möchte wissen, ob mein Bein in Ordnung ist."
Ohne die Antwort abzuwarten, stellte er seine Vorderfüße auf die kleine Mauer und setzte zum Sprung an und landete weich im Sand. Dann trottete er zum Ufer und zurück.
„Äußerst geschmeidig", lobte Silberhuf. „Kein Gefühl des Widerstandes. Ich fühle mich so, als ob ich jetzt Dinge tun kann, die vorher unmöglich waren."
„Kein Wunder", erklärte mein Vater, „du hast mindestens viermal soviel Kraft in deinen Motoren als voher."
„Gibt es einen Grund, warum ich alle Gegenstände anders sehe?"
„O ja, du kannst jetzt in Farbe sehen. Morgen, wenn das Licht gut ist, werde ich dir erklären, wie du die einzelnen Farben mit Namen unterscheiden kannst."
„Ich weiß wirklich nicht, wie ich Ihnen danken soll, Mike. Ich wünschte nur, mein alter Meister Hassan wäre hier, um Ihre Bekanntschaft zu machen."
„Ach, nicht der Rede wert", wehrte mein Vater ab und wechselte sofort das Thema. Er konnte nämlich Lobhudeleien und Dankesbeteuerungen nicht ausstehen.
„Für dich würde es das beste sein, wenn du jetzt ein bißchen umherstolzierst, um dich mit deiner neuen

Ausrüstung anzufreunden und deine Lager ein wenig einzulaufen."
„Und wann geht's ins Takla-Gebirge, auf Jetisuche?" fragte ich.
„Morgen", antwortete Vater.
Aber dazu kam es nicht. Unsere sämtlichen Pläne wurden durch das, was am nächsten Tag geschah, durchkreuzt.

Mister Todds Funksignal kam Punkt sechs, wie gewöhnlich, aber es folgte keine Nachricht. Vater war darüber verwundert. Wir verspeisten zum Frühstück unsere letzten frischen Eier und räumten später noch die restlichen Werkzeuge, die herumlagen, zusammen und verstauten sie im Hubschrauber. Dabei hörten wir Radio. Ich hatte die Stimme Amerikas eingestellt, um die Nachrichten nicht zu verpassen.
Fünf Minuten vor sieben kam stets das „religiöse Gespräch" für die amerikanischen Streitkräfte in Indochina. Es drehte sich alles ums Beten und wie wichtig das sei: das Ganze endete dann mit so einer Art Losung, die sie jeden Tag wiederholten: Familien, betet gemeinsam, und ihr bleibt zusammen.
Vater tobte! „Was für ein Blödsinn. Schreiende Heuchelei. Erst ermahnen sie die Soldaten zur Nächstenliebe, und dann schicken sie sie mit Gottes Segen in die Schlacht, um arbeitsame Bauern, die nichts weiter wollen als in Frieden ihren Reis bestellen, abzuschlachten."
Er brach seine Rede ab, um dem Nachrichtensprecher zuzuhören, der mit näselndem Englisch sagte: „Wie das Pentagon soeben verlauten läßt, hat sich eine neue Situation von bedeutendem Ausmaß ergeben. Eine große Anzahl von Sonderkampftruppen ist bereits auf dem Luftwege in Südlaos gelandet.

Militärsprecher aus Washington erklären dazu: Zweck dieser Operation ist es, die Nachschubverbindungen nach Kambodscha und Südvietnam abzuschneiden."
Dann wurde erklärt, dies sei ein Teil der Strategie des US-Präsidenten, um den Krieg in Indochina so schnell wie möglich zu beenden. Ersten Berichten zufolge sei die Operation bereits auf dem Höhepunkt angelangt. Von sämtlichen US-Stützpunkten in Südvietnam und Thailand würden ununterbrochen Truppen und Nachschub nach Südlaos eingeflogen.
Der Nachrichtensprecher fuhr fort: „Senator Halfbright, ein Demokrat, hat die neue Aktion als eine dreiste Ausdehnung des Krieges bezeichnet und behauptet, Amerika hätte sich damit an den Rand eines neuen Weltkrieges begeben. In vielen Städten Amerikas und in anderen Ländern sei bereits zu Protestdemonstrationen aufgerufen worden. – Und jetzt Baseball ..."
Mein Vater stellte das Radio ab. Er sah mich mit verbissenen Lippen an, während er sich seine Pfeife, die erste an diesem Tag, stopfte.
„Das sieht böse aus, nicht wahr?" fragte ich.
„Sehr böse. Du hast gehört, was sie über einen neuen Weltkrieg gesagt haben."
„Aber du glaubst immer noch, daß die Amerikaner den Krieg nicht gewinnen können?"
„Ich bin fest davon überzeugt."
„Ich glaube, die Tatsachen sprechen dafür", mischte sich Silberhuf plötzlich ein. „Sie haben 500000 Soldaten nach Südvietnam geschickt, und trotzdem haben sie nicht erreicht, was sie wollten. Darum sind sie in Kambodscha eingefallen. Die Kambodschaner sollten ihnen helfen, die Karre in Vietnam aus dem Dreck zu ziehen. Aber ihre Rechnung ging nicht

auf. Die Amerikaner haben sich nur noch mehr Feinde gemacht. Jetzt sind sie in Laos gelandet, damit die Laoten ihnen helfen, die anderen zwei Kriege zu beenden. Und vielleicht werden sie sogar auch noch versuchen, auf dem Landweg in Nordvietnam einzufallen. Und wenn mich mein Erinnerungsvermögen nicht trügt, wächst der Widerstand gegen diesen schmutzigen Krieg überall auf der ganzen Welt immer mehr an, sogar in den Vereinigten Staaten."

„Wenn das so ist, warum können dann die Amerikaner das nicht auch sehen?" fragte ich.

Vater entgegnete: „Keiner ist so blind wie die, die nicht sehen wollen." Im gleichen Augenblick zitierte Silberhuf ein altes griechisches Sprichwort: „Wen die Götter vernichten wollen, den schlagen sie zuerst mit Blindheit."

„Aber sie bombardieren und verwüsten das ganze Land. Einige von den Bildern, die ich gesehen habe, sind grausam, kleine Kinder, den ganzen Körper voller Brandwunden. Sie bleiben Krüppel bis an ihr Lebensende. Gibt es denn gar nichts, was man dagegen tun kann?"

Vater steckte die Pfeife wieder in Brand und antwortete: „Als ich während einer Dienstreise Präsident Ho chi Minh begegnete, sagte er zu mir: ‚Die Vietnamesen und die anderen Indochinesen werden bis zum letzten Mann kämpfen. Wir erhalten jede Unterstützung, um die wir die sozialistischen Länder bitten. Was Sie, Mister Norton, tun können, ist, die Wahrheit über unseren Kampf in Ihrer Zeitung zu verbreiten und die Menschen in Ihrem Land wachzurütteln, sie dafür zu gewinnen, daß sie unsere Forderungen nach dem Abzug aller amerikanischen Truppen aus unserem Land unterstützen.'"

Vater seufzte tief und fuhr fort: „Er war ein wunderbarer Mann. Sein ganzes Leben widmete er der Befreiung seines Landes. Er starb, als der Kampf erst halb gewonnen war."

Mein Vater stand auf und wanderte den Fluß entlang, bis ans Ende der Sandbank, dort ging er ruhelos auf und ab.

„Dein Vater scheint sehr beunruhigt zu sein", bemerkte Silberhuf.

„Ich war damals noch zu jung, um alles zu verstehen", sagte ich. „Aber mein Vater war ziemlich lange als Journalist in Vietnam und Laos, und er bewundert und achtet die tapferen Menschen dort. Er ist der Meinung, Ho chi Minh ist eine der größten Persönlichkeiten gewesen, die je gelebt haben. Vater ist sehr verbittert darüber, daß die englische Regierung die Amerikaner unterstützt."

Nachdem Vater seine Pfeife an einem Felsen ausgeklopft hatte, kam er langsam zu uns zurück.

Ich gab mir Mühe, recht fröhlich und voller Tatendrang zu erscheinen, und sagte: „Ich glaube, wir sollten jetzt alles startklar machen zur Abreise."

Vater schwieg eine ganze Weile. Er war sehr ernst und starrte mit herabgezogenen Mundwinkeln auf den Boden.

„Ich bin dabei, mir etwas zu überlegen, Jack", sagte er.

Ich fühlte plötzlich im Hals ein leichtes Würgen. „Geht's um Laos?"

„Ja."

„Aber ... aber, was?"

„Ob ich dort hingehen sollte!"

„Oh!" Das war alles, was ich herausbrachte. Ich war wie vom Blitz getroffen, und es herrschte wieder langes Schweigen.

„Nicht die Nerven verlieren, mein Junge", sagte Vater. „Es ist mein Ernst, und du mußt mir dabei hel-

fen, alles gut abzuwägen."
Ich schluckte und nickte. „Gut, ich will es versuchen."
„Also, hör zu. Wenn es überhaupt so etwas wie einen Jeti gibt, dann stromert er hier schon mindestens ein oder zwei Millionen Jahre herum und wird bestimmt nicht über Nacht plötzlich von der Bildfläche verschwinden. Wir könnten also jederzeit zurückkommen und nach ihm Ausschau halten. Und die Testversuche mit dem Wassermotor sind so gut wie abgeschlossen. Mister Todd wird zufrieden sein."
Er machte wieder eine Pause und fuhr dann fort: „Die Sache mit Laos ist sehr wichtig. Aber der Jammer ist, daß in Rundfunk und Presse der westlichen Länder niemals die Wahrheit bekannt wird. Wenn die Leute die realen Fakten wüßten, ich sage dir, sie würden eher bereit sein, etwas gegen den Krieg zu unternehmen. Siehst du, Jack, und ich sitze hier mit all meinen Verbindungen, ich überschaue die Situation. Ich sollte wirklich etwas tun. Meinst du nicht auch?"
Natürlich konnte ich nicht einmal eine Minute lang an etwas anderes denken als an das, was mich die ganze Zeit beunruhigte.
„Darf ich mitkommen?"
Vater sah mich mit einem süßsauren Grinsen an, das soviel bedeutete wie, du hast mich durchschaut, und sagte: „Das ist wirklich das ganze Problem. Wenn du nicht mit hier wärst, dann wäre ich längst über alle Berge, auf dem Weg nach Laos. Jetzt aber muß ich alles zweimal durchdenken. Soll ich mit dir auf die Suche nach den Jetis gehen oder dich nach Hause schicken und nach Laos fliegen?"
Ich fühlte, wie sich mein Gesicht zusammenzog, und ich spürte, daß es sich nur noch um Sekunden handelte, bis die Tränen kamen. Und Vater hatte nicht

viel übrig für Tränen.
„Nun hör schon auf, Jack“, sagte er. „Ich kann nicht nachdenken, wenn du plärrst.“
Aber ich konnte einfach nicht aufhören. Die Tränen kullerten mir nur so übers Gesicht, und ich fing an, mich zu schneuzen.
Mein Vater wandte sich an Silberhuf: „Komm, alter Junge, du kannst logisch denken. Laß uns beide die Sache besprechen.“
Silberhuf antwortete nicht gleich. Dann aber sagte er: „Verzeihen Sie, Mike, aber ich habe gerade Radio Moskau gehört. Zwei sehr wichtige Punkte. Die Amerikaner haben eine große Anzahl von Streitkräften nach Phong Saly eingeflogen, das ist im nördlichen Laos, ungefähr nur dreißig Kilometer von der chinesischen Grenze entfernt. Radio Moskau sagt, damit verfolgen die Amerikaner das Ziel, Laos völlig zu isolieren. Später würden sie Phong Saly als einen Brückenkopf benutzen, um das gesamte nördliche Gebiet abzuschneiden. Sie würden auf dem Landweg von Laos versuchen, in Nordvietnam einzufallen und auf dem Seeweg vom Golf von Tonkin aus.“
„Sie sind total verrückt geworden, total verrückt“, rief Vater aus. „Komm, laß uns gehen, Silberhuf. Ich muß nachdenken.“
Und schon zogen die beiden ab, ans Ufer des Flusses. Ich hörte auf zu heulen und bemühte mich, ebenfalls nachzudenken. Aber meine Gedanken kreisten nur um einen einzigen Punkt: Wenn Vater sich ernsthaft in Gefahr begeben würde, dann würde er mich, schon meiner Mutter zuliebe, garantiert nicht mitnehmen. Ich beschloß daher, ihm als letzten Ausweg zu sagen, was Mutter mir an jenem Abend anvertraut hatte, warum sie mich auf dieser Reise gerne in Vaters Begleitung sehen wollte.

Danach fühlte ich mich gleich etwas besser. Vater und Silberhuf standen im Gespräch vertieft, etwa siebzig Meter von mir entfernt. Ich kramte daher meine Landkarte hervor und fing an, das ganze Gebiet gründlich zu studieren – Südchina, Burma, Thailand, Laos, Vietnam, Kambodscha. Ich war so beschäftigt, daß ich die beiden erst wahrnahm, als Vater lachend sagte: „Dies Pferd ist noch mal mein Tod. Sollte Rechtsanwalt werden. Logisch ist der. Du meine Güte!"
„Ihr habt gut lachen", entgegnete ich. „Sagt mir lieber, was ihr beschlossen habt."
„Hm, wenn du einverstanden bist, Jack, dann gehen wir nach Laos."
„Mit mir auch?"
„Wo bleibt deine Grammatik, Jack. Das heißt: Ich auch? Ja, du kommst auch mit, wenn du willst."
„Ist das Silberhufs ...?"
„Ja. Silberhufs Entschluß. Er weiß auf alles eine Antwort. Er sagte zu mir" (und jetzt versuchte Vater, Silberhufs monotone Sprechweise nachzuahmen): „‚Mike, es gibt drei Alternativen: auf die Suche nach den Schneemenschen zu gehen; Jack nach Hause zu beordern und allein nach Laos zu gehen; oder mit ihm auf direktem Wege nach Laos zu fliegen. Lassen wir meine Person dabei aus dem Spiel und untersuchen wir diese drei Varianten.
Die erste: Nach den Jetis zu forschen ist gefährlich. Sie haben bekanntlich beim letzten Mal beinahe Ihr eigenes Leben eingebüßt. Die zweite: Wenn Sie versuchen, Jack nach Hause oder zumindest in die Nähe zu bringen, können Sie sicher sein, daß Ihnen die Opposition am Halse hängt. Damit aber setzten Sie die Zukunft des Wassermotors aufs Spiel. Deshalb beibt nur noch Variante drei: Sie müssen Jack mit nach Laos nehmen.'

Ich hab ihm gesagt, wie gefährlich das sein würde. Unaufhörlich Bombenhagel, Napalm, unerwartet Truppenlandungen aus Hubschraubern, Maschinengewehrfeuer aus der Luft, Schlangen, Skorpione, Tiger und so weiter. Und noch eins hab ich ihm gesagt. Wir müssen die Grenze ausgerechnet an der Stelle überqueren, wo die US-Streitkräfte äußerst rührig sind. Das heißt, wir müssen das Risiko auf uns nehmen, von beiden Fronten – Feind oder Freund – abgeschossen zu werden."

Ich muß zugeben, als Vater die Gefahrenliste durchging – und selbst Tiger und Skorpione nicht ausließ –, fühlte ich, wie ich leichenblaß wurde. Die Aussicht, nach Laos zu gehen, erschien mir irgendwie in einem neuen Licht. Ich sah auf und fing Vaters nachdenklichen und zugleich fragenden Blick auf. Ich gab mir einen Ruck und bemühte mich, meine Stimme in Gewalt zu behalten.

„Aber du hast doch selbst gesagt, ich könnte mitkommen", sagte ich.

„Nur wenn du einverstanden bist. Zu Silberhuf habe ich gesagt: ‚Jack ist schließlich noch ein Junge, und die Reise ist äußerst gefährlich. Außerdem muß ich auch an seine Mutter denken.'

Darauf sagte Silberhuf: ‚In Wirklichkeit ist dieses Unternehmen noch ein gut Teil gefährlicher als Ihre vorhergehenden Pläne. Denn diese waren bereits gefährlich genug. Ihre Frau hätte Ihnen überhaupt nicht erlauben dürfen, Ihren Sohn mitzunehmen, wenn sie nicht wollte, daß er auch nur das geringste riskiert.'

‚Also gut', sagte ich darauf. ‚Ich gebe zu, ich habe ihr gegenüber die Gefahren bewußt abgeschwächt, sonst hätte sie ihn niemals mitgehen lassen.'"

Ich überlegte, ob ich Vater jetzt sagen sollte, was Mutter mir anvertraut hatte. Aber ich hielt es für bes-

ser, lieber noch damit zu warten.
Vater berichtete weiter: „Darauf antwortete Silberhuf: ‚Und jetzt sind Sie dem Betrug an Ihrer eigenen Frau zum Opfer gefallen.‘
Das waren harte Worte, Jack, aber sie enthalten ein Körnchen Wahrheit. Das mußte ich zugeben.“
Ich rückte noch immer nicht mit der Sprache heraus, wußte ich doch nicht, wie‘s weiterging. Aber schon berichtete Vater weiter.
„Dann setzte Silberhuf seine Rede fort: ‚Ich frage Sie, Mike, ist die Gefahr für Jack größer als für jeden laotischen Jungen oder für irgendeinen anderen Menschen in Laos?‘
‚Nein‘, antwortete ich.
‚Aber Sie leben nun mal nicht dort, daher können Sie wählen, ob Sie es riskieren oder nicht. Ein Laote hat keine Wahl. Er hat die Amerikaner nicht gebeten, sein Land zu überfallen, und deshalb muß er dort bleiben und kämpfen. Für Sie, Mike, ist es eine Frage des Gewissens, ob es Ihre Pflicht ist, zu gehen oder nicht. Sie sind davon überzeugt, daß Sie die weltweite Bewegung gegen den amerikanischen Krieg in Vietnam unterstützen helfen, wenn Sie gehen und ein klein wenig dazu beitragen, den Krieg schneller zu beenden. Auf diese Weise retten Sie vielleicht einigen Indochinesen das Leben, vielleicht auch Kindern. Solchen Kindern wie Jack. Ihre Mission ist also klar, Mike. Ihre Reise würde auch keineswegs den Erfolg des Wassermotors schmälern, im Gegenteil, Sie würden sogar noch weitaus mehr Propaganda für ihn machen. Die ganze Frage ist also, ob Sie es auf sich nehmen, Jack Gefahren auszusetzen, in der löblichen Absicht, anderen Menschen zu helfen, oder nicht. Nur Sie und Jack allein vermögen das zu entscheiden. Ist es doch eine Frage der Moral.‘“

Mein Vater guckte zuerst mich und dann Silberhuf mit einem ziemlich dünnen Lächeln an und sagte: „Bei diesem Punkt hab ich's aufgegeben, weiterzuargumentieren. Logisch gesehen, hat er recht. Aber da bleibt immer noch die eine Sache. Du bist alt genug, um selber zu entscheiden, ob du bereit bist, mitzukommen oder nicht."
Das klang zwar äußerst fair, aber mir erschien es sehr unfair. Es war das erste Mal, daß ich eine echte Entscheidung treffen mußte. Ich hatte entsetzliche Angst davor. Doch eines wußte ich genau, wenn ich nicht mitgehen würde, dann würde ich mir mein ganzes Leben lang als Feigling vorkommen. Wahrscheinlich würde Silberhuf dies völlig unlogisch finden.
Mein Vater sagte: „Laß dir Zeit. Denk in Ruhe darüber nach."
„Da gibt's nichts mehr zu überlegen. Ich komme mit. Aber was wird mit Silberhuf?"
Vater lächelte und blinzelte ihm zu.
„Ich komme zweifelsohne auch mit."
Das tat gut.
„Und was sagt Mister Todd zu diesem Entschluß", fragte ich, „schließlich ist es sein Hubschrauber."
Vater grinste. „Ich werde ihn zwar um Erlaubnis bitten, aber gehen werden wir auf jeden Fall."
„Was ich hab, hab ich …, wie man sagt, und wir haben den Hubschrauber", stellte Silberhuf nüchtern fest.
„So, das hätten wir geklärt", sagte Vater zu Silberhuf. „Aber du wolltest mich noch über eine wichtige Radiomeldung informieren."
„Ja, unbedingt. Es handelt sich in diesem Fall um eine völlig neue Art von Invasion, die, wie es scheint, von meinen Verwandten ausgeführt wird."

Vaters Gesicht verriet ungeheure Verblüffung. Machte Silberhuf einen Witz? Ich war sicher, wenn Silberhuf fürs Lachen programmiert wäre, dann hätte er es jetzt bestimmt getan.
Er berichtet weiter. „Radio Moskau gab bekannt, daß die Russen eine Art – wie sagten sie doch gleich? – hm, etwas auf dem Mond weich gelandet haben... Lunachod genannt. Es kann dort umherfahren, es wird angetrieben mit Hilfe von Sonnenbatterien, besitzt ein Elektronengehirn, hält Verbindungen zur Erde aufrecht, braucht nicht zu atmen und zu essen und reagiert nicht besonders empfindlich auf Hitze und Kälte. Ich muß schon sagen, abgesehen davon, daß es Räder hat statt Beine, könnte es genausogut eine Beschreibung meiner eigenen Person sein. Glauben Sie ...?“ Er brach den Satz ab.
„Was meinst du, alter Knabe?“ ermunterte ihn mein Vater.
„Glauben Sie, daß die Russen daran interessiert wären, mich auf den Mond zu schicken, damit ich dort einige Arbeiten für sie erledige? Ich könnte mir das sehr interessant vorstellen. Natürlich nicht jetzt. Später.“
„Du würdest im Staub versinken“, sagte ich.
„Oh, da bin ich aber ganz anderer Meinung. Ich glaube, ich würde nur ein Sechstel meines jetzigen Gewichts haben – relativ gesehen. Ich könnte breitere Stahlplatten tragen, die an meine Hufe angepaßt sind.“
„Silberhuf“, sagte Vater, „du wirst wohl nie aufhören, mich zu überraschen. Was für eine brillante Idee. Wir werden noch darauf zurückkommen, später, wenn wir erst mal heil aus Laos zurück sind.“

Sechstes Kapitel

Am nächsten Tag brach mein Vater die Vereinbarung mit Mister Todd über die Funkstille.

Es waren aufregende vierundzwanzig Stunden gewesen seit unserer Entscheidung, nach Laos zu gehen. Wir hatten über Land- und Seekarten vor dem ganzen Gebiet gehockt – Bhutan, Nordostindien, Nordburma und den sogenannten Nördlichen Shan-Staaten. Vater hatte den Kurs abgesteckt, der uns nach seiner Meinung leidlichen Schutz vor Radar bot und uns zu einem Knotenpunkt führen würde, wo Laos, Burma und Thailand mehr oder weniger aneinandergrenzen.

Vater deutete auf einen Punkt, ungefähr fünfundsiebzig Kilometer westlich von Phong Saly. „Hier ist gebirgiger Dschungel. Nahezu Niemandsland, bevölkert mit den Wa-Kopfjägern. Aber keine Angst. Vor denen braucht man sich weniger zu fürchten als vor den Amerikanern, sie haben fast alle nur Flinten und Pfeil und Bogen."

Danach ging ziemlich viel Zeit drauf, bis er seine Funkmeldung vorbereitet und verschlüsselt hatte. Letzteres war notwendig, falls die „Opposition" die Meldung auffing, und es wäre noch gefährlicher, wenn uns die amerikanischen Luftstreitkräfte auf die Spur kämen.

Der Code, auf den sich Mister Todd und Vater geeinigt hatten, war einfach, aber schwer zu knacken. Vater beschrieb ihn als einen „akustischen Mikropunkt". Ein Mikropunkt ist eine Nachricht, die meist fotografiert wird und dann auf eine bestimmte Größe, etwa so groß wie ein Punkt, reduziert wird. Selbst mit einem einfachen Vergrößerungsglas kann man sie nicht ausfindig machen.

Unser System bestand darin, ein Musikstück auf ein

Tonband während einer verabredeten Zeitdauer – drei Minuten und siebenundzwanzig Sekunden – auf Band zu spielen und dann die Nachricht in die Musik einzufügen. Aber die Botschaft war viele Dutzend Male beschleunigt, so daß sie sich anhörte wie ein Kratzer auf der Platte oder wie atmosphärische Störungen im Radio.
Vater hatte die Fünfte Sinfonie von Beethoven als Vermittler für die Nachricht gewählt. Er teilte Mister Todd darin kurz und bündig mit, daß er seinen Plan geändert habe und jetzt auf dem Wege nach Laos sei. „Sie werden genau wie ich zu der Erkenntnis kommen, daß Laos ein besseres Testgelände für Ihren Wassermotor ist als das Himalaja-Gebiet. Sie werden verstehen, daß ich lieber dorthin gehe, wo ich etwas Vernünftiges tun kann, als im Schnee nach Jetis umherzustapfen, die womöglich überhaupt nicht existieren."
Er ging gewissermaßen über die Änderung unseres Planes hinweg, so als sei das das Selbstverständlichste von der Welt und völlig belanglos, was ich sehr gescheit von ihm fand. In der Botschaft bat er Mister Todd ferner, eine Hochschule für Sprachen aufzusuchen, den Namen habe ich vergessen, um dort ein Tonband zum Erlernen des in Laos am meisten gesprochenen Dialekts zu bestellen, und uns umgehend mitzuteilen, wann es fertig sein würde.
„Da du von uns als einziger ein Eletronengehirn besitzt, Silberhuf", scherzte Vater, „mußt du wohl oder übel eine neue Sprache erlernen und unseren Übersetzer spielen."
Als wir das Band glücklich fertig und ans Radio angeschlossen hatten, um die Nachricht zu senden, war es Spätnachmittag geworden. Daher verließen wir schleunigst die Bergschlucht und drückten uns eine halbe Stunde in der Luft herum, bevor wir in einem

kleinen Tal landeten, um dort die Nacht zu verbringen.
Sobald wir am nächsten Morgen unsere Botschaft an Mister Todd gesendet hatten, starteten wir wieder und flogen weiter, immer dicht über dem Erdboden und lieber um die Berge herum als über sie hinweg. Wir überquerten den Brahmaputra zweimal, dann den Salwen und achtzig Kilometer weiter den Mekong. Ihm folgten wir nach Süden.
Wir befanden uns jetzt im „Tiefland“, im gebirgigen Dschungel, durchschnittlich „nur“ 2300 Meter hoch, im Vergleich zum Himalaja war es hier ziemlich bevölkert.
Alle naselang überflogen wir ausgeholzte Lichtungen, die in den Dschungel geschlagen waren. Aus den kleinen strohbedeckten Hütten rannten Leute heraus, um zu unserem Hubschrauber heraufzustarren.
In diesem rückständigen Teil Asiens unterscheidet sich der Ackerbau noch immer nicht viel von dem unserer Urväter, „Felder“, das sind offene Flächen, auf denen der Dschungel niedergeholzt und abgebrannt ist. Die Saat wird in die Asche gestreut, und der Boden kann höchstens ein- oder zweimal bebaut werden. Dann werden neue Streifen ausgelichtet. Es gibt dort wenig „festes Ackerland“, wie wir es kennen. Oft sahen wir ganze Felder mit weißen Blumen – Opiummohn. Dies war das Weltzentrum für die Opiumproduktion.
Einmal sahen wir einen Leoparden durchs Gras rennen.
Als wir uns der laotischen Grenze näherten, hielt Vater nach einem Landeplatz Ausschau. Er entschloß sich für eine offene, ebene Lichtung, die früher einmal dem Ackerbau gedient haben mußte. Daß hier Menschen gelebt hatten, davon zeugten noch

die Überbleibsel von Bambushütten ganz in der Nähe. Vater landete auf einer erhöhten Stelle der Lichtung, wo er nach allen Seiten gute Sicht hatte. Ringsherum war alles mit Gras bewachsen, und Vater warnte mich, ich möge mich nicht allzuweit von dem Hubschrauber entfernen. „Leoparden", sagte er. Das genügte.
Er ermittelte unseren Standort und stellte fest, daß wir uns etwa dreißig Kilometer entfernt von der laotisch-burmesischen Grenze befanden. Silberhuf hielt einen laufenden Kommentar über die neusten Nachrichtensendungen. Das wesentliche war, daß die Amerikaner Phong Saly mit Nachschub vollstopften, Männer und Material einflogen, Artillerie und Panzer, kurz, alles, was nötig war, um es zu einer Festung auszubauen.
„Sie müssen völlig den Verstand verloren haben", bemerkte mein Vater. „So ein Irrsinn, sie wiederholen dasselbe wie in Dien Bien Phu. Sie sind wahnsinnig."
Er ging ins Cockpit und kam mit einer Mappe wieder zum Vorschein. Ich versuchte krampfhaft, mich daran zu erinnern, was in Dien Bien Phu passiert war. Ich hatte den Namen zwar schon gehört, aber ...
„Also", sagte Vater, die Karte ausbreitend. „Da liegt Phong Saly, nicht weiter entfernt als fünfzig Kilometer von Dien Bien Phu, wo die Vietnamesen 1954 die Franzosen besiegt haben. Nach der Schlacht bei Dien Bien Phu haben die Franzosen kapituliert. Und jetzt treten die Amerikaner in ihre Fußstapfen. Heller Wahn." – „Soweit ich informiert bin", fiel Silberhuf ein, „war es so: nachdem die Japaner 1945 besiegt wurden, versuchten die Franzosen erneut, Indochina zu ihrer Kolonie zu machen."
„Das stimmt", bestätigte Vater, „und in Dien Bien

Phu versuchten die Franzosen einen starken Stützpunkt zu errichten, von dem aus sie die Viet Minh (Ho chi Minhs Soldaten) aus jeder Richtung angreifen konnten. Aber die Viet Minh bereiteten sich monatelang auf einen Totalangriff vor."
„Ich bin Ho chi Minh zu dieser Zeit begegnet", fuhr Vater fort. „Onkel Ho, wie sie ihn alle nannten, lud mich zum Frühstück ein. Er trug einen Sonnenhelm, und um mir die Schlacht bei Dien Bien Phu zu beschreiben, nahm er ihn ab und hielt ihn in der Hand. ‚Dien Bien Phu', sagte er, ‚ist da unten, im Inneren des Hutes. Hier sind die Berge' (dabei kreiste er mit dem Finger um den Hutrand). ‚Wir sind oben in den Bergen, und die Franzosen sind hier unten' (er legte seine Hand in den Hutboden). ‚Sie werden da nicht herauskommen. Dafür werden wir sorgen.'
Das war das Ende für die Franzosen. Und jetzt begehen die Amerikaner denselben Fehler noch einmal. Und das, nachdem sie von den Koreanern besiegt wurden und nachdem die Vietnamesen die Franzosen besiegt haben. Sie haben immer noch nicht begriffen, was es heißt, wenn ein ganzes Volk gegen einen Feind kämpft."
Ich nahm die Karte zur Hand und sah sie mir an.
„Wir sind hier, stimmt's?"
„Ja."
„Und wohin müssen wir?"
„Ich hab die Absicht, in der allgemeinen Richtung nach Samnua zu fliegen."
„Und die amerikanische Luftbrücke ist auf diesem Weg?"
„Ja."
„Das heißt, daß wir das Gebiet, das vollgepfropft ist mit Hubschraubern und Flugzeugen, überqueren müssen?"
Vater nickte. „Wir werden nachts fliegen, ganz nied-

rig. Einen Hubschrauber im Dunkeln zu entdecken ist nicht so einfach.“
Nicht so einfach!

In jener Nacht sandte uns Mister Todd eine lange verschlüsselte Nachricht. Er sagte – obwohl ich annehme, es sollte ein Witz sein –, Vater solle sich bemühen daß der Hubschrauber bei seinem Vorhaben möglichst ganz bliebe. Er hatte sich mit der Hochschule für orientalische Sprachen in Verbindung gesetzt, und man hatte ihm dort zugesagt, einen Kursus in der Lao-Thenh-Sprache vorzubereiten, der sich dazu eignet, ihn in einen Computer zu programmieren. Mister Todd versprach, den Leuten auf den Fersen zu bleiben und die Sache zu beschleunigen, damit das Band superschnell Silberhufs Elektronengehirn eingegeben werden könne.
Mr. Todd teilte uns außerdem mit, daß er sich mit den verantwortlichen Vertretern der Laotischen Befreiungsfront in Verbindung gesetzt habe, obwohl mein Vater nichts davon erwähnt habe, und daß sie ihm versprochen hätten, die Pathet-Lao-Armee vertraulich über unser Kommen zu informieren. Er nannte uns eine Radiofrequenz, auf der wir mit den Pathet Lao – dreiundzwanzig Minuten nach jeder vollen Stunde – in Verbindung treten könnten. Aber er warnte meinen Vater davor, einen Funkspruch zu senden, bevor er in Laos sei, der Luftraum wimmele nur so von amerikanischen Flugzeugen.
„Guter alter Toddy“, Vater kicherte in sich hinein, „will seiner Großmutter beibringen, wie man Eier kocht. Immerhin, er hat ohne Zweifel ganze Arbeit geleistet.“
Er sah mich an. „Nervös, eh? Ach was. Vielleicht haben wir Glück, und wir kriegen Regen, oder Nebel, oder Wolkendeckung. Wir müssen natürlich damit

rechnen, daß sie Hubschrauber haben, die durch Radar geleitet werden. Dann können sie uns auch im Dunkeln folgen. Glücklicherweise besitzt Silberhuf das ebenfalls, und dazu noch Infrarot."
„Das klingt alles verdammt angenehm", sagte ich und versuchte, meiner Stimme einen ruhigen Klang zu geben.
„Ich sage dir das nur, weil es besser ist, zu wissen, was einem schlimmstenfalls passieren kann, dann erscheint einem das, was kommt, immer noch als das kleinere Übel. Eine andere Sache ist, daß es da, wo wir hingehen, laotische Söldner gibt, die gemeinsame Sache mit den Amerikanern machen. Ihr Führer, Vang Pao genannt, ist ein Verräter. Erst hat er für die Franzosen gekämpft und jetzt für die Amerikaner. Er ist ein Mann, der für Geld alles tut. Er hat eine Art Privatarmee aufgebaut, die von den Amerikanern bezahlt wird. Die meisten seiner Söldner sind Meo, Bergbewohner aus dem Nordwesten Laos'."
Ich sagte: „Was, Laoten kämpfen für die Amerikaner, obwohl sie dann die eigenen Landsleute ermorden?"
„So einfach ist das Leben nicht", sagte mein Vater. „Nicht alle Leute in diesen Dschungeln erkennen, was wirklich gespielt wird. Ich kenne die Meo gut. Sie sind mutig, erstklassige Kämpfer und Jäger, aber äußerst rückständig. Sie leben hauptsächlich oben in den Bergen. Halbe Nomaden, die ihre Dörfer ständig wechseln, sobald das Land nicht mehr ertragreich ist. Ihr Leben wird größtenteils bestimmt durch Aberglauben, religiöse Opfergaben und Fehde. Aber unter der Herrschaft der Franzosen wurden die Menschen in Laos oft dazu mißbraucht, die Meo zu unterdrücken, und jetzt betrachten diese die Lao Thenh und die Lao Lum als ihre Feinde.
Aber trotzdem ist es Vang Pao und seiner Clique nur

mit Mühe und Not gelungen, etwa 20000 von ungefähr 300000 Meo durch Betrug, Bestechung und Gewalt in sein Söldnerheer zu treiben.
Er lockt die faulen und ungebildeten Leute mit guter Bezahlung, Überfluß an Alkohol, Opium, Waffen und Munition an. Doch die meisten Meo unterstützen die Pathet Lao."

Zum Abendbrot gab es Steak und Nierenpudding, junge Karotten und Quetschkartoffeln und hinterher Dattelpudding. Wir lebten alles andere als schlecht, obwohl mir das Büchsenessen schon ein bißchen über war.
Wir gingen wie gewöhnlich kurz nach Sonnenuntergang schlafen. Silberhuf blieb „wąch", um draußen mit seinem Infrarot-Radarsucher Wache zu schieben. Ein Segen, daß er es tat.
Was mich aufweckte, war eine Erschütterung, die durch den Hubschrauber ging, als Silberhuf leise die Rampe heraufmarschierte und in den Transportraum kam. Ich kroch aus meinem Schlafsack heraus und hörte, wie sich Vater im gleichen Moment bewegte.
Silberhuf flüsterte (das heißt, in Wirklichkeit sprach er einfach mit geringerer Lautstärke): „Verhaltet euch ganz ruhig. Da draußen sind Leute, ganz in der Nähe."
Vater war im Nu herausgekrochen aus seinem Sack.
„Wie sehen sie aus?"
„Sie tragen merkwürdige breite, flache Hüte auf dem Kopf", sagte Silberhuf, „und kurze weite Hosen, es können auch Röcke sein. Einige haben Gewehre mit langen Läufen, andere Pfeil und Bogen. Und alle haben sie Schwerter mit breiten Klingen und Macheten."

„Kawa!" Vaters Stimme war ganz ruhig. „Das sind Kopfjäger."
Ich spürte ein Kribbeln im Nacken.
Vater schwang sich in den Pilotensitz. Ich konnte die düsteren Gestalten durch das Plexiglas erkennen.
„Wir starten", sagte er.
Er schaltete unsere Landelichter ein, und die nähere Umgebung war taghell erleuchtet. Überrascht rannten die schwarzbekleideten Figuren aus dem Lichtkegel. Ich hörte die Rampe hochgehen und den Motor starten. Von draußen war ein gellendes Geschrei zu hören.
Die Rotoren drehten sich, und der Hubschrauber fing an zu beben. Als er sich vom Erdboden abhob, fielen Schüsse, und Kugeln prallten dumpf gegen seinen Rumpf.
„Vorderlader und schlechtes Pulver", murmelte Vater. „Ein Glück für uns, daß sie keine modernen Waffen haben." Er holte aus dem Motor raus, was drin war, und brüllte: „Duck dich, Jack. Hoffentlich zerschmettern sie mir nicht das Glas."
Dann stieg die Maschine schneller auf, wie ein Lift, und mein Magen blieb daher gewissermaßen unten. Und nun schwangen wir uns schnell über den federartigen Bambus empor und hinweg über den Dschungel. Von unten kamen immer noch vereinzelte Schüsse. Vater beauftragte mich, unseren Hubschrauber nach Löchern abzusuchen. Ich tastete alles ab, so gut es bei der Beleuchtung ging, aber ich konnte keine entdecken.
„Es ist Mitternacht", sagte Vater laut denkend. „Wenn wir hier jetzt irgendwo in dieser Gegend landen, dann haben wir's bald wieder mit Abenteurern dieser Art zu tun. Und das nächste Mal verläßt uns womöglich noch das Glück. Nur noch dreihundert Kilometer, und wir haben das Samnua-Gebiet er-

reicht. Jack", er drehte sich nach mir um, „ich glaube, das beste ist, wenn wir heute nacht durch die amerikanische Luftbrücke stoßen. Jetzt gleich."
Meine Hände, die automatisch nach den Armlehnen meines Sitzes griffen, waren feucht und meine Kehle trocken.
„Aber ..., würde es nicht besser sein, noch zu warten. Solch eine Hetzjagd ..."
In Wirklichkeit jedoch konnte ich nicht viel dagegen sagen.
Vater lachte. „Hast Bauchgrimmen, was, Jack?"
Ich nickte.
„Hab ich auch. Aber Scherz beiseite. Es wird nicht lange dauern, bis den Amerikanern unsere Landung im Kawa-Gebiet bekannt wird. Doch das bedeutet, für uns wird es um so schlimmer, die Grenze zu überfliegen, schwieriger, als wenn sie nicht darauf gefaßt sind. Sie können jetzt töricht genug sein, zu glauben, wir seien ein Teil eines feindlichen militärischen Aufklärungsmanövers, und dann starten sie womöglich eine große Gegenoffensive. Wir riskieren heute nacht nicht mehr und nicht weniger als morgen. Und wer weiß, vielleicht ist morgen die Gefahr noch größer. Was glaubst du, Silberhuf?"
„Auf Grund der vorhandenen Tatsachen sind Sie völlig im Recht, Mike. Was wir auch immer tun, eine Sache bedarf jedoch der Überlegung, nämlich, ob die Leute in Laos bereits über Funk informiert worden sind."
„Du meinst, die Pathet Lao. Ja, ich verstehe. Aber bis wir diese Bestätigung haben, können wir vielleicht noch tagelang warten. Und es wäre falsch, zu warten. Aber wenn ihr mich fragt, ich bin davon überzeugt, daß sie bereits über Funk benachrichtigt worden sind."
Silberhuf stimmte zu. „Die Gefahr, daß die Ameri-

kaner durch einen ihrer Spitzel, der möglicherweise unter den Kawa steckte, informiert wurden, ist wahrscheinlich größer."

„Stopf mir eine Pfeife, Jack", sagte Vater, „und drück die Daumen. Wir versuchen's."

Wir flogen sehr niedrig, was den Flug in diesem gebirgigen Land sehr tückisch machte. Aber Vater mußte es um jeden Preis vermeiden, in größere Höhen zu kommen, denn es war mehr als sicher, daß die ganze Gegend nur so mit Radar gespickt war.

So verging, wie mir schien, eine ganze Ewigkeit. Und plötzlich kam mir in den Sinn, was Shakespeare über Feiglinge gesagt hatte: „Sie sterben tausendmal, bevor ihr Tod kommt" oder so ähnlich.

Ich starrte nach vorne in die Dunkelheit, als ich plötzlich entdeckte, wie sich der Lichterglanz der Sterne im Wasser widerspiegelte.

Vater muß es im gleichen Augenblick bemerkt haben, denn er schrie auf: „Der Mekong, der Mekong!"

Ein paar Sekunden später sahen wir die Kurven dieses gewaltigen Flusses, der irgendwo im tibetanischen Hochland entspringt und im Süden von Vietnam ins Südchinesische Meer mündet.

Wir fegten niedrig über das Wasser hinweg, aber auf der anderen Seite mußten wir schlagartig wieder nach oben klettern.

„Wir sind in Laos", sagte Vater und legte seine Pfeife auf den Boden. „Jetzt müssen wir wirklich auf der Hut sein."

Siebentes Kapitel

„Mach Platz, und laß Silberhuf dort stehen, wo er etwas sehen kann. Mit seinem Infrarot-Radarsuchgerät kann er womöglich Feinde ausfindig machen, be-

vor sie uns entdeckt haben. Wir haben den Vorteil, daß sie uns nicht erwarten. Hoffentlich."
Von nun an schwiegen wir, so als ob uns der Feind hören könnte, wenn wir sprächen. Ich wünschte mir nur, daß ich den Motor irgendwie zum Schweigen bringen könnte. Zehn Minuten waren bisher vergegangen, seit wir uns in Laos befanden, und ich fing langsam wieder an, normal zu atmen. Vater flog sehr langsam, etwa 40 bis 50 Kilometer pro Stunde, weil er so dicht über dem Erdboden bleiben mußte. Nach fünfunddreißig Minuten klammerte ich mich an die Hoffnung, wir könnten durchkommen. Vater schätzte, vom Mekong aus wären es etwa noch fünfundsiebzig Kilometer, bevor wir damit rechnen konnten, aus dem Luftkorridor der Amerikaner raus zu sein.
Wir flogen und flogen, talauf, talab, immer den Krümmungen der Täler folgend. Und dann geschah es.
Auf dem Armaturenbrett leuchtete ein purpurrotes Warnlicht auf.
„Um Gottes willen, nein!" rief Vater entsetzt.
Er schaltete eine Lampe an, die den Wasserstand anzeigte, und stöhnte wieder.
„Der Kondensator. Der Rückfluß klappt nicht. Wir verlieren Wasser", erklärte er. Der Zeiger des Kontrollgerätes hatte die rote Skale überschritten. Der automatisch gesteuerte Wasserdestillator hatte sich bereits eingeschaltet. „Das hilft uns nicht viel weiter, Jack, er ist nur zum Auffüllen gedacht." Vaters Stimme klang grimmig.
Ein paar Minuten später seufzte er wieder. „Es hat keinen Zweck. Wir müssen landen. Vielleicht …"
Silberhuf fiel ihm ins Wort: „Da ist ein Hubschrauber, Nordost, Höhe ungefähr 2650 Meter. Er wird unsere Fluglinie überqueren. Jetzt ändert er die

Richtung. Wird ebenfalls niedriger. Er scheint Kurs auf uns zu nehmen."

„Ich wünschte, ich könnte sehen, was unten ist", sagte Vater.

Sein Wunsch wurde bald erfüllt. Der ganze Himmel hing voll Leuchtkugeln an Fallschirmen. Es wurde plötzlich taghell. Das Licht, das uns von oben blendete, kam irgendwo aus einem amerikanischen Hubschrauber, aus dessen weit geöffneten Türen schwarze Maschinengewehrmündungen vorgestreckt waren. Ich spürte, jeden Augenblick mußten jetzt die Kugeln kommen, und meine Haut schien zusammenzuschrumpfen.

„Nicht gut, nicht gut. Weiß Gott, was deine Mutter dazu sagen würde."

Dies war ein typischer Fall von Untertreibung in dieser Situation, Vaters Worte hatten nur den einen Sinn, sich abzulenken, um ruhig zu bleiben. Sie sollten nicht etwa von mir gehört werden. Während Vater sprach, ließ er in Sekundenschnelle den Hubschrauber abfallen, setzte ihn auf eine kleine Lichtung und schaltete den Motor aus.

„Erstklassig geflogen", kommentierte Silberhuf.

Vater drückte auf den Rampenschalter. „Wir müssen raus", krächzte er. „Expreßpatronen, Gewehre."

Er griff seines, und dann fielen wir fast nach draußen in das helle Licht, das die Leuchtkugeln verbreiteten.

„Wir müssen sie daran hindern, daß sie landen, Jack." Ich ließ eine lange Expreßpatrone ins Schloß gleiten. Aber wir konnten nicht sehen, was hinter den Leuchtkugeln war. Silberhufs Radargerät machte den Hubschrauber ausfindig. Er schwebte unmittelbar über dem Leuchtfeuer.

„Vielleicht können sie uns auch nicht sehen", sagte mein Vater. Eine lange Maschinengewehrgarbe brach das Schweigen. Ich duckte mich ein wenig. Aber mir war trotzdem wohler zumute, jetzt, wo wenigstens etwas geschah. Das Gefeuer klang langsam und staccato. „Fünfziger Kaliber“, erklärte Vater mir.

„Sie kommen langsam herunter“, sagte Silberhuf.

„In welcher Höhe stehen die Leuchtkugeln?“ fragte Vater.

„Ungefähr in sechshundertfünfzig Meter Höhe. Aber da sie fast aus vertikaler Richtung schießen, Mike, würde ich Ihnen raten, Ihre Ziellinie auf dreihundert Meter zu korrigieren“, sagte Silberhuf.

Mein Vater lachte: „Du bist mehr wert als eine ganze Kompanie Soldaten.“

„Vielen Dank“, sagte Silberhuf, „und sie braucht nicht verpflegt zu werden.“

Dies war das zweite Mal, daß Silberhuf sich einen Scherz erlaubte.

„Da ist er“, sagte mein Vater plötzlich.

Schon kam der lange schwarze Rumpf in Sicht, aus seiner Seite blitzte es, und man hörte das Rattern des Maschinengewehres.

„Ziele genau“, ermahnte Vater.

Er ließ sich Zeit, die Maschine aufs Korn zu nehmen. Mit seinem Gewehr und in der Entfernung, da konnte er nicht gut fehlen. Und wir verfeuerten Expreßpatronen mit Bronzehüllen, keine handgegossenen Geschosse aus Blei wie die Kawa. Er zog den Abzug, und einen Augenblick später feuerte ich auch. Vater lud schnell wieder durch und zielte noch einmal. Der Hubschrauber begann aufzusteigen über die nun dahinschwindenden Leuchtkugeln hinweg. Wir feuerten beide hinterher, und dann verschwand die Maschine plötzlich in der Dunkelheit.

„Er dreht ab“, berichtete Silberhuf.

„In Ordnung", sagte Vater mit seiner superruhigen Kapitän-des-Schiffes-Stimme. „Alles in die Maschine."
Im Destillator war noch ein Liter Wasser, das goß er in den Tank, bevor er sich setzte. „Wir müssen sehen, wie weit wir kommen mit dem wenigen Wasser", informierte er mich. „Wenn wir wenigstens fünf bis sechs Kilometer weit kommen und wieder einen Schlupfwinkel finden, dann mag alles glattgehen. Du kannst Gift darauf nehmen, daß sie diese Stelle auf ihrer Karte mit Stecknadeln markiert haben."
Wir stiegen wieder auf, und Vater flog, so langsam er konnte, gerade über die Baumspitzen hinweg. Als wir wieder landeten, fing sich der Himmel im Osten an zu röten. Mein Vater hatte die Maschine sehr geschickt, fast völlig unter einem hohen Baum verborgen, aufgesetzt. Und jetzt schnitten wir Bambus und Bananenblätter ab, um sie gut zu verstecken.
Nicht weit von uns entfernt stand ein enorm hoher Baum mit seltsamen, birnenförmigen Blättern. Wir kletterten bis in seine Spitze, um die Rückkehr der Amerikaner zu beobachten.
Es war himmlisch, hier oben zu sitzen, sich im Winde hin und her wiegen zu lassen und zu erleben, wie der Dschungel erwachte, als die Sonne aufging. Einige Vögel flogen ärgerlich einen Bogen um uns, zwitscherten und kreischten laut, um die anderen Dschungelbewohner vor diesen höchst ungewöhnlichen Besuchern zu warnen.
Ich beobachtete einen Affen, der uns anstarrte, als Vater meinen Arm ergriff. Er wies in den Dunst hinter der aufgehenden Sonne. Einige schwarze Punkte näherten sich, sie flogen niedrig und steuerten schnurstracks auf die Stelle zu, wo wir zuerst gelandet waren, sechs Kilometer entfernt und fast außer Sichtweite.

Mein Vater hielt sie für Marineflugzeuge, sie waren zweifellos von einem Flugzeugträger aus dem Golf von Tonkin ausgeschickt worden. Schwarze, häßliche Maschinen mit gedrungenen Leibern und breiten, wenig formschönen Flügeln. Sie kreisten eine halbe Stunde über jenem Waldflecken, wo wir die Begegnung mit dem Hubschrauber hatten, verfeuerten Raketen, knatterten mit Maschinengewehren und warfen Napalm ab. Aus dem Wald stiegen große Säulen von dichtem schwarzem Rauch auf.
Fast zur gleichen Minute, als sie abdrehten, hörten wir ein tiefes Dröhnen aus der entgegengesetzten Richtung. Bald darauf konnten wir sie sehen, hoch oben, enorme, breitflächige Bomber, die sich kaum von der Stelle zu bewegen schienen und dabei ein Getöse machten, das die Erde erschütterte.
„B 52", sagte Vater.
Sie zogen über unsere Köpfe hinweg, dann hörten wir die Bomben nach unten heulen, und wir sahen sie reihenweise, eine nach der anderen, in den Napalmrauch hineinstürzen. Neue Rauchsäulen, vermischt mit entwurzelten, hochgeschleuderten Bäumen, die taumelnd wieder nach unten glitten, stiegen auf. Als wieder Ruhe eintrat, blieben selbst die Vögel eine Zeitlang still.
„Typisch für die Amerikaner", schnaufte Vater angewidert. „Verwenden einen Dampfhammer, um eine Walnuß zu knacken. Maschinen und Sprengstoffe, Millionen Dollar wert, werden eingesetzt, um einen Hubschrauber anzugreifen. Sie wissen nicht einmal, daß er gar nicht mehr da ist, und sie würden ohnehin niemals in der Lage sein, zu kontrollieren, ob sie ihn getroffen haben oder nicht. Sie haben immer noch nicht begriffen, daß man mit Geld und Maschinen keinen Krieg gewinnen kann. Während des koreanischen Krieges haben sie unter Einsatz ihrer gesam-

ten Luftstreitkräfte versucht, den Nachschub auf einem einzelnen Landweg, der von Norden nach Süden führt, zu vernichten. General Ridgeway erließ den Befehl: „Alles, was sich bewegt, zum Stehen bringen. Alles, was stillsteht, in Bewegung setzen." Sie haben es trotz des brutalen Vernichtungsbefehls nie geschafft, die Straßen zu blockieren. Mut und Kampfmoral der Koreaner waren nicht zu brechen. Denn nicht Waffen, sondern Menschen vor allem sind's, die den Krieg gewinnen, Menschen, die wissen, wofür sie kämpfen."

Mein Vater war mit sich zufrieden, er hatte die „Yankees an der Nase herumgeführt", und so kletterten wir vom Baum herunter. Silberhuf teilte uns mit, daß ein Funkspruch eingetroffen sei. Als wir ihn entschlüsselt hatten, wußten wir, daß Vater Silberhuf innerhalb von sechs Stunden an das Radiogerät angeschlossen haben mußte, weil er dann mit der Lao-Thenh-Sprache programmiert werden sollte.

„Wie kann man sich für eine so wichtige Sache bloß solchen Zeitpunkt aussuchen", sagte Vater, „wir haben einen Motor, der nicht richtig arbeitet, sind keine Minute vor Luftangriffen sicher. Und jetzt können wir uns sechs Stunden lang nicht vom Fleck bewegen."

Silberhuf sagte, es tue ihm leid, daß er so viel Unannehmlichkeiten verursache, aber er freue sich schon darauf, eine neue Sprache zu erlernen. Vater empfahl ihm, lieber in der Sonne stehenzubleiben, damit sich seine Batterien aufladen würden. Inzwischen arrangierte er die notwendige Verbindung zwischen Silberhuf und dem Radio und ermahnte Silberhuf, nicht wegzulaufen. Während er die notwendigen Handgriffe vornahm, hörten wir drüben, wo wir in der vergangenen Nacht gewesen waren, wieder Flugzeuge brummen. Mein Vater machte sich daran, den

Fehler im Wassersystem zu suchen, und beorderte mich mich zurück auf den Baum, um auszukundschaften, was los war.
Das rettete uns tatsächlich das Leben.
Im entfernten Osten stieg noch immer Rauch von den amerikanischen Bomben und vom Napalm auf. Weiter entfernt, außer Sicht, konnte ich die Motoren schwerer Flugzeuge dröhnen hören – das war zweifellos die Luftbrücke nach Phong Saly.
Kurz nachdem ich mich oben in der Spitze des Baumes zurechtgesetzt hatte, traf ein neuer Hubschrauber ein und begann, um den Rauch Kreise zu ziehen. Und dann kamen sechs kleinere Flugzeuge, die sehr langsam flogen. Sie kreisten ebenfalls, und aus jedem einzelnen fielen Ströme von weißem Rauch oder Dampf. Sie waren auf jeden Fall schwerer als Luft, weil sie gleich nach unten fielen, und während sie niedergingen, verblaßten sie bis zur Unsichtbarkeit. Ich brüllte meine Wahrnehmungen vom Baum herunter, und Vater schrie zurück, ich solle die Flugzeuge nicht aus den Augen lassen.
Sie drehten ab. Sechs weitere kamen. Ich schätzte, daß sie ungefähr tausend Meter hoch waren. Allmählich vergrößerte sich ihr Radius, und nach einer Stunde war die vierte Gruppe schon ziemlich in unserer Nähe.
Dann gewahrte ich einen Adler, vielleicht war es auch ein anderer Raubvogel, der ziemlich hoch oben in der Luft segelte. Er kam kreisend herunter, anscheinend war er auf der Suche nach Futter. Aber während ich ihn beobachtete, fing er an, höchst seltsam zu flattern, und plötzlich stürzte er – nicht etwa im Sturzflug auf Beute, sondern hilflos taumelnd, als sei ihm etwas geschehen – in die Bäume unter ihm.
Dann sichtete ich einen ganzen Schwarm kleinerer Vögel, etwa zwei Kilometer entfernt. Sie fingen an,

sich genauso merkwürdig zu verhalten. Ich schrie auf.

Mein Vater kam an den Fuß des Baumes geeilt. Als ich ihm sagte, was geschehen sei, entschloß er sich, heraufzukommen und sich die Sache anzusehen.

„Ich muß den Verstand verloren haben, daß ich an diese Möglichkeit nicht dachte", sagte er. „Mein Gott, ich nehm an, ich war zu sehr mit diesem verdammten Motor beschäftigt. Los, Jack, runter hier, sofort. Auf der Stelle. Das ist Gas, was sie einsetzen."

Gas!

Um ein Haar wäre ich vom Baum heruntergefallen. „Gas", sagte ich mehr zu mir selbst. Gas, das ist ein fürchterlicher Gedanke, Panik erregend.

„Was für Gas?"

„Keine Ahnung. Schnell, Kumpel. Einige Gasarten, die die Amerikaner einsetzen, können innerhalb von Sekunden tödlich sein. Ein Tropfen auf die Haut genügt. Einige greifen das zentrale Nervensystem an. – Los, Silberhuf, steig ein. Mit der Programmierung wird's wohl nichts werden."

Wir schwangen uns in den Hubschrauber und verschlossen die Türen. Unsere Sauerstoffmasken wurden in Schränken aufbewahrt und konnten an mehreren Stellen im Cockpit an die Sauerstoffrohre angeschlossen werden.

Vater überprüfte meine Maske, während ich sie aufhatte, um sicher zu sein, daß nichts passieren konnte. Zur weiteren Vorsicht umwickelte er sie mit breitem Pflaster. Ich tat dasselbe bei ihm. Unsere Unterhaltung war verstummt.

Wir hörten die Flugzeuge über dem Gebiet, aus dem wir gerade kamen, und stellten fest, daß sie noch weiter landeinwärts flogen. Vögel stürzten in das belaubte Dickicht des Dschungels, und ein Leopard rannte wie besessen ins Freie, kehrte um und brach zusammen, so als schwanke der Boden unter seinen Füßen. Dann raffte er sich auf und schleppte sich mühsam in den Busch.

Mein Vater steckte seine Sauerstoffmaske in eine Anschlußdose in der Nähe des Armaturenbrettes und arbeitete weiter am Wassersystem. Während ich ihm bei der Arbeit zusah, hatte ich das Gefühl, ich sei vom Tod umzingelt, daß er bereits in meinen Kleidern steckte. Aber es war keins von diesen Gasen, die tödlich sind, sobald sie die Haut berühren.

Nach einer Weile kam Vater zu mir herüber und schrieb auf seine Handfläche: „In Ordnung", womit er das Wassersystem meinte. Es war tatsächlich ein Leck in der Zufuhrleitung gewesen. Sie war von einer Kugel getroffen worden, als diese die Metallhaut des Hubschraubers durchschlagen hatte. Er hatte es mit Isolierband umwickelt und mit Draht gesichert.

Genau zur verabredeten Zeit meldete sich Mister Todds Büro. Wir erklärten unsere Lage und erhielten die Antwort, Silberhufs Programmierung könne auch in dieser Situation vorgenommen werden.

Wir brauchten uns kein Bein auszureißen, mußten aber während der nächsten fünfundvierzig Minuten ständig das Kathodenrohr der Bandsteuerung beobachten, um sicherzugehen, daß die neue Sprache trotz der hohen Sendegeschwindigkeit auch fehlerfrei in Silberhufs Elektronengehirn eingegeben wurde. Es verlief alles bestens. Wir stellten es fest, als Silberhuf dann das erste Mal in der Lao-Thenh-Sprache redete, wenn wir auch hin und wieder ein ganz leises Knacken hörten, das wie Störungen im Radio klang.

Danach blieb uns nichts mehr zu tun übrig, als die Dunkelheit abzuwarten, um endlich aus dieser gasverseuchten Gegend wieder herauszukommen. Nicht daß ich etwa zu optimistisch war. Ich hatte mich schon daran gewöhnt, kaum waren wir einer Gefahr glücklich entronnen, schienen wir uns einer noch schlimmeren zu nähern.

Wir hockten da und warteten. Unter der Maske geriet man ins Schwitzen und manchmal auch in Angst – so als ob man in einem dunklen Schrank eingesperrt ist. Im Dschungel war nicht der leiseste Ton zu hören. Alle Vögel waren zum Schweigen gebracht, und die Affen hatten aufgehört zu schwätzen. Wahrscheinlich waren nur noch die Würmer am Leben geblieben – und vielleicht ein paar Fische.

Endlich begann sich das Licht langsam zu verändern, und dann verschwand es ganz plötzlich hinter den gefiederten Wipfeln der Bambusstämme. Es war Nacht.

Als wir starteten, übersprangen wir Bäume, und nach fünfzehn Kilometern öffneten wir die Türen, damit der Luftzug das Gas herausblies. So flogen wir dreißig Minuten lang und landeten dann oben auf der Spitze eines kahlen Berges. Es war einfach himmlisch, die Gasmasken loszuwerden, obwohl es weh tat, wegen des Pflasters. Dann gab's was zu essen. Bei Tageslicht hätten wir von hier aus das Land meilenweit überblicken können, aber jetzt, ohne Mondschein, gab's nichts zu sehen. Obwohl, in der Ferne bemerkten wir einen Funken, der kam und ging; vielleicht war es ein Holzfeuer.

Silberhuf konnte es nicht erwarten, uns etwas in der Lao-Thenh-Sprache zu erzählen. Natürlich verstanden wir beide kein Wort, aber es klang sehr melodisch und ein klein wenig näselnd. Mein Vater sagte, es sei so ähnlich wie Kantonesisch, was den Klang und den Rhythmus betraf.

Silberhuf erklärte, er brauche erst gewisse Übung,

bevor er einwandfrei übersetzen könne, aber er war äußerst beeindruckt von der Tatsache, daß er nun den einheimischen Dialekt beherrschte.
„Es ist wunderbar“, sagte er. „Die Dinge haben sich erstaunlich weiterentwickelt, seit der Zeit, als ich gebaut wurde. Die Menschen scheinen sich besser darauf zu verstehen. Dinge zu verändern als sich selbst. Man sollte glauben, daß die Menschen, die solche beachtenswerten und vorurteilsfreien Erfindungen gemacht haben, von sich aus aufhören mit solchen absurden und törichten Dingen, wie sich gegenseitig umzubringen. Aber meinem kleinen Erfahrungsschatz nach zu urteilen, sind diese Amerikaner nicht besser, ja vielleicht sogar noch schlimmer als die primitiven Kopfjäger, ja sogar noch schlimmer als der berüchtigte chinesische Kaiser Chien Lung, der weiß Gott kein Engel war.“
Vater grunzte. Er versuchte sich klarzuwerden, was er als nächstes tun sollte.
„Ich möchte es nicht riskieren, mit Pathet Lao auf dem Funkwege Verbindung aufzunehmen“, sagte er. „Das beste wird sein, denke ich, wenn wir sofort einen Punkt in der Nähe von Samnua ansteuern. Ich wette tausend gegen eins, das Vang Pao dort keinen von seinen Leuten sitzen hat. Sind wir erst mal dort, werde ich's über Funk versuchen.“
Es war nur eine Angelegenheit von hundert Kilometern, und weil wir es uns jetzt wegen des schützenden Horizonts leisten konnten, etwas höher zu fliegen, brauchten wir nur anderthalb Stunden.
Wir kochten uns noch ein Mahl, weil wir irgendwann eins ausgelassen hatten, und Vater spendierte mir eine Büchse Bier. Er sagte, er und Silberhuf würden Wache schieben und er würde mich rufen, wenn ich an der Reihe sei oder falls wir plötzlich in aller Eile aufbrechen müßten.

Aber das nächste, woran ich mich erinnere, war, daß er mich an der Schulter rüttelte. Draußen dämmerte es schon.
„Sie sind hier“, mein Vater sprudelte vor Aufregung.
„Wer?“ Ich war noch im Halbschlaf, aber seine Antwort brachte mich innerhalb von Sekunden aus dem Schlafsack heraus.
„Unsere Freunde von den Pathet Lao.“

Achtes Kapitel

Draußen standen sieben Männer in staubigen khakifarbenen Militäranzügen aus Baumwolle, sie trugen Helme, die mit Netzen und grünbraunen Nylonfetzen getarnt waren, auf dem Kopf. Alle hatten Waffen – russische Maschinenpistolen, amerikanische Gewehre und einige von ihnen alte französische Waffen. Als ich herauskletterte, standen sie im Kreis um Silberhuf herum. Auf ihren Gesichtern stand ein ungläubiges Staunen geschrieben.
Silberhuf beantwortete wohl gerade eine Frage, jedenfalls sagte er etwas in seinem brandneuen Lao Thenh. Obwohl sich sein Gesichtsausdruck sonst nie veränderte, war jetzt doch etwas Stolzes, Selbstbewußtes an ihm.
„Diese Männer sind aus dem Hauptquartier der hier stationierten Pathet-Lao-Streitkräfte“, sagte mein Vater, „und sind von ihrem Kommandeur, General Khamphan, zu uns geschickt worden. Sie haben uns gehört, als wir landeten, und wollten nachsehen, ob wir womöglich Amerikaner seien. Als ich aus dem Hubschrauber herauskam, hatte ich daher auch gleich ein Gewehr zwischen den Rippen, und Silberhuf mußte erst alles aufklären. Sie haben gleich einen Mann ins Hauptquartier zurückgeschickt und

warten nun auf einen Befehl!"

Zu Silberhuf waren die Männer freundlich, aber zu Vater und mir hielten sie gebührenden Abstand, wenngleich sie auch nicht gerade feindlich waren. Aber ihre Waffen hielten sie schußbereit.

Plötzlich ertönte aus dem Dschungel ein eigenartiger Pfiff, danach kam ein Mann zum Vorschein; er war genauso gekleidet wie die anderen und sprach zu einem, der der Verantwortliche der Gruppe zu sein schien.

Er kam auf uns zu und streckte seine Hand aus; zuerst schüttelte er meine, danach Vaters Hand. Er war sehr klein, mit kohlrabenschwarzen Augen und einem runden, jungenhaften Gesicht, obwohl er, wie ich später herausfand, dreißig Jahre alt war und drei Kinder hatte. Ich muß eingestehen, daß ich das Alter eines Laoten oder irgendeines anderen Indochinesen niemals richtig schätzen konnte.

Silberhuf übersetzte das, was er zu uns sagte, allerdings in einem höchst komischen Englisch, kaum zu verstehen.

Er sagte, General Khamphan sei auf dem Funkwege vom Hauptquartier der Pathet Lao informiert worden, daß möglicherweise ein Engländer, namens Nortoon, in einem Teil von Laos, General Khamphans Befehlszone einbegriffen, mit einem Hubschrauber landen würde. Nortoon sei ein Freund, der es für seine Pflicht hielt, die Wahrheit über die Situation in Laos überall in der Welt zu verbreiten.

Der Offizier sagte, einer seiner Männer würde uns jetzt im Hubschrauber begleiten, um uns zu zeigen, wo wir landen sollten.

Bereits zwei Minuten später befanden wir uns auf einer Lichtung, ganz in der Nähe eines riesengroßen Feigenbaumes.

Ringsherum um die Lichtung standen kleine Hütten

und auch einige unter dem Feigenbaum. Als wir aus der Maschine herauskletterten, wurden wir von einer großen Schar Männer und Frauen umringt, die in die Hände klatschten und uns anlächelten. Einige hatten Uniformen an, solche wie diejenigen, denen wir vorher begegnet waren, andere lose schwarze „Pyjamas". Einige trugen Waffen verschiedener Herkunft, andere Armbrüste und kleine Töpfe, die an ihren Gürteln baumelten. Darin war Gift, wie ich später erfahren sollte.

Aus einer der kleinen Hütten unter dem Feigenbaum trat ein untersetzter Mann heraus. Ich sah es den Leuten, die in der Nähe standen, an, daß er auch als Freund und nicht nur als Vorgesetzter große Achtung genoß. Eine alte Frau legte ihre Hand in die seine und drehte ihn zu Silberhuf. Verständlich, daß er ein ziemlich verdutztes Gesicht machte, aber er faßte sich sehr schnell wieder und kam auf Vater und mich zu.

Mein Vater winkte Silberhuf heran. Er legte diese wenigen Meter in einer eleganten Schleife zurück, während die Partisanen vor Ehrfurcht nach Luft schnappten.

General Khamphan war ein sehr stattlicher Mann mit einer breiten niedrigen Stirn, ruhigen schwarzen Augen und vollen Lippen. Er strahlte Kraft und Zuversicht aus, und ich hatte sofort das Gefühl, dies ist ein Mann, zu dem man Vertrauen fassen kann, den man sich als Verbündeten wünscht.

Er sagte etwas in der Singsangsprache der Lao Thenh. Silberhuf übersetzte, ohne dabei auch nur den Bruchteil einer Sekunde zu pausieren, aber das Englisch, das dabei herauskam, war urkomisch.

Silberhuf sagte: „Ich, Khamphan General. In Nationale Befreiungsfront Auftrag, ich heiße willkommen Nortoon, Mister, in unsere Land. Todd, Mister, gab

unsere Oberkommando eine drahtlose, elektrische Brief, gesandt du, über Kommen hier zu unsere Befreiungsfront, geben Hilfe. Zehntausend Dank.“
Vater erwiderte ein paar höfliche Worte und erzählte dann mit Silberhufs Hilfe all den Leuten, die sich um uns versammelt hatten, was es mit Silberhuf auf sich hat und wie wir ihn gefunden haben und was für Abenteuer wir gemeinsam erlebt hätten. Auch über den Wassermotor gab er Auskunft und daß wir hofften, daß ein solcher Motor sie mit billiger Energie versorgen würde, sobald sie die Amerikaner aus ihrem Land rausgeschmissen hätten, und wie sie die Energie für tausend verschiedene Zwecke nutzbar machen könnten und so weiter…
Danach gab es Frühstück. Ich muß schon sagen, das war das seltsamste Frühstück, das ich je gegessen habe – Reis, Suppe, eine Art von wunderlich zusammengewürfelten Dingen, die fremdartig, aber im großen und ganzen nicht übel schmeckten, und danach haufenweise Früchte, die ich noch nie in meinem Leben gegessen hatte.
General Khamphan ließ Vater wissen, daß wir unseren Hubschrauber nicht benutzen dürften, solange wir uns bei seinen Truppen aufhielten.
„Zu Gefahr“, übersetzte Silberhuf. „Ihr mußt marschieren durch Wald! Viele Feinde drin. Auch haben sehr viele amerikanische fliegende Maschinen, spionieren an uns. Wir können nicht schützen deine Maschine. Auch es verrät amerikanische Imperialisten, wo wir sind.“
Vater versuchte ihn zu überzeugen, er brauche die Maschine, um seine Berichte nach London zu funken. General Khamphan schüttelte den Kopf.
„Müssen haben Funkstille. Ich senden Berichte viel sicheren Weg. Keine Problem.“
Wir versteckten daher noch an diesem Nachmittag

unseren Hubschrauber in einer tiefen, vorspringenden Felsschlucht, in der für die Maschine, wie General Khamphan versprach, „einhundertzwanzig Prozent Sicherheit“ war.
Als wir die Schlucht, die wir in wenigen Minuten hinuntergeflogen waren und jetzt mühsam über steile Klippen hinaufkraxelten, wieder verließen, sagte Vater: „Von jetzt an geht's auf Schusters Rappen, Jack, mein Kleiner.“
In dieser Nacht fragte ich Silberhuf, warum sich die Rede von General Khamphan so komisch angehört habe.
„Hast du Französisch gelernt?“ fragte er.
„Vier Jahre“, antwortete ich.
„Ein kleiner Unterschied im Vergleich zu den vierzig Minuten, die ich Zeit hatte, um Lao Thenh zu lernen“, sagte Silberhuf. Das war nun schon der dritte Witz, den er machte.
„Wie sagt ein Franzose zu ‚bitte‘?“
„S'il vous plaît.“
„Und was heißt das übersetzt Wort für Wort?“
„Wenn Sie bitte.“
„Das klingt komisch auf englisch, nicht wahr? Und genauso hat die Lao-Thenh-Sprache ihre Regeln. Ich übersetze Lao Thenh ins Englische und umgekehrt auf elektronischem Wege, das heißt in der Reihenfolge, in der gesprochen wird. Wort für Wort. Dabei kommt jedes Wort synchron heraus, fast zur gleichen Zeit, wie der General das Wort ausspricht. Aber das ist natürlich in der englischen Sprache in der falschen Reihenfolge und umgekehrt für die Lao-Thenh-Sprache auch. Ich muß erst noch lernen, wie viele Sekunden ich warten muß, bevor ich den ganzen Sinn des Satzes verstanden und in der richtigen Reihenfolge sortiert habe und dann erst übersetze.“

Am Abend saßen wir um ein großes Holzfeuer unter dem Feigenbaum, der seine Zweige nach allen Seiten ausbreitete. General Khamphan sagte, er habe den Befehl von seinem Vorgesetzten erhalten, sich zunächst um uns zu kümmern.
Dann gab uns der General einen Lagebericht. „Die Amerikaner", so sagte er, „versuchen, die Welt davon zu überzeugen, daß ihr Geschäft in Phong Saly lediglich eine unbedeutende und kurzfristige Aktion sei, um die ‚militärische Lage zu verbessern und den Amerikanern zu ermöglichen, ihre Truppen aus Indochina abzuziehen'. Wir wissen, daß diese Behauptung Unsinn ist."
Mir fiel auf, daß Silberhuf jetzt erst übersetzte, nachdem der General jeden Satz zu Ende gesprochen hatte, und deshalb war sein Englisch jetzt meistens korrekt.
„Es ist deswegen Unsinn", fuhr General Khamphan fort, „weil die Amerikaner Unmengen von militärischer Ausrüstung und große Verbände ihrer bestausgebildeten Truppen einfliegen. Der Lufttransport dauert an, Tag und Nacht."
Hier fiel ihm Vater ins Wort: „Wir können Ihnen aus eigener Erfahrung sagen, was dort vor sich geht." Und dann beschrieb er den Lufttransport, wie wir ihn gesehen und gehört hatten, Tag und Nacht.
General Khamphan sagte, die Amerikaner schienen die Absicht zu haben, Laos' gesamte nördliche Grenze zu besetzen. Und in diesem Fall würden sie wahrscheinlich auch neue Angriffe gegen Vietnam, und zwar auf dem Landwege, vorbereiten, um auf diese Weise zu versuchen, ganz Indochina von seinen Verbündeten abzuriegeln.
„Da haben wir zwar auch noch ein Wörtchen mitzureden. Aber nichtsdestotrotz, der Frieden in der Welt

ist ernsthaft gefährdet durch das, was diese Leute jetzt tun."
Er erzählte uns einiges über die militärische Lage und was die Pathet Lao zu unternehmen gedachten. Und dann war es auch schon Zeit zum Abendessen.
Es gab Reis und Fleisch, das auf eine ganz bestimmte Art gewürzt und höchst merkwürdig zubereitet war. Sie schütteten es in hohle Bambusrohre, verschlossen die Enden mit aromatischen Blättern und schoben sie in die Asche des Holzfeuers. Das Ergebnis war wirklich ein Genuß.
Dazu tranken wir Bier, das aus klebrigem Reis gemacht wurde. Wir schlürften es aus Trinkrohren. Es war verdammt stark, ich fühlte, wie mein Gesicht zu glühen anfing.
Aber das war nicht der einzige Grund, warum ich rot wurde. Auf der anderen Seite des Feuers saß ein Mädchen, ungefähr in meinem Alter. Sie trug den berühmten schwarzen Anzug, der in Laos sehr beliebt ist. Er sieht aus wie ein Pyjama, weite Hosenbeine, eine einfache Jacke und ein breiter Ledergürtel.
Sie war sehr schön. Sie hatte langes, schwarzes, glänzendes Haar und schwarze, blitzende Augen. Ihre Haut war von der Sonne gebräunt, und auf den Wangen schimmerte sie eine Spur rot. Das Eindrucksvollste an ihr war vielleicht ihre Gesundheit und ihre Erscheinung, die unheimlich viel Energie ausstrahlte.
Sie war General Khamphans einzige Tochter und lebte hier als Partisanin. Ich konnte nicht aufhören, sie anzustarren. Ich glaube, es war Liebe auf den ersten Blick. Aber zu meinem Kummer sah sie mich nie an.
Mein Vater verfaßte in dieser Nacht seine erste Depesche an Mister Todd. Er berichtete über die gewal-

tigen amerikanischen Lufttransporte, über das Gas und die Napalmbomben. Und vor allem gab er Auskunft über die wahren Ziele der Amerikaner, die sich hinter dem Überfall auf Laos verbargen.
Silberhuf übersetzte General Khamphan den Bericht. Der war begeistert. Ein Soldat nahm gleich die Depesche an sich und verschwand im Dschungel.
In dieser Nacht schliefen wir in Hängematten, die zwischen den riesigen Zweigen des Feigenbaumes aufgehängt waren. Es gibt keine reizvollere Art, als so in den Tropen zu schlafen. Ein niemals enden wollendes sanftes Schwingen wiegt einen in den Schlaf. Und dabei kann man die Sterne beobachten, die durch den hohen Bambus schimmern, dem Rauschen der Blätter lauschen, die im leisesten Wind säuseln, und hin und wieder die Stimme eines Tieres vernehmen.

Neuntes Kapitel

Die Affen schwatzten und die Vögel zwitscherten schon, als ich erwachte. Vater lag auch noch neben mir in der anderen Hängematte und hörte die Nachrichten mit Kopfhörern, um mich nicht aufzuwekken. Er grinste vor Genugtuung. Sein Bericht von der vergangenen Nacht hatte eingeschlagen wie eine Bombe. Eine Erklärung der amerikanischen Regierung – des Weißen Hauses – brandmarkte Vaters Bericht als „kommunistische Lüge und offensichtlichen Propagandaakt". Das Kriegsministerium – das Pentagon – erklärte: Die amerikanischen Streitkräfte hegten keinerlei Absichten, sich in Phong Saly festzusetzen, sie hätten auch nicht die Absicht, den Krieg auf Nordlaos auszudehnen, und schon gar nicht, in Nordvietnam über den Landweg einzudringen.

Aber alles Gezeter half ihnen nichts. Viele Menschen aus der ganzen Welt hatten Vaters alarmierende Nachricht vernommen und verlangten nun unverzüglich den sofortigen Abzug der amerikanischen Truppen aus Indochina. Amerikanische Hafenarbeiter waren in den Streik getreten und weigerten sich, Waffen zu verladen, die in Kisten mit der Aufschrift „Thailand" verpackt waren. Ein Tag des weltweiten Widerstandes gegen den amerikanischen Überfall in Indochina war organisiert worden. Beim Frühstück umarmten sich Vater und der General und tätschelten sich vor Freude gegenseitig den Rükken; sie hörten gar nicht wieder auf, wie es schien. Der General steckte bis über beide Ohren in Arbeit. Er hatte den Befehl erhalten, seine sämtlichen Streitkräfte zu mobilisieren und unbemerkt in Richtung Norden vorzudringen. Dort sollte er sich an der Aktion beteiligen, die in Phong Saly gegen die Amerikaner vorbereitet wurde. General Khamphan ließ die Handkurbel des Feldtelefons keine Minute ruhen, er sandte Befehle aus und nahm Befehle entgegen. Er mußte schon innerhalb der nächsten Tage aufbrechen und hatte den Befehl erhalten, die Funkstille auf keinen Fall zu durchbrechen.
Während des Frühstücks taumelte eine Frau, gestützt von einem Wachposten, aus dem Dschungel. Sie stammte aus einem kleinen Dorf, etwa fünfzehn Kilometer von uns entfernt, und sie war die ganze Nacht auf den Beinen gewesen. Ihre Kleider waren von Dornen zerrissen, mit knapper Not war sie einem Tiger entkommen.
Gestern nachmittag, so erzählte sie, wären zwei Hubschrauber mit Vang-Pao-Söldnern und zwei amerikanischen Offizieren in ihrem Dorf aufgetaucht. Sie wollten die Leute zum Reden bringen. Einige der Einwohner wären zuerst gefoltert worden, und dann

hätten die Amerikaner anschließend alles niedergemordet. Nur sie und ein paar andere Leute, die nicht im Dorf waren, als der Feind kam, hätten fliehen können.
General Khamphan willigte ein, daß Vater mit einer Eskorte von zwanzig Soldaten in das Dorf gehen sollte, aber er bestand darauf, daß Silberhuf und ich im Hauptquartier zurückbleiben. Vater war einverstanden. Er wollte auch nicht, daß ich so grausame Dinge sähe, sagte er. Meine eigene Enttäuschung wurde erheblich besänftigt, als der General Phet beauftragte, uns Gesellschaft zu leisten, während er sich wieder an die Arbeit machte.
Im Sonnenschein war sie noch schöner. Ihr dickes schwarzes Haar war unter einem Turban aufgetürmt, und rund um das leuchtende Schwarz ihrer Pupillen spiegelte sich das Blau des Himmels in dem Weiß ihrer Augen.
Phet trug eine Pistole und eine erbeutete amerikanische Maschinenpistole im Gürtel. Ich war grün vor Neid, besonders deswegen, weil sie als Mädchen diese Waffen besaß, und ich hatte nichts als bloß meine doppelläufige Jagdflinte. General Khamphan, der gerade vorbeikam, als ich Phet die Flinte zeigte, besah sich die Waffe interessiert und sagte, er habe noch nie solch ein Ding gesehen. „Ein schönes Gewehr", lobte er, „aber nicht viel wert, wenn du aus dem Hinterhalt angegriffen wirst."
Er ging in seine Hütte und kam mit einer automatischen Mauserpistole mit langem Lauf zurück. Man konnte ihren hölzernen Schaft zurückklappen und sie dadurch in ein leichtes Maschinengewehr verwandeln. Es war eine bildschöne Pistole aus blauem Stahl.
Phet zeigte mir, wie die Pistole funktionierte. Mit ein paar flinken Handgriffen hatte sie die ganze Pistole

auseinandergenommen, die Teile auf mein Jacket ausgebreitet, und dann, fast genauso schnell, war die Waffe wieder zusammengebaut.
„Jetzt du", übersetzte Silberhuf. „Sie sagt, du sollst dir Zeit nehmen und versuchen, dir jeden Handgriff einzuprägen."
Eine halbe Stunde später war die Pistole wieder komplett, aber irgend etwas war nicht in Ordnung. Ich hatte die Rückziehfeder vergessen, sie war unter mein Jackett gerollt, und dort konnte ich sie schließlich nicht sehen.
Phet lachte und zeigte es mir noch einmal. Sie sagte, ich müsse üben. Pistolen würden manchmal schlammig oder naß, und überhaupt, sie mußten saubergehalten und geölt werden.
Ich fragte sie, woher sie sich so gut mit Pistolen auskenne.
„Als ich zehn Jahre alt war", begann sie, „war Baba" (das war der General) „bei den Partisanen, und ich war zu Hause in meinem Dorf. Eines Tages kamen die Vang-Pao-Männer mit zwei Amerikanern. Sie brannten unser Dorf nieder, schleppten den ganzen Reis mit und die Schweine und die Büffel. Sie nahmen auch die Mädchen mit und töteten die Männer und die alten Frauen. Meine Mutter und ich versteckten uns in einer Höhle, die wir unter unserer Hütte ausgehoben hatten. Wir hatten Glück! Danach habe ich mich entschlossen, zu den Partisanen zu gehen und zu kämpfen. Aber die Partisanen sagten, ich könne ihnen besser helfen, wenn ich ihnen Informationen beschaffte. Nicht weit entfernt war ein feindlicher Stützpunkt, in dessen Nähe ein Dorf lag, in dem ich Verwandte hatte. Ich ging noch in derselben Nacht dorthin. Wie sich herausstellte, waren einige meiner Verwandten inzwischen für Geld und Schnaps in die Armee eingetreten. Als un-

ser Dorf niedergebrannt worden war, schämten sie sich, Laufhunde für die Amerikaner zu sein.
Daher fanden sich einige bereit, nachts aus ihren Stellungen herauszukriechen und uns über die Pläne des Feindes zu informieren. Auf diese Weise konnten wir andere Dörfer vorher warnen. Die Bewohner konnten sich verstecken und ihren Reis und ihre Tiere in Sicherheit bringen.
Und wenn die Vang Pao angriffen, waren die Dörfer leer, aber unsere Partisanen lauerten ihnen im Dschungel auf und vertrieben sie.
Nach einer Weile hatte ich eine Idee. Ich bat meine Cousine, mich mit einem Vang-Pao-Offizier bekannt zu machen. Wir hatten vor, die Vang-Leute in eine Falle zu locken. Ich erzählte dem Offizier, ich hätte viele Freundinnen, die gerne die Bekanntschaft von reichen Offizieren machen würden. Wir verabredeten ein Picknick an einer wunderschönen Stelle am Wasserfall. Als die Offiziere auf dem Wege dorthin waren, griffen unsere Partisanen das Dorf an. Die Offiziere rannten zurück, aber es war natürlich zu spät. Dann versuchten sie, zu uns zu stürmen, um uns zu töten, aber die Partisanen versperrten ihnen den Weg. Wir nahmen siebenundachtzig Vang Pao gefangen, und zweiundzwanzig waren bei dem Angriff getötet worden.
Nach diesem Vorfall konnte ich nicht länger als Kundschafterin arbeiten, und so ging ich zu den Kampftruppen. Ich lernte lesen und schreiben und genauso gut schießen.
Später wurde mein Vater General, und meine Einheit stand unter seinem Kommando.
Meine Mutter lebt in einem Lao-Thenh-Dorf, einen guten Zweitagemarsch von hier entfernt. Sie ist noch immer Kundschafterin."
„Das ist sehr gefährlich, nicht wahr?"

Phet sah mich merkwürdig an. „Natürlich ist es gefährlich. Schon das normale Leben ist jetzt gefährlich in unserem Land. Wenn die Menschen zum Beispiel gerade beim Reispflanzen auf einem ungeschützten Feld sind und die amerikanischen Flugzeuge kommen mit Maschinengewehren, Raketen, Napalm, Bomben, in denen Tausende von kleinen Kugeln stecken, dann kann es sein, daß sie alle Bauern und Büffel töten.
Das ist der Grund, warum die Vang-Pao-Laufhunde und die amerikanischen Soldaten hinter jedem Baum auf unsere Partisanen stoßen. Das ist unsere Methode. Und wir werden so lange kämpfen, bis kein Feind mehr übrig ist.
Wir, die Lao Thenh, sind gute Jäger, und die Lao Xung sind sogar noch besser. Wir sind alle gute Schützen und kennen uns auch mit Pfeil und Bogen aus. Wir benutzen gerne Armbrüste bei der Partisanenarbeit. Sie sind lautlos und tödlich. Erstklassig, wenn man im Hinterland kämpft. Der Feind kommt einen Dschungelpfad entlang. Wir lauern im Versteck. Einer von uns stößt einen kleinen Laut aus, so wie ein Vogel oder ein Affe. Auf dieses Zeichen schießen wir alle auf einmal. Wenn unser Pfeil einen Mann auch nur anritzt, stirbt er. Eine Schramme genügt, und er lebt nicht länger, als man bis hundert zählt. Das Gift gewinnen wir von einer Dschungelpflanze, und den Pfeil tränken wir damit, erst kurz bevor wir schießen. Ich werde es dir zeigen."
Sie lief in ihre Hütte und kam mit einem kleinen Bogen und einigen kurzen Pfeilen heraus. Von einer Rankpflanze pflückte sie einen Kürbis ab und legte die Frucht auf eine Felsklippe, dann entfernte sie sich etwa dreißig Meter. Im Gehen spannte sie den Bogen und setzte den Pfeil an. Sie blieb stehen, den Rücken zur Frucht, sah Silberhuf und mich an.

„Jetzt“, sagte sie, und während sie sich blitzschnell umdrehte, riß sie die Armbrust gegen die Schulter, ohne den Eindruck zu erwecken, daß sie zielte. Der Kürbis war von der Bildfläche verschwunden, von einem Pfeil durchbohrt.
„Versuch's mal“, sagte sie und legte einen neuen Pfeil auf.
Ich kann zwar mit dem Gewehr einigermaßen umgehen, aber nach mindestens zwanzig Versuchen hatte ich den Kürbis nicht ein einziges Mal durchbohrt, ihn nur einmal gestreift und vom Felsen herunterexpediert. Doch Phet traf jedesmal, bei jedem Schuß.
„Aber fürs Gefecht ist dies besser“, sagte sie und klopfte auf ihre Maschinenpistole. „Eine amerikanische, diese hier.“
„Erbeutet?“
„Einige haben wir erbeutet. Und einige haben wir von den Vang Pao. Du mußt wissen, Vang Pao ist knapp an Soldaten, weil ihm so viele wieder wegrennen. Er lügt zuviel. Zum Beispiel schickt er Leute wie die Lao Xung nach Vientiane, unten in den Süden. Dort werden sie zu Soldaten gedrillt, kriegen Schnaps und Geld und überfallen Dörfer, verschleppen Mädchen. Aber vielen von ihnen gefällt das nicht. Sie erkennen, daß Vang Pao nichts anderes ist als ein amerikanischer Lakai, ein Laufhund. Und die Meo – das sind die Lao Xung – sind sehr stolz, obwohl sie ungebildet sind. Wenn sie erst einmal begriffen haben, daß sie nichts weiter sind als Werkzeuge der Amerikaner, machen sie sich aus dem Staub und töten vielleicht sogar ihre Offiziere. Dann kommen sie zu uns.“
Silberhuf sagte, er möchte Phet eine Frage stellen. Er übersetzte sie mir dann: „Die Amerikaner besitzen viele Flugzeuge. Ihr habt keine. Sie haben Bomben,

Waffen, Gas, Napalm und Chemikalien, um eure Lebensmittel zu vernichten. Glaubst du, ihr könnt sie besiegen?“

Phet schnaubte unmutig durch die Nase: „Das ist eine törichte Frage. Wir müssen siegen oder werden Sklaven sein. Wir werden so kämpfen, daß in Laos, in ganz Indochina kein Amerikaner und kein Vang-Pao-Laufhund seines Lebens sicher ist.“

Sie dachte einen Augenblick nach und sagte dann: „Das ist unsere Methode: Wenn die Amerikaner angreifen, sind wir längst weg. Und wenn sie nicht damit rechnen, ziehen wir unsere Truppen zusammen, und greifen ganz plötzlich an. Wir verlieren sehr wenig Menschen, sie verlieren viele.

Wenn mehr Amerikaner nach Laos kommen, werden mehr in Laos begraben werden. Wir haben den Dschungel. Wir leben hier und wissen die Vorteile, die er bietet, zu nutzen. Die Amerikaner kennen seine Tücken nicht. Sie könnten uns niemals besiegen. Eines Tages müssen sie abziehen.“

Phets Erklärung leuchtete mir ein.

„Sind hier auch Lao Xung in der Gegend?“ fragte ich.

„O ja. Heute nachmittag kann ich dich vielleicht mit ihnen bekannt machen. Es wird ein Fest gefeiert. Sie bringen den Geistern ein Opfer dar. Ich werde Baba fragen, ob wir hingehen dürfen.“

General Khamphan schickte uns eine Eskorte. Seine Männer sollten uns in das Dorf begleiten, wo sich die Lao Xung anschickten, einen Wasserbüffel zu opfern. Während wir oben auf dem Kamm durch den Dschungel zogen, sahen wir, wie aus der näheren Umgebung von allen Seiten Leute auf das Dorf zuströmten.

Als wir dort ankamen, stolzierte der Dorfzauberer gerade mit einem Speer umher und wollte den Teufel

und die Geister aus den strohbedeckten Hütten treiben. Die Mädchen tanzten im Kreis um den Büffel herum. Man sah, es war ein altes Tier.
Als die Leute Silberhuf erblickten, verstummten sie. Sie standen eine Weile mit weit aufgerissenen Augen da, dann fingen sie an zu tuscheln.
Phet sprach mit ihnen im Dialekt der Lao Xung. Sie erklärte ihnen, Silberhuf sei ein mächtiges Wunderding aus dem Westen und er sei gekommen, um den Menschen in Laos zu helfen. Sie sagte, obwohl ich so aussähe, sei ich kein Amerikaner, sondern der Sohn eines ausländischen Freundes, und wir stünden in Silberhufs Diensten. Mir schien es, als ob Silberhuf bei dieser Erklärung lächelte.
Während dies alles vor sich ging, durchbohrte der Zauberer Silberhuf mit bösen Blicken, weil der alle Aufmerksamkeit auf sich zog. Phet, die wirklich ein kluges Mädchen war, sagte deshalb zu Silberhuf: „Geh und freunde dich mit dem Zauberer an."
Silberhuf marschierte zu ihm herüber und scharrte mit seinem Huf, dann beschnüffelte er den Hexendoktor. Der fühlte sich nun mächtig geehrt und tanzte noch mal so schnell, während er fortfuhr, die Geister zu vertreiben. Er machte allerlei mystische Zeichen, und zur Verwunderung sämtlicher Einwohner schoß er sogar über Silberhuf hinweg einen Purzelbaum. Ich glaube, das Ansehen des Zauberers muß an diesem Tag mächtig gestiegen sein.
Nun kam das Büffelopfer an die Reihe. Das Tier wurde erschossen, im Handumdrehen zugerichtet und über vielen Feuern, die sich über das ganze Dorf verteilten, gekocht oder gebraten.
Ich erklärte Phet, ich fände das alles lächerlich, das arme Vieh zu töten, bloß um Frieden mit Geistern zu schließen, die nicht existierten. Ich beteuerte, wie leid mir das Tier täte.

Darauf versetzte Phet mir eins. „Essen die Engländer Fleisch?"
„Klar", gab ich zur Antwort.
„Gut. Und diese Menschen hier auch. Sie verspeisen den Büffel."
„Aber", sagte ich, „das ist noch lange kein Grund für diesen Zirkus."
„Ich glaube, daß Weihnachten nichts anderes ist."
„Natürlich ist es ... eh", ich fing an zu stottern, ich wußte nicht genau, was ich weiter sagen sollte. „Dieser ganze Geisterspuk ...", sagte ich und verstummte.
„Ich will versuchen, es dir zu erklären." Phet seufzte. „Die Geister sind bei dem Fest nicht die Hauptsache, sondern das Fleisch. Wenn ein Büffel alt wird und nicht mehr arbeiten kann, ist es besser, ihn zu schlachten und aufzuessen, als abzuwarten, bis er krank wird und ihn niemand mehr essen kann. Aber ein Büffel ist zuviel für eine Familie. Bei dem heißen Wetter hier würde er nach einem Tag oder schon früher anfangen zu stinken. Daher finden sich alle im Dorf zusammen, um ihn bei wichtigen Ereignissen zu verspeisen. Bald liefert diese Familie, bald jene den Büffel. Zum Beispiel für eine Hochzeit oder für eine Beerdigung. Wir essen gern Fleisch, aber wir haben nicht oft Gelegenheit dazu. Natürlich wollen der Häuptling und der Zauberer auch ihren Teil von dem Büffel haben. Es ist Tradition, daß der Zauberer den Kopf bekommt. Und daß die Geister in die Opferzeremonie verwickelt wurden, ist schon ewig lang her und hat seine Ursache darin, weil man glaubt, daß, wenn die Geister auch ein paar Stücke Fleisch bekommen, sie dafür sorgen werden, daß stets Fleisch vorhanden ist. Das ist töricht, ich weiß, aber ich finde es nicht törichter als Weihnachten. Die Hauptsache ist das Fest."

Silberhuf fügte aus eigenem Antrieb hinzu: „Ein sehr vernünftiges Mädchen."
Zweifellos hatte ich noch nie Leute gesehen, die so viel Fleisch essen – reines Fleisch – teils gekocht, teils gegrillt, voll bepackt mit feurigscharfem rotem Pfeffer. Bald hatten sie alles verzehrt, außer den paar Stückchen, die für ein Wettschießen in die Bäume gehängt worden waren. Dieser Wettkampf wurde mit Pfeil und Bogen ausgetragen. Wer ein Stück Fleisch traf, durfte es behalten. Aber die meisten waren von dem Reisbier so beschwipst, daß sie kaum den Baum trafen, geschweige denn das Fleisch, und nicht selten kippte einer beim Zielen um.
Es war ein fröhliches Fest. Es wurde getanzt, getrunken und gelacht, nur einige saßen schweigend abseits. Phet erzählte mir ein wenig traurig, daß viele von den Lao Xung Opium rauchten … das waren die Schweigsamen.
Phet fügte erklärend hinzu: „Obwohl die Befreiungsfront gegen das Opium ist, rauchen die Lao Xung noch immer viel Opium, und das ist sehr schlecht. Ein Mensch, der Opium raucht, wird faul und krank und taugt daher auch nicht viel als Partisan. Die Vang-Pao-Söldner rauchen alle Opium, denn Vang Pao ist dafür."

Zehntes Kapitel

Am nächsten Morgen ließ ich mir Zeit aufzuwachen. Ich genoß das sanfte Schwingen der Hängematte unter dem riesengroßen Feigenbaum. Man fühlte sich wie in einem eigenen kleinen Wald. An den weitverzweigten Ästen entstehen Wurzeln, die nach unten wachsen und sich im Laufe der Jahre zu kräftigen Stämmen entwickeln. Und unser Baum hatte mehr als hundert solcher Stämme.

Es herrschte ein geschäftiges Leben und Treiben. Soldaten trafen ein, um Bericht zu erstatten und neue Befehle entgegenzunehmen; Frauen fachten das Feuer, auf dem große Töpfe standen, an, um das Frühstück zu beschleunigen.
Ich hatte mich gerade gewaschen und angezogen, als Silberhuf und Phet aus dem Dschungel herauskamen, angeregt im Gespräch vertieft. Als ich auf sie zuging, rannte Phet weg. Schon im Laufen drehte sie sich um und schrie Silberhuf etwas zu. Zu mir sagte er, es habe mit dem Frühstückholen zu tun. Als sie in einen nahe gelegenen Pfuhl baden gingen, hatte er ihr Gesellschaft geleistet.
Ich wurde das Gefühl nicht los, daß Phet mir aus dem Wege ging. Ich sagte es Silberhuf, aber er blieb mir die Antwort schuldig.
Das Frühstück bestand aus einer Art suppigem Fleischgericht mit 'ner Menge Pfeffer, das mit Gebirgsreis und ungesüßtem „Tee" getrunken wurde. Der Tee wurde aus Reis gemacht. Er wurde so lange geröstet, bis er fast schwarz war, und dann gemahlen, so daß er aussah wie Kaffee. Ich fand das Essen äußerst interessant, es schmeckte gut, nach so viel konserviertem Zeug.
Nach dem Frühstück war Phet wieder verschwunden. Ich verbrachte die Zeit damit, meine Mauser gründlich zu studieren, so lange, bis ich sie so schnell auseinandernehmen und wieder zusammensetzen konnte wie Phet. Danach übte ich mit Pfeil und Bogen.
Als es Abendbrot gab, kam mein Vater zurück, erschüttert von dem, was er in dem Dorf gesehen hatte. Obwohl er den ganzen Tag auf den Beinen gewesen war, konnte er keinen Happen runterkriegen.
Statt dessen stand er auf, ging zu seiner Hängematte und schrieb dort seinen Bericht. Ich merkte, wie wü-

tend er war. Er schickte ihn, gleich zusammen mit zwei Filmrollen, die er abgeknipst hatte, zu General Khamphan. Der hatte ihm versprochen, daß die Filme durch eine Ablösungsmannschaft auf dem schnellsten Weg nach Hanoi gebracht würden. Von dort konnten die Fotos per drahtlosen Funk nach Moskau und in alle anderen Länder gesendet werden.

Ich nahm eine Kopie des Berichtes und las ihn Phet und Silberfuß vor. Zwei amerikanische Hubschrauber mit etwa dreißig Vang-Pao-Söldnern und zwei amerikanischen Offizieren waren kurz vor dem Dorf gelandet. Innerhalb einer halben Stunde hatten sie sämtliche Einwohner niedergeschossen, mit Ausnahme der Mädchen, die sie in die Hubschrauber gezerrt und mitgenommen hatten. Die Leichen waren im ganzen Dorf verstreut. Und bevor sich die Männer aus dem Staube machten, zündeten sie das Dorf an.

Phet saß da, ohne ein Wort zu sagen, den Kopf gesenkt. Sie schien traurig und zornig zugleich zu sein. Ich konnte nicht mal einen Blick von ihr auffangen, um ihr mein Mitgefühl zu zeigen. Dabei hatte ich den Wunsch, irgend etwas zu tun. Ich schämte mich für die Untaten der Amerikaner und vor allem, weil unsere eigene Regierung sie dabei auch noch unterstützte.

Es war ein trostloser Abend, bis General Khamphan aufstand und eine Rede hielt. Es war eine lange Rede. Während er sprach, übersetzte uns Silberhuf Wort für Wort.

„Sie tun diese Dinge", sagte er am Schluß, „weil sie die Menschen hassen und gleichzeitig fürchten. Sie versuchen, den Menschen Angst und Schrecken einzujagen, um sie damit gefügig zu machen. Aber wir sind uns dessen gewiß, jedes dieser Verbrechen

führt dazu, daß sich immer mehr Menschen gegen die Amerikaner und ihre laotischen Laufhunde erheben und gegen sie kämpfen. Lang lebe die Patriotische Befreiungsfront."
Als der Abend endete, war jeder noch entschlossener als je zuvor, gegen die Amerikaner zu kämpfen, genauso wie General Khamphan es prophezeit hatte.
„Er weiß, wie man Menschen führt", sagte Vater zu mir, als wir schon in der Hängematte lagen und sanft hin und her schaukelten.

Ich ging oft zur Badestelle an dem kleinen Pfuhl. Es war ein lieblicher Platz, umringt von Bäumen und dichtem Gebüsch, nur ein paar Minuten von unserem Feigenbaum entfernt. Der Boden war aus glattem Gestein. An einem Ende befand sich eine Felswand, über die sich ein kleiner Wasserfall in die sandige Mulde ergoß. Es war hier so wunderschön, wie es nur sein konnte. Die Sonne schien durchs Gebüsch und färbte das Licht grün, die riesigen Schmetterlinge leuchteten in brillanten Farben, die Vögel zwitscherten oder stießen grelle Schreie aus. Das Wasser war kalt und so klar, daß man beim Schwimmen davon trinken konnte.
Ich ging pfeifend vor mich hin, in der Hoffnung, Phet zu treffen. Ich hatte Glück. Sie war dort, aber sie verhielt sich seltsam.
Sie stand da wie angegossen, auf dem Gesicht einen merkwürdigen Ausdruck. Als ich den einzigen Eingang, der zu der Lichtung führte, erreichte, schüttelte sie den Kopf. Ich schloß daraus, daß es besser sei, wenn ich wieder ging, vielleicht wollte sie allein sein.
Aber in dem Augenblick, als ich umkehren wollte, hörte ich ein höchst wunderliches tiefes Knurren. Es

schien aus der Richtung zu kommen, wo Phet stand. Ich schob meinen Kopf ein wenig vor, um in den Schatten hinter ihr spähen zu können. Das Geräusch kam wieder.

Und dann sah ich den Tiger. Hingekauert in dem sich wiegenden Gras und den sich bewegenden Schatten der Bäume, war er kaum zu sehen. Da war das herausfordernde Knurren wieder. Es klang wie eine Warnung und Drohung zugleich.

Der Tiger heftete seine Augen auf mich, dann ließ er sie zurück zu Phet gleiten. Dieses Spiel dauerte eine Weile. Jetzt zog er seine Lefzen hoch und ließ seine langen weißen Reißzähne sehen, und diesmal klang der Laut, den er gab, mehr wie ein Fauchen. Danach verhielt er sich eine ganze Weile ruhig. Dies ließ mir Zeit zum Nachdenken, denn ich hatte den ersten Schock überwunden. Ich erinnerte mich an den Ratschlag, den Vater mir mal für derartige Situationen gegeben hatte: „Laufe niemals vor wilden Tieren davon. Sie können meistens schneller rennen, betrachten dich als Beute und machen Jagd auf dich. Vergiß nie“, hatte er gesagt, „Tiere haben auch Angst vor Menschen. Mach keine unerwarteten Bewegungen. Scheuche sie nicht auf. Schneide ihnen nie den Fluchtweg ab. Handle so, als seist du nicht im geringsten beunruhigt.“

Mit Genugtuung stellte ich fest, wie die Angst plötzlich von mir wich.

Ich war die Ruhe selber, und eine Art Erheiterung ergriff mich.

Es führte nur ein Weg aus der Lichtung heraus, und das war der, den ich gekommen war. Daher pirschte ich, mich immer links haltend, vorwärts, um den Pfuhl herum, auf Phet zu, so daß der Tiger rechts an mir vorbei ins Freie gelangen konnte. Er starrte mich mit seinen feurigen Augen an, und ich starrte

zurück, haarscharf in seine. Er saß geduckt da, noch immer wie eine Statue, angespannt bis zum letzten, sprungbereit.
Ganz in Phets Nähe war ein überhängender Felsen, unter dem der Fluß den Sand ausgewaschen und eine Höhlung hinterlassen hatte. Ohne meine Augen von dem Tiger zu lassen, versuchte ich Phet zu bedeuten, sich in diese kleine Nische zu schleichen.
Phet rührte sich jedoch nicht von der Stelle. Sie wußte besser über Tiger Bescheid als ich. Aber es war schon zu spät. Meine Bewegung hatte irgendwie eine neue Situation heraufbeschworen.
Der Tiger zog wieder seine Lefzen hoch und fletschte mit den Zähnen, aber er machte noch immer keine Anstalten, sich zu bewegen. Seine ganze Aufmerksamkeit galt jetzt mir. Ich sah aus meinen Augenwinkeln, wie sich Phet bewegte und ihre Hand sehr langsam nach ihrer Maschinenpistole ausstreckte.
Blitzartig schossen mir Vaters Worte durch den Kopf: „Wenn du eine Maschinenpistole benutzt, wirst du eine Raubkatze nie töten, sondern nur verwunden. Das Tier wird mit größter Wahrscheinlichkeit später krepieren – an Wundbrand –, aber vorher mußt du dran glauben. Vor Spielzeugen dieser Art macht keine Katze halt. Was du brauchst, sind schwere Expreßpatronen.“
Der Tiger gewahrte Phets Regung und heftete nun seine Blicke auf sie. Phet zitterte. Der Tiger schien noch immer nicht zu wissen, was er tun sollte. Aber dann sah ich, wie sich die Muskeln unter seinem Fell kräuselten. Er sammelte Kraft zum Sprung, fast ohne ein Anzeichen von Bewegung. Ich machte mich seelisch darauf gefaßt, zu springen, entweder zur Seite oder auf Phets Pistole zu. Da hörte ich plötzlich ein Taptaptaptaptap, und Silberhuf erschien auf der

Bildfläche. Er stand mitten in der Öffnung, die zur Lichtung führte. Der einzige Fluchtweg für den Tiger!
„Hallo, ihr ...“, begann Silberhuf, aber ehe er sich's versah, fiel eine vor Wut und Angst schäumende schwarzgelbe Masse, mindestens hundertfünfzig Kilogramm schwer, über ihn her, knurrend, mit erhobenen Vorderbeinen, die Tatzen gespreizt, Zähne gefletscht. Ich hörte, wie die Krallen des Tigers an Silberhufs Bronzehaut entlangkratzten. Phet nahm ihre Pistole auf und spannte den Hahn. Doch ich war blitzschnell bei ihr und zog sie hinter einen Baum.
Als der Tiger von Silberhuf abließ, riß er ihm seinen elektrischen Generator vom Rücken. Danach sprang er ihn von der Seite an, mit weit aufgerissenem Maul.
Silberhuf wich geschickt zur Seite, wie ein Boxer, mit einem Vorderbein kräftig ausschlagend. Sein Huf brachte dem Tiger einen harten flüchtigen Schlag am Schädel bei. Die Wunde blutete, und während er sich ein oder zwei Schritte zurückzog, schüttelte er den Kopf. Er schien erstaunt, jemandem begegnet zu sein, der ihn herausforderte und ihm seine Dschungelherrschaft streitig machte.
Das Pferd stellte sich auf den nächsten Angriff des Tigers ein. Der duckte sich und schien zum Sprung ansetzen zu wollen.
Aber plötzlich besann er sich und stürzte mit weit aufgerissenem Maul nach vorne und faßte Silberhufs Vorderbein – direkt über dem Huf. Etwas Schlechteres hätte er sich kaum aussuchen können.
Silberhufs schlankes Fesselgelenk war von dem alten Mohammed Hassan konstruiert, um das Gewicht von mehr als einer Tonne zu tragen. Und handgeschmiedete Bronze kann etwas aushalten.

Als ich hörte, wie die Zähne des Tigers, der mit ganzer Kraft in die Bronze biß, zerbrachen, wurden meine eignen stumpf.
Silberhuf stand da wie eine Säule, unbeweglich. Man sah dem Tiger die Enttäuschung über seinen mißlungenen Angriff an. Nun schmiß er sich auf den Rücken und versuchte, Silberhufs Unterbauch mit allen vier Tatzen zu fassen. Dabei kratzte er feine Linien in die herrliche Türkispatina.
Silberhuf hob jetzt sein freies Vorderbein hoch und stampfte dem Tiger den Huf wuchtig mitten auf den Brustkorb. Der Tiger ließ von Silberhufs Fuß ab, den er noch immer gepackt hielt. Jetzt verlagerte Silberhuf sein ganzes Gewicht auf das andere Bein, womit er die Katze niederdrückte.
Ich hörte, wie der Brustkorb des Tigers zersprang. Er brüllte auf und fing an, mit seinen Füßen ziellos in der Luft herumzufuchteln. Im Nu hatte Silberhuf das befreite Bein neben das andere auf die Brust des Tigers gebracht. Ich glaube, diesmal war sein Rückgrat gebrochen.
Phet ging vor und zog ihre Pistole. Sie zielte sorgfältig aus ein paar Schritt Entfernung und traf das Tier mitten durchs Herz. Es fuhr jäh auf und lag dann zuckend da.
Ohne ein Wort rannte Phet von der Lichtung weg.
Ich nahm den elektrischen Generator auf und verließ mit Silberhuf die Kampfstätte.
„Merkwürdig, einfach so wegzurennen“, sagte ich.
Silberhuf schwieg eine Weile. Dann sagte er in seiner pedantischen Art: „Vielleicht steht es in Zusammenhang mit dem, was sie mir gestern anvertraut hat. Ich weiß wirklich nicht, ob ich es dir erzählen soll oder nicht. Aber sie hat mich ja auch nicht gebeten, es geheimzuhalten.“
„Na, sag schon, ich versprech dir auch, es ihr nicht

wiederzuerzählen", flehte ich, vor Neugierde fast sterbend.
„Sie hat mir erzählt, daß sie deine und deines Vaters Gesellschaft nicht ertragen kann."
Ich starrte Silberhuf ungläubig an. Mir verschlug es die Sprache.
„Es ist völlig vernunftswidrig. Sie weiß das. Es ist gefühlsmäßig. Ich kann es irgendwie verstehen. Wie du weißt, Jack, nahm ich auch zuerst an, daß dein Vater kein guter Mensch sei. Phet hat mit den Amerikanern schreckliche Erfahrungen gemacht, und ihr beide erinnert sie an diese Menschen."
„Aber das ist doch glatter Blödsinn", sagte ich. „Wir sehen nicht im geringsten aus wie Amerikaner."
„Hm, in ihren Augen schon. Darf ich dich daran erinnern, was du mir einmal erzählt hast, nämlich, daß es dir unmöglich sei, Japaner, Koreaner, Chinesen und andere Leute aus östlichen Ländern voneinander zu unterscheiden? Ich nehme an, Phet hat die gleichen Schwierigkeiten mit Leuten aus westlichen Ländern. Sie sagt, ihr hättet dieselben grimmigen Augen und dieselbe komisch gefärbte Haut wie die Amerikaner – helles Haar und ..." Silberhuf zögerte: „... und daß ihr beide einen merkwürdigen Körpergeruch hättet, genauso wie die Amerikaner."
Ich war gekränkt und gleichzeitig überrascht. „Immerhin", sagte ich, „sind wir hergekommen, um zu helfen."
„Sie weiß das. Sie sagt auch, sie sei sich darüber im klaren, daß es überall in den Vereinigten Staaten und in allen anderen Ländern Menschen gäbe, die dafür kämpfen, daß die amerikanische Regierung ihre Truppen aus Indochina abziehen soll. Sie ist sehr froh darüber. Aber sie hat nun mal diesen Zwiespalt der Gefühle. Sie ist darüber selbst ganz unglücklich."

„Aber warum ist sie jetzt einfach so weggelaufen?"
„Ich weiß es nicht. Ich vermute, sie fühlt sich jetzt doppelt im Unrecht, nach dem, was geschehen ist."
Wir waren im Hauptquartier angelangt. Soviel ich auch suchte, Phet war spurlos verschwunden. Und ich schlich mich hinter einen Felsen und heulte. Es war weiß Gott schlimm genug, wenn man sich in ein Mädchen verliebte, mit dem man nur per Dolmetscher sprechen konnte, aber wenn man dann auch noch erfuhr, daß man ihr lästig war, weil man aussah wie ein Yankee und schlecht roch. Das war wirklich demütigend.
Viel später erfuhr ich, daß in Asien viele Leute der Meinung sind, die Bewohner der westlichen Welt hätten einen unangenehmen Körpergeruch an sich. Vaters Theorie (und er hat für alles eine Theorie) ist, es käme daher, weil wir zuviel Fleisch und Fett und solche Sachen essen, während die meisten Asiaten hauptsächlich von Gemüse leben.
Jemand schlug gegen das dicke Stück einer Bombenhülle, das jetzt als Gong diente. Ich ging und holte das Abendbrot für Vater und mich. Es gab Fleisch und Reis. Von Phet fehlte jede Spur.
„Wo ist deine Freundin?" fragte mein Vater. Ich war wütend über mich selbst, weil ich sofort rot anlief wie eine Tomate.
Phet blieb spurlos verschwunden. Ich kriegte keinen Bissen runter. Es war eine seltsame Sache mit mir. Ich wollte für mein Leben gern, daß sie käme, und andererseits wünschte ich, daß sie überhaupt nicht mehr auftauchen würde.
Und dann fühlte ich, wie sich eine warme Hand in die meine schob. Einen Augenblick lang saßen wir so da, dann machte mir Phet ein Zeichen; ich müsse

essen, hieß das. Mein Appetit war nun ausgezeichnet, und ich aß für drei.
Nach dem Abendbrot ging Phet auf Silberhuf zu und bat ihn, etwas für sie zu übersetzen.
„Genossen", begann sie ihre Rede. „Ich habe aus dem heutigen Tag eine große Lehre gezogen." Sie sprach nun ganz offen über die Gefühle, die sie gegen uns gehegt hatte, und alles nur, weil wir Ausländer waren. Dann berichtete sie von dem Tiger und wie ich mein Leben aufs Spiel gesetzt hätte, um sie zu retten. Ich fühlte, wie mir die Röte ins Gesicht stieg, und wagte nicht, aufzublicken.
„Mein Vater hat mir einmal gesagt", fuhr Phet fort, „daß nicht alle Amerikaner gleich seien. Er hat mich immer gelehrt: ‚Amerikaner, Engländer und deutsche Imperialisten sind schlecht – der ganze Imperialismus ist schlecht –, aber nicht alle amerikanischen, englischen und deutschen Menschen.' Darauf habe ich zu Baba gesagt: ‚Wenn ein amerikanischer Soldat sein Gewehr auf dich richtet, fragst du ihn etwa erst, ob er gut ist oder böse?' Baba antwortete: ‚Wenn sie mit Waffen hierherkommen, müssen wir sie töten, aber wenn sie in Frieden kommen, sind sie unsere Freunde.' Als nun Mike und Jack kamen, dachte ich: Sie kommen aus England, und die Engländer sind Freunde der Amerikaner. Vielleicht sind sie Spione. Ich hatte unrecht. Ich weiß, wenn jemand bereit ist, sein Leben für einen einzusetzen, dann ist er ein wahrer Freund. Daher sage ich jetzt zu den beiden: Verzeiht mir."
Als sie ihre Rede beendet hatte, klatschten alle Leute aus dem Hauptquartier und riefen: „Mike und Jack, ihr sollt zehntausend Jahre leben", und dann umringten sie uns, tätschelten uns die Schultern und strahlten uns an.
Vater sagte: „Diesmal war's ein Tiger. Bin gespannt,

was du dir das nächste Mal aussuchst."
Er legte seinen Arm um mich und konnte dabei nicht verhehlen, wie stolz er auf mich war. Für mich war das alles ein bißchen viel auf einmal, deshalb stürmte ich im großen Bogen auf die andere Seite des Feigenbaumes, obwohl ich mich stark genug fühlte, mit einem Riesensatz über den ganzen Baum zu springen, ich brauchte nur daran zu denken, wie Phet meine Hand gehalten hatte.

Elftes Kapitel

Wir waren zwei Nächte lang durchmarschiert, und ich glaubte schon, meine Beine würden mir den Dienst versagen. Der erste blaßrote Lichtstrahl über den Bergen war daher wie eine Erlösung. Jetzt durfte ich sicher sein, daß wir Rast machen würden. Ich wollte erst etwas essen und dann schlafen, nur schlafen, so lange, bis wir wieder essen und weiter mußten. Wir marschierten nur während der Nacht. Das war Befehl. Die Amerikaner durften um keinen Preis Wind davon bekommen, daß sich die Pathet Lao aus allen Teilen des Landes zusammenzogen und auf Phong Saly Kurs nahmen.
Der Generalplan des laotischen Oberkommandos war, die Amerikaner zu täuschen: Sie sollten Soldaten und Material ungestört nach Phong Saly einfliegen und den Eindruck gewinnen, daß die Pathet Lao nicht genügend Streitkräfte an Ort und Stelle hätten, um die Stadt anzugreifen.
Um diesen Eindruck noch zu verstärken, gingen die patriotischen Kräfte, die sich im Süden des Landes befanden, zu heftigen Angriffen über.
Aber in Wirklichkeit zogen die besten Truppen der Pathet Lao mit ihren Waffen heimlich nach Norden, Hunderte von Kilometern durch schmale Dschun-

gelpfade, mit dem strikten Befehl, die Funkstille einzuhalten.
Die amerikanischen Aufklärer kreisten den ganzen Tag in der Luft, konnten jedoch absolut nichts ausfindig machen. Um diese Zeit schliefen wir!
Aber nachts zogen beständig und durch nichts zu erschüttern, lange Ketten von Männern und Frauen, die Waffen, Munition und Proviant auf ihren Rükken und auf Fahrrädern transportierten, immer näher auf Phong Saly zu.
Örtliche Partisaneneinheiten erteilten Warnsignale, sobald Hubschrauber oder Flugzeuge im Anzug waren. Aber selbst das störte uns meistens herzlich wenig, wir waren ohnehin von oben aus der Luft nicht zu sehen.
Unsere Gruppe stand unter dem Befehl von General Khamphan. Mit uns marschierten noch einige höhere Offiziere, Phet, Vater und ich und etwa fünfzig Soldaten der Infanterie.
Mein Vater war an große Strapazen gewöhnt und ließ sich nichts anmerken, obwohl selbst ihm die Märsche verdammt schwerfielen; denn streckenweise ging es im Laufschritt voran. Aber ich glaube, ich hätte die Reise nicht durchgestanden, wenn Silberhuf nicht gewesen wäre.
Wir benutzten schmale, kurvenreiche Pfade, die dem gebirgigen Gelände folgten, bergauf und bergab, bergauf und bergab, und das Bergabklettern erschien uns noch schlimmer als das Bergauflaufen. Unsere laotischen Freunde schienen im Dunkeln wie Katzen sehen zu können. Sie marschierten schnell und sicher und trugen noch schwere Geräte auf dem Buckel. Wir nicht, weil wir es nicht geschafft hätten. Unser ganzes Gepäck war auf Silberhufs Rücken geschnallt.
Silberhuf konnte mit seiner Infrarot-Radarausrü-

stung im Dunkeln und im Nebel sehen und auch, wenn die Wolken niedrig hingen. Seine neuen Batterien reichten die ganze Nacht, und bei Tage luden sie sich von selbst wieder auf. Überall, wo es das Gelände erlaubte, ging ich neben ihm, eine Hand auf seinem Rücken. Wurde der Pfad zu schmal, mußte ich ihn loslassen. Oft waren die Pfade nicht breiter als ein Meter, und nach einer Seite hin fielen sie steil nach unten ab. Dorthin, wo die Flüsse waren; wir konnten von oben das Wasser rauschen hören. In solchen Fällen blieb uns nichts anderes übrig, als uns vorwärts zu tasten.

Am schönsten war es, wenn wir in ein Tal hinunterkamen, den Dschungel verließen und durch das ebene, offene Land zogen. Das war wie eine Erholung, ebenen Boden unter den Füßen zu haben, selbst dann, wenn wir auf schmalen, schlüpfrigen Deichen der Reisterrassen entlangzogen, obwohl sich zu beiden Seiten weite Wasserfelder dehnten.

Gelegentlich kamen wir durch Bambusdörfer, deren Einwohner uns aus der Dunkelheit Grüße zuriefen oder uns abgekochtes Wasser gaben. Ich hab heute noch den Nachtduft der Bäume und den Geruch des Holzfeuers in der Nase, und ich spüre noch immer die warme Luft, die kühler ist als am Tage, und die Kameradschaft, die aufkommt, wenn's um die gemeinsame Sache geht.

Das waren Augenblicke, wo ich glücklich war, dies alles erleben zu dürfen, und am liebsten laut aufgeschrien hätte vor Lebensfreude.

Als wir einmal darauf warteten, daß die Sonne unterging, um weitermarschieren zu können, erklärte uns General Khamphan die augenblickliche Lage. Er breitete eine Landkarte auf dem Boden aus. Silberhuf übersetzte, was der General sagte.

„Das ist Phong Saly. Die Amerikaner glauben, daß

sie die Stadt in eine uneinnehmbare Festung verwandeln können, die sie völlig aus der Luft versorgen. Dann, so nehmen sie an, können sie uns von dort aus im ganzen Norden angreifen. Im Süden und Westen wollen sie uns von Thailand aus schlagen; im Osten wollen sie uns mit Flugzeugen, die von ihren Flugzeugträgern im Golf von Tonkin starten sollen oder die von der Insel Okinawa anfliegen, angreifen. Sie glauben im Ernst, sie könnten uns auf diese Weise erledigen."

Er grinste, sich seiner Sache sicher, daß dies niemals geschehen würde, und fuhr fort: „Offensichtlich ist es am günstigsten für uns, wenn wir sie angreifen, bevor sie Phong Saly befestigt und die Rollfelder und andere wichtige strategische Einrichtungen gebaut haben."

Er wies auf zwei Punkte in Südlaos hin. „Aber wir greifen zuerst hier an, nicht um sie zu schlagen, sondern um sie davon zu überzeugen, daß wir nicht genügend Streitkräfte besitzen, um Phong Saly einzunehmen. Das wird sie ermutigen, soviel Material wie nur möglich nach Phong Saly zu transportieren und ihre besten Truppen dort einzusetzen.

In der Zwischenzeit zieht unser Oberkommando insgeheim Truppen und Ausrüstungen rund um Phong Saly zusammen. Und zwar durch den Dschungel. Den Amerikanern wird es nie im Traum einfallen, zu glauben, daß es uns möglich ist, militärische Ausrüstungen durch dieses Gebiet zu transportieren.

Und wenn wir soweit sind", sagte er grimmig, „dann werden wir sie wie eine Zitrone zerdrücken." Er preßte seine Hand zur Faust.

„Frag den General, Silberhuf", sagte mein Vater, „ob das Ganze nicht noch viel riskanter ist, als die Stadt zurückzuerobern, bevor sie sich dort festgesetzt haben."

„Ja, das ist es. Aber es ist ein Risiko, das wir eingeplant haben", entgegnete der General. „Wir hätten die Stadt ohne weiteres gleich, als die Amerikaner dort landeten, zurückerobern können, das wäre uns nicht besonders schwergefallen, aber es hätte auch nicht viel verändert. Später konnten wir die Stadt mit den Streitkräften, die wir besaßen, nicht mehr zurückgewinnen, selbst wenn wir gewollt hätten. Jetzt ist unser Ziel, sie zu zwingen, den Angriff erst zu einem Zeitpunkt zu eröffnen, den wir bestimmen, so daß sie größere Verluste einstecken müssen. Nur so können wir sie langsam, aber sicher immer mehr schwächen und sie zwingen, ihre Truppen zu reduzieren und aus Indochina abzuziehen."

„Und wenn ihr scheitert?"

„Wir werden nicht scheitern. Die Amerikaner unterschätzen uns noch mehr, als es die Franzosen getan haben, törichterweise."

„Und angenommen, die Amerikaner durchschauen euren Plan und entschließen sich, Phong Saly nicht als Festung auszubauen?" fragte mein Vater.

Der General lachte und richtete sich auf: „Also, wenn man den Gegner zwingen kann, seinen eigenen Plan aufzugeben, nur weil die Übermacht in einem bestimmten Abschnitt zu groß ist, dann ist *das* auch ein Sieg für uns. Dann sitzen sie nämlich plötzlich ohne Strategie da."

Inzwischen war es dunkel genug geworden, und der General gab den Befehl zum Abmarsch in den Dschungel.

Silberhuf sagte zu meinem Vater und mir: „Ich bin sicher, die Amerikaner können diesen Krieg niemals gewinnen."

Innerhalb weniger Minuten brach schlagartig die Nacht herein. Unter der dichten Blätterdecke des

Dschungels konnten wir nicht einmal die Sterne sehen. Ich legte eine Hand, wie gewöhnlich, auf Silberhufs Rücken, und mit der anderen hielt ich Phet fest, solange es der Pfad erlaubte.
Der Leiter unserer Gruppe besaß als einziger eine Taschenlampe, die er jedoch nur im Notfall anknipsen durfte. Wir waren ein paar Stunden marschiert, meistens ohne ein Wort zu reden, und in mir erwachte wieder das Gefühl, im Schlaf zu wandeln, da leuchtete für den Bruchteil einer Sekunde plötzlich die Taschenlampe vorne auf.
Silberhufs Vordermann blieb stehen, und wir taten das gleiche. Einer von der Vorhut ging an uns vorbei und murmelte etwas. Silberhuf sagte, da vorne befände sich eine Elefantenherde, es hätte aber den Anschein, als schliefen alle außer einer großen Elefantenkuh, die Wache hielt – so wie es bei diesen Tieren üblich sei.
Wir befanden uns auf einer Lichtung, die mit Schilfrohr bewachsen und von Bambus umgeben war. Ich spähte nach vorn, aber ich konnte nicht das geringste entdecken, das auch nur auf einen Elefanten hindeutete, obwohl die Sterne hier für Licht sorgten.
Während ich mich weiter bemühte, die Tiere zu entdecken, hörte ich ein Knacken, und dann fing plötzlich der ganze Bambuswald an sich zu bewegen. Ein riesengroßer Elefant trat heraus auf die Lichtung, einen Augenblick später noch einer, und dann folgten viele. Sie rückten auf uns zu wie eine Wand. Vorne an der Spitze begannen unsere Leute, in die Luft zu schießen, aber die Detonationen gingen in dem Krachen des zusammenstürzenden Bambusrohrs unter.
Die Elefanten gerieten in Panik, und es sah so aus, als könnte uns nichts mehr davor bewahren, von einer lebendigen Lawine, die auf uns zurollte und

die Erde erschütterte, zerstampft zu werden.
Unser Mann mit der Taschenlampe traf offensichtlich jetzt die Entscheidung, daß dies eine Notlage sei. Er knipste seine Taschenlampe an und ließ sie direkt in die Augen der alten Elefantenkuh scheinen. Da schwenkte sie nach links ein, zog an uns vorbei, und die Herde folgte ihr. Sie rannten in einer donnernden Prozession an uns vorbei, es waren vierzig Tiere, nahm ich an. Sie bewegten sich erstaunlich schnell vorwärts mit ihren vorgestreckten und nach oben gebogenen Rüsseln, dabei stießen sie komische Geräusche aus, die mich an das Miauen von kleinen Kätzchen erinnerte.
Unser Mann mit der Taschenlampe entschied, daß die Notlage nun beendet sei, und knipste die Lampe wieder aus. Aber kaum war das Getöse der Elefanten verhallt, da drang bereits das Dröhnen eines niedrig fliegenden amerikanischen Aufklärers an mein Ohr. Die Maschine drehte eine Kurve und beschrieb einen Kreis über uns, und einen Augenblick später hing der Himmel voll Fallschirmleuchten, die sehr niedrig standen und den Dschungel erhellten.
Das Flugzeug kam mehrere Male und beschrieb seine Kreise oberhalb der Leuchtkugeln. Unser Befehl lautete: Nicht schießen. Vater bedeutete Silberhuf, seine Augen zu schließen, weil sich dann sein Motor automatisch ausschaltete. Er hatte Angst, daß wir womöglich durch eine Sucheinrichtung, die das Flugzeug an Bord haben mochte, entdeckt würden.
Beim vorletzten Anflug eröffnete das Flugzeug Maschinengewehrfeuer, und ich erhielt meine Feuertaufe. Das Flugzeug schoß Leuchtspurmunition, und ich beobachtete, wie diese ihre Bahnen in der Dunkelheit zog.
Der Kerl im Flugzeug ballerte blindlings drauflos

und drehte dann ab. Niemand war verletzt. General Khamphan war sehr beunruhigt, er hatte strikten Befehl vom Oberkommando erhalten, alles zu vermeiden, was zu ihrer Entdeckung führen könnte. Und nun passierte dies.

„Alles, was er gesehen haben kann, ist das Licht einer einzigen Taschenlampe“, sagte mein Vater.

„Und die Funken der Gewehre, als wir in die Luft feuerten, um den Elefanten einen Schreck einzujagen“, fügte der General hinzu.

„Aber sie können sich keinen Vers darauf machen. Ein einziger Zwischenfall wie dieser besagt noch nicht viel.“

„Wer weiß, vielleicht gab es woanders noch andere Zwischenfälle. Aber na ja, wir können jetzt weiter nichts tun, als äußerst vorsichtig zu sein, damit sie uns auf keinen Fall entdecken.“

„Dann sollten wir den Elefanten empfehlen, lieber nicht für den Feind zu arbeiten“, bemerkte Vater trocken. Der General lachte.

Es dauerte seine Zeit, bis meine Knie aufhörten zu zittern, nach der Angst, die ich ausgestanden hatte. Ob Phet auch Angst gehabt hatte? Jedenfalls zeigte sie es nicht. Ich hätte für mein Leben gern gewußt, ob ich auch so ruhig ausgesehen habe wie sie und ob sie sich auch gefürchtet hatte.

Bevor es Morgen wurde, tauchten noch mehrere Flugzeuge auf, sie kreisten über uns und ließen Leuchtkugeln fallen. Sie hatten offensichtlich den Befehl erhalten, unter allen Umständen auszukundschaften, wo wir uns befanden. Aber der Dschungel hielt uns verborgen.

Zwölftes Kapitel

Weil uns diese Geschäftigkeit in der Luft gar nicht behagte, rasteten wir schon eine Weile vor Tagesanbruch. General Khamphan wählte eine tiefe Schlucht aus mit steilen Wänden an beiden Seiten, die wie Klippen aussahen. Am unteren Ende der Schlucht standen die Felswände weit auseinander, aber je höher wir kletterten, je mehr verengten sie sich.

Als der Tag anbrach, hörten wir von hinten Schreie und dann mehrere Schüsse. General Khamphan sandte einen Boten aus, der kurz darauf mit einem halben Dutzend unserer Soldaten zurückkam. Sie führten einen Zivilisten mit sich; einen anderen Mann trugen sie, der ebenfalls ganz gewöhnliche laotische Kleider anhatte. Er war tot. Sie legten ihn auf den Boden, und dann fingen sie an, alle auf einmal zu reden, bis der General Einhalt gebot und einem den Befehl erteilte zu berichten. Silberhuf übersetzte.

Der lebende Zivilist war ein Lao Thenh. Er gab an, auf dem Wege zu einem kranken Verwandten gewesen zu sein. Und weil er allein war, habe er während der Nacht in den Zweigen eines uralten Baumes geschlafen, wo ihm die wilden Tiere nichts anhaben konnten. Er habe unsere Gruppe kurz vorm Morgengrauen vorbeiziehen hören.

Als er vom Baum heruntergeklettert sei, habe er den anderen Mann – einen Lao Xung – entdeckt, der offenbar unseren Soldaten folgte. Der Mann habe sich jedoch äußerst verdächtig benommen, da wäre ihm klargeworden, daß er unserer Gruppe nachspioniere. Deshalb habe er sich entschlossen, uns zu warnen. Er habe einen ziemlichen Umweg gemacht, sei aber sehr schnell gegangen und habe unsere Männer

doch noch eingeholt.
Unserer Nachhut habe er berichtet, daß er glaube, uns sei ein Spion auf den Fersen. Daraufhin waren sofort zwei Männer abkommandiert worden, um dem Mann im Hinterhalt aufzulauern. Als sie ihn anriefen und ihn aufforderten, sich zu ergeben, habe er mit der Pistole geantwortet, und als unsere Leute zurückschossen, hätten sie ihn leider getötet.
Das war die Geschichte. Ob der Lao Xung in der vergangenen Nacht mit einem Fallschirm abgesprungen war? überlegte ich.
„Dies trug er bei sich“, sagte einer unserer Männer. „Es war eingeschaltet.“
General Khamphan nahm den Gegenstand an sich – es war eines der kleinen Transistorengeräte, die die amerikanischen Piloten bei sich tragen, für den Fall, daß sie abgeschossen werden. Das Gerät sendet ununterbrochen ein Zeichen, das automatisch von jedem amerikanischen Flugzeug in der Umgebung aufgefangen wird.
Der General machte ein sehr ernstes Gesicht.
Mein Vater sagte: „Jetzt sitzen wir in der Patsche. Sie haben uns entdeckt.“
General Khamphan nickte und gab Befehl zum Aufbruch. „Wir müssen hier raus – und zwar verdammt schnell.“
Doch es war schon zu spät. Von beiden Seiten ertönte Geräusch von Hubschraubern. Sie näherten sich sehr schnell, wurden langsamer und landeten direkt über uns, auf beiden Seiten der Schlucht.
Ein kleines Erkundungsflugzeug glitt über uns hinweg, summend wie eine große Hornisse.
Unsere Männer rissen ihre Waffen von der Schulter, Phet prüfte ihre Pistole, schob ein Magazin ein und tat dasselbe mit ihrer Maschinenpistole. Vater und ich nahmen ebenfalls unsere Gewehre ab, und ich

machte aus meiner Mauser eine Maschinenpistole.
Vater legte mir die Hand auf die Schulter und sagte, seinen Kopf nach oben gerichtet: „Jetzt sind wir zwischen zwei Feuern. Halt den Kragen steif und bleib in Deckung."
Plötzlich hielt er das Gewehr schußbereit. Ich blickte nach oben und tat dasselbe. Über uns bewegte sich etwas, aber es war so schnell wieder verschwunden, wie es gekommen war.
„General Khamphan sagt, wir sollen nicht schießen", rief Silberhuf.
Die Vor- und Nachteile auf beiden Fronten waren ungefähr gleichmäßig verteilt. Sie waren über uns, aber dafür hatten wir reichlich Deckung – Bäume und Felsen –, während die Ränder der Schlucht da oben scharf und baumlos waren.
General Khamphan gab den Befehl, daß wir uns allesamt zum südlichen Ausgang der Bergschlucht vorwärts bewegen sollten, dort war der Boden eben und bewaldet.
Aber wir kamen nicht weit. Zwei oder drei Kilometer entfernt, in südlicher Richtung, aus der wir gekommen waren, sahen wir mehrere Flugzeuge kreisen, und aus jedem trat ein Strom von weißem Dampf aus.
Gas!
Unser Weg, der uns südwärts aus der Schlucht herausführte, war blockiert. Der Wind blies von Nord nach Süd. Sie konnten uns also jetzt zwingen, ihnen den Kampf anzusagen, um hier lebendig wieder herauszukommen.
„Der General sagt", berichtete Silberhuf, „daß die Gegner ganz besonders daran interessiert sind, einige Gefangene zu machen und sie zum Sprechen zu bringen. Er sagt, es wäre immer besser, kämpfend

zu sterben, als ihnen in die Hände zu fallen und zu Tode gefoltert zu werden. Das solle sich von jetzt ab jeder vor Augen führen."

Auf meinem Gesicht brach der kalte Schweiß aus. Ich fühlte, wie mein Vater meine Schulter drückte, aber ich konnte ihn nicht ansehen.

Silberhuf fuhr fort: „Der General sagt, er könne mit den beiden Pathet-Lao-Einheiten, die uns nachfolgen, keine Verbindung aufnehmen wegen der befohlenen Funkstille. Wir sollten mit größter Vorsicht zielen und keine Munition verschwenden."

Plötzlich schrie jemand auf, und von dem Augenblick an blieb uns keine Zeit, Angst zu haben.

Auf der Seite der Schlucht, wo ich mich befand, waren mehrere Männer in Tarnanzügen über den Rand der Felsen gekrochen, und jetzt kletterten sie nach unten, während die anderen das Maschinengewehrfeuer eröffneten, um ihnen Deckung zu geben. Ich spürte, wie ich dastand, mit weit aufgerissenem Mund, ohne auch nur im Traum daran zu denken, zu schießen.

Dann krachte ein Schuß, und einer der Amerikaner stürzte, ganz langsam, wie es schien, kopfüber in die Bäume unter ihm. Jetzt hämmerten andere Gewehre, und neben mir erkannte ich an dem Krachen Vaters Schnellfeuergewehr. Ich riß meine Mauser hoch und drückte ab. Ich war so verdattert von dem jähen, blitzartigen Feuerüberfall, daß ich nichts anderes tat, als die Pistole festzuhalten und den Finger so lange am Abzug zu lassen, bis die Waffe aufhörte, in meiner Hand hin und her zu tanzen, weil sie leer war. Ich machte zwar mächtigen Lärm, aber ich war sicher, daß ich den Feind nicht getroffen hatte.

Innerhalb weniger Sekunden waren die Amerikaner plötzlich wie von der Bildfläche verschwunden, obwohl ein paar von ihnen verletzt worden waren.

„Geh in Deckung, Jack, sofort. Du auch, Phet", sagte Vater und zeigte auf einen Felsvorsprung. Ich machte keinerlei Anstalten. Es war alles viel zu aufregend.
„Los, mach, was ich dir gesagt habe, und zwar auf der Stelle", wiederholte er scharf. „Sie werden bestimmt ihre Männer bei dem Rückzug unterstützen, und dabei werden sie alle ... Feuerkraft einsetzen, die sie besitzen, darauf kannst du Gift nehmen."
Sowie Vater etwas ernst meint, hat er eine Art zu sprechen an sich, die keinen Widerspruch duldet. Ich ergriff Phets Hand, und wir kauerten uns beide unter den Felsen. Vater legte sich auch so hin, daß er aus der Schußlinie von oben raus war. Nichts geschah.
Minuten vergingen. Plötzlich prasselte ein wahrer Geschoßhagel von beiden Seiten der Schlucht auf uns ein. Von den Felsen heulten die Kugeln und verschwanden pfeifend in der Ferne. Dann machte sich ein dumpfes Dröhnen, dem eine Art Wimmern folgte, breit. Phet duckte sich sofort und drückte meinen Kopf ebenfalls nach unten.
„Mörserbomben...", schrie Vater. Er lag flach hingestreckt, in einer kleinen Mulde.
Unter dem Schutz ihres eigenen Sperrfeuers zogen sich die Amerikaner, die sich noch rühren konnten, über den Rand der Schlucht zurück. Und bald darauf war alles still. Wir warteten angespannt auf ihren nächsten Schritt. Mir schien, daß dies nur eine Frage der Zeit sei. Sie konnten uns zu Staub bombardieren, wenn sie wollten, doch sie hielten sich zurück, weil sie ein paar von uns lebendig haben wollten. Ein jämmerlicher Gedanke, und noch dazu an einem so strahlend schönen Tag.
„Mike", sagte Silberhuf, er stand zwischen einem großen Felsbrocken und der Klippe in Deckung,

„ich glaube, es gibt einen Weg, der uns aus dieser ausweglosen Situation herausführt."
„Silberhuf", sagte Vater, „wenn du bloß so was Ähnliches wie eine Idee hast, in unserer Situation ist es wichtig, auch darüber zu sprechen."
„Das Gas, mit dem die Amerikaner die Gegend hier verseucht haben, würde unsere Leute vergiften, aber würde es nicht gleichzeitig auch die Amerikaner töten?"
Mein Vater nickte. „Es sei denn, sie trügen Gasmasken."
„Aber sie würden die Gaszone nicht betreten, wenn sie nicht unbedingt müßten?"
„Das nehme ich an", sagte mein Vater. „Aber komm zur Sache, Silberhuf, worum geht's?"
„Ich glaube nicht, daß dort, wo die gasverseuchte Zone beginnt, am südlichen Eingang der Schlucht amerikanische Wachposten sind!"
„Höchstwahrscheinlich nicht. Aber das hilft uns im Moment herzlich wenig."
„Ich könnte dort durchkommen", sagte Silberhuf, „mir würde das Gas nichts anhaben. Wenn General Khamphan eine Meldung an die laotischen Einheiten, die sich hinter uns befinden, schreibt, ich könnte sie überbringen."
Auf Vaters Gesicht machte sich jetzt ein erlösendes Grinsen breit. Es war aber ganz anders als das, was er zur Schau trug, wenn er mich aufheitern wollte. „Hm, hm, ich glaube, da ist was dran, altes Pferd."
Er kroch vorsichtig zum General.
Die Meldung aufzuschreiben dauerte nur Minuten. General Khamphan befahl darin den beiden Truppeneinheiten hinter uns, halbkreisförmig vorzurükken, und zwar von rechts und von links die Amerikaner zu umgehen und sie dann von Norden her anzugreifen, während wir sie von Süden her in die

Zange nehmen würden. Er befahl ihnen ferner, sobald sie die Position nördlich zu uns eingenommen hätten, als Signal sieben Schüsse in Abständen von zwei Sekunden abzufeuern. Danach würden wir sofort zum Angriff übergehen.
Die Nachricht wurde sorgfältig um Silberhufs Kopf gebunden. Vater tätschelte ihm seinen fein gewölbten Nacken und wünschte ihm viel Glück. „Bleib immer in Deckung."
Silberhuf sagte Phet und mir in beiden Sprachen auf Wiedersehen und verschwand zwischen den Bäumen.
Ich muß sagen, mir war hundeelend zumute, denn ich glaubte nicht daran, daß ich ihn jemals wiedersehen würde.

Jetzt begann eine schwierige Aufgabe für uns, denn nun mußte unser Hauptziel sein, Zeit zu gewinnen, hatte der General gesagt.
Mein Vater aber meinte, wir könnten dies nur bis zu einer bestimmten Grenze, und erklärte: „Selbst das einfältigste Gehirn eines amerikanischen Marineoffiziers muß begreifen: Falls es ihnen nicht gelingen sollte, einige von uns bis zum Einbruch der Dunkelheit lebendig zu schnappen, würden wir garantiert versuchen, in der Nacht zu entkommen."
„So, und was weiter?" fragte ich.
„Sie besitzen Luftstreitkräfte, und ich nehme stark an, daß sie in diesem Fall davon Gebrauch machen werden."
Die beiden letzten Versuche, uns im Sturm zu überrollen, waren mißlungen. Wir hatten keine Toten, aber ein paar waren verwundet, darunter auch ich. Aber es war nicht so schlimm. Ein Querschläger riß ein Stück aus dem Fels, das meine Hand aufschnitt. Ich habe mir geschworen, mich niemals mehr von

dem schwarzen Stück Stoff zu trennen, das Phet von ihrer Bluse gerissen hat, um mich damit zu verbinden.
Gegen vier Uhr nachmittags fing Vater offensichtlich an, ein bißchen nervös zu werden.
„Wenn unsere Leute nicht bald kommen, werden die Yankees etwas unternehmen."
Es schien so, als hätten die Amerikaner Vaters Worte gehört.
„Hallo, hallo?" schrie eine Stimme von oben mit amerikanischem Akzent durch ein mächtiges Megaphon. „Spricht jemand von euch Englisch, Jungens?"
Keiner antwortete.
„Okay, egal, ob ja oder nein. Hört genau zu. Ihr habt bis sechzehn Uhr dreißig Zeit, euch zu ergeben. Stellt eure Uhren, es ist jetzt vier Minuten nach vier – sechzehn Uhr vier. Ab sofort könnt ihr ohne Waffen, mit erhobenen Händen herauskommen. Nach dieser Frist werden die Luftstreitkräfte der Vereinigten Staaten alles in dieser Schlucht mit Napalm vernichten. Habt ihr verstanden? Napalm! Also ergebt euch, oder laßt euch braten." Der Sprecher lachte über seinen makabren Witz.
Durch die Augenwinkel sah ich, daß Vater mir einen Blick zuwarf, und dann sah er schnell weg. Er war blaß geworden und kroch zum General, um ihm die Botschaft ins Französische zu übersetzen. Sie flüsterten ein paar Minuten miteinander, und dann robbte Vater zurück. „Vor dem General zieh ich den Hut", sagte er. „Kalt wie eine tiefgefrorene Gurke. Nichts kann ihn aus der Fassung bringen, ‚Napalm', sagte er, ‚hm, sie werden sicher nicht ihre eigenen Truppen treffen wollen, dann werden wir uns wohl am besten etwas mehr in ihre Nähe begeben.'"
Pünktlich auf die Sekunde, um sechzehn Uhr drei-

ßig, kamen die ersten Flugzeuge. Vater sagte, es seien langsam fliegende Marinejagdflugzeuge, aber mir waren sie immer noch schnell genug. Sie dröhnten niedrig über uns hinweg, der Boden bebte, und Sekunden später sahen wir eine schwarze Rauchsäule über dem Südende des Tales aufsteigen. Danach drehten sie, um aufs neue zu bombardieren.
General Khamphan bahnte den Weg, und langsam schoben sich alle unsere Leute unauffällig auf den schmaler werdenden Teil der Schlucht zu. Der General wollte, daß wir uns so nah wie möglich an den Feind heranpirschten und angriffen, sobald die Flugzeuge zurückbeordert worden waren.
Mein Herz raste wie toll, aber ich hatte keine allzu große Angst ... Ich überzeugte mich, daß meine Waffe schußbereit war, und bewegte mich mit den anderen langsam aufwärts.
Hinter uns hörte man schon das Knistern der Flammen, während die Flugzeuge immer noch mehr Napalmbomben abwarfen, und schließlich war das Südende der Schlucht in einen tobenden Brennofen verwandelt, der langsam auf uns zukroch.
Dann hörte ich Schüsse: eins, zwei, drei, vier, fünf, sechs, sieben, in gleichmäßigen Abständen. Danach fielen mehr Schüsse im Norden. Unsere Truppeneinheiten waren eingetroffen. Der General schrie irgend etwas, und alles rannte, ohne viel auf Deckung zu achten, schnurstracks weiter nach oben. Es war eine Schlucht, die ein Fluß eingeschnitten hatte, und auf ihrem Grund floß jetzt noch ein kleiner Bach.
Fünfzig Meter von der Felsspitze entfernt winkte der General mit beiden Armen, und alle stürmten die steile Seite der Schlucht, die nach oben zu sanft anstieg, hinauf.
Oben, auf ebenem Boden, fühlte ich, wie sich Phets Hand auf meine Schulter legte und mich auf den Bo-

den drückte. Sie mag jung sein, aber sie hatte bereits Erfahrungen wie ein alter Soldat.
Ganz in der Nähe zerschellte ein dicker Brocken von einer Mörserbombe und überschüttete uns mit Erde und Geröll. Phet blutete aus einer Schnittwunde an der Stirn, aber sie schüttelte energisch den Kopf, als ich zu ihr heranktriechen wollte.
Diesmal waren es die Amerikaner, die zwischen zwei Feuern saßen. Einige hatten sich umgedreht, um dem Angriff aus dem Norden zu begegnen; einige blickten in unsere Richtung, zu verwirrt, um überhaupt etwas zu tun.
Mein Vater, der, sein Gewehr im Anschlag, neben mir lag, sagte: „Typisch GI. Sobald du dem Amerikaner seine technische Überlegenheit nimmst, ist er nichts als ein hilfloser, wimmernder Bastard, der sich selbst bemitleidet."
General Khamphan sprang auf und ließ einen Feuerstoß über die Köpfe dieser Gruppe von Amerikanern hinwegfegen. Er schrie etwas auf französisch.
Mein Vater erhob sich ebenfalls und brüllte das gleiche auf englisch.
„Ergebt euch! Hände hoch! Ihr seid umzingelt!"
Es war erstaunlich, zu sehen, wie schnell sie ihre Maschinenpistolen wegwarfen und ihre Hände hochhoben.
Im Norden und rechts von uns wurde immer noch geschossen.
Der Motor eines amerikanischen Hubschraubers begann zu dröhnen, und die Rotoren drehten sich, zuerst ganz langsam, dann schneller.
Ein Wink des Generals genügte, und einige unserer Männer rannten auf den Hubschrauber zu. Vater, Phet und ich folgten. Als wir ihn im Blickfeld hatten, liefen die Rotoren schon so rasch, daß die Maschine

bereits auf ihren Landekufen schaukelte. Als wir dort ankamen, hob er sich gerade vom Erdboden ab. Wir deuteten auf unsere Waffen, um ihnen klarzumachen, daß sie besser täten, die Maschine wieder zu landen. Ich konnte die Unentschlossenheit auf dem Gesicht des Piloten sehen. Es war für ihn ein schwerer Entschluß – sollte er losfliegen und vielleicht riskieren, abgeschossen zu werden, oder sollte er landen und von den „Kommunisten" gefangengenommen werden? Im Cockpit befanden sich mehrere Offiziere, sie sahen nervös und ängstlich aus.
Als die Maschine aufstieg, gab einer unserer Soldaten einen Befehl, und ein Geschoßhagel aus Gewehren und Schnellfeuerwaffen prasselte gegen den Hubschrauber. Aber er stieg trotzdem weiter, und wir feuerten so lange weiter, daß ich schon dachte, er sei davongekommen, da flammte er plötzlich auf und stürzte langsam ab, dabei drehten sich seine Rotoren immer noch ein wenig. Plötzlich fiel etwas, was aussah wie ein Teil der Maschine, lichterloh brennend durch die Luft, aber es bewegte sich. Und dann konnte man es auch erkennen, es war ein Mensch. Ich mußte wegsehen, mir wurde schlecht.
Sie hatten noch zwei Hubschrauber da oben. Aber ihre Motoren waren nicht angestellt, und die Piloten standen schweigend, mit erhobenen Händen daneben, darauf wartend, gefangengenommen zu werden.
Ihnen wären beinah die Augen aus dem Kopf gefallen, als mein Vater sie englisch anredete. Ich glaube, für eine Sekunde haben sie sogar gehofft, er sei gekommen, um sie zu retten. Sie erzählten uns, daß der Hubschrauber, den wir gerade abgeschossen hatten, ihren Offizieren als Feldhauptquartier gedient hätte.
Zu dieser Zeit führten die Marineflugzeuge ihren

Auftrag aus. Die Schlucht war in ein flammendes Meer und rauchende Asche verwandelt. Sie drehten ab. Dafür tauchte ein kleiner Aufklärer auf, zweifellos, um auszukundschaften, warum die Verbindung mit dem Hubschrauber abgerissen war.
Unsere sechsundvierzig Gefangenen wurden unter Aufsicht einer bewaffneten Wachmannschaft an einen Ort, dessen Namen ich vergessen habe, abgeführt. Sie transportierten ebenfalls unsere drei Verwundeten und die verletzten Amerikaner ab.

Am nächsten Morgen bezeichneten alle westlichen Nachrichtenstationen den Zwischenfall als einen „schweren Schlag für die Kommunisten". Sie sagten, einer Meldung von Reuter, AP und UPI zufolge hätte eine kleine Gruppe amerikanischer Marineeinheiten eine Einheit „kommunistischer Gruppen" angegriffen und dabei dreihundertfünfzig Soldaten getötet oder verwundet. Von amerikanischer Seite seien dagegen nur zwei Tote und drei Verwundete zu beklagen.
Mein Vater glühte vor Zorn, weil er nicht sofort einen wahren Bericht über das, was wirklich geschehen war, abschicken konnte.
Silberhuf war über die verlogenen Nachrichten baß erstaunt. Weil er selber elektronisch gesteuert wurde, besaß er einen ungeheuren Respekt vor Tatsachen – manchmal sogar ein bißchen zuviel, ehrlich gesagt.
Jedenfalls sagte Silberhuf: „Also gut, angenommen, ich akzeptiere, daß die Amerikaner Lügen dieser Art verbreiten, um ihre eigenen Leute zu täuschen, damit sie überhaupt weiterkämpfen und den Krieg bezahlen. Aber warum halten sie sich dann nicht mehr an die Fakten? Warum müssen sie so wahnsinnig übertreiben?"

„Was weißt du über Doktor Goebbels?" fragte mein Vater grimmig.
„Propagandaminister während der Nazizeit", sagte Silberhuf.
„Wirklich, ein sehr gebildetes Pferd", sagte Vater.
„Gut programmiert", warf Silberhuf trocken ein.
„Okay", mein Vater nahm den Faden wieder auf, „Goebbels ging davon aus, daß die meisten Leute kleine Lügen anzweifeln, tischt man ihnen dagegen faustdicke Lügen auf und posaunt sie laut und lange genug in die Welt, dann sind sie eher geneigt, diese zu glauben. Einfach, weil sie es nicht für möglich halten, daß jemand die Frechheit besitzt, sich derartige Lügen aus den Rippen zu schneiden und zu verbreiten."
„Ich verstehe, an diesem Argument mag ein Körnchen Wahrheit sein, obwohl es mir im höchsten Grade unmoralisch erscheint. Aber da ist noch eine andere Sache: Warum nennen die Amerikaner und auch andere die Menschen hier alle ‚Kommunisten', wenn sie es gar nicht sind? Viele dieser Soldaten, mit denen ich gesprochen habe, sind in Wirklichkeit buddhistische Mönche, die vorübergehend ihre Tempel verlassen haben, um an dem Kampf gegen die amerikanischen Eindringlinge teilzunehmen."
Mein Vater lachte. „Ist ein anderer alter Trick. Zuerst schieben sie den ‚Kommunisten' alles Schlechte in die Schuhe, und dann beschuldigen sie jeden, der ihnen im Wege steht, ein Kommunist zu sein. Wir haben ein altes Sprichwort, das diese Methode beschreibt: ‚Gib einem Hund einen schlechten Namen, und du kannst ihn aufhängen.'"
Phet, die hinzugekommen war, sagte: „Natürlich gibt es bei uns auch Kommunisten. Mein Vater ist ein Kommunist, ein Mitglied der Partei. Und ich hoffe es eines Tages auch zu sein."

Dreizehntes Kapitel

Wir rückten Phong Saly immer näher. Die schmalen Pfade unter dem natürlichen Dschungeldach wimmelten nur so von Menschen. Endlose Reihen von Männern und Frauen strömten auf die Stadt zu. Die meisten schoben Fahrräder, vollgepackt mit Nachschubmaterialien für die Befreiungsarmee. Die Räder waren mit Bambus getarnt. Einige lenkten ihr Rad weit nach vorn gebeugt, um das Gepäck auf ihren Rücken mit dem auf dem Rad auszubalancieren; einige schoben auch zweirädrige Karren. Auf breiteren Pfaden sahen wir, wie Flugzeugabwehrkanonen an Seilen vorwärts gezogen wurden. Alles, was eine Armee für einen Großangriff braucht, bewegte sich langsam, aber sicher in Richtung Phong Saly.

Es mag unglaubwürdig erscheinen, aber die Amerikaner hatten nicht die leiseste Ahnung von dem, was hier vor sich ging.

Nachts, wenn dieser gewaltige Transport stattfand, konnte man nichts sehen. Und tagsüber rührte sich keine Hand, weil wir schliefen. Und wenn mit hellem Geräusch, einer Mücke ähnlich, der kleine amerikanische Aufklärer angesurrt kam, dann war nichts zum Auskundschaften da.

Und die Amerikaner wurden nicht müde, Männer und Material in Massen mit Hubschraubern und Flugzeugen nach Phong Saly einzufliegen.

Unsere Truppen errichteten rings um die Stadt so eine Art Befestigungsanlage. Sie sollte als Köder dienen. Damit wollten wir die Amerikaner in ihrem Glauben bestärken, wir hätten hier nur leichte Truppenausrüstungen stationiert. Gleichzeitig aber erschwerten wir dadurch den amerikanischen Patrouillen, bis in unsere eigentlichen Stellungen vor-

zudringen. Nach unseren neuesten Informationen war die amerikanische Führung felsenfest davon überzeugt, daß wir nicht die Absicht hätten, die Stadt einzunehmen.
Unser Oberkommando erhielt laufend neue Berichte über die Lage im Inneren der Stadt von unseren patriotischen Kundschaftern. Sie setzten ihr Leben aufs Spiel, wenn sie sich durch die amerikanischen Linien stahlen, um zu uns zu gelangen.
Wir richteten uns ungefähr sechs Kilometer vor Phong Saly „häuslich" ein, das heißt genauer gesagt, wir hängten unsere Hängematten zwischen zwei Bäumen auf. General Khamphan nahm uns mit auf eine Besichtigungstour entlang der laotischen Kampflinien. Es war ein imponierender Eindruck. Ein vollständiges und kompliziertes Netzwerk von Gräben, Tunneln, Bunkern, Unterständen und Munitionsdepots, die mit Sandsäcken verbarrikadiert waren. Und noch wichtiger war, wie Vater sagte, das ganze System der Geschützstände, es war großartig getarnt, und alle Rohre waren auf die amerikanischen Stellungen gerichtet. Mir wurde zum ersten Mal so richtig klar, was für eine komplizierte Angelegenheit es ist, einem mit modernsten Waffen ausgerüsteten Gegner wie dem Amerikaner gegenüberzustehen.
Die Arbeit riß nicht ab, Pausen gab es nicht. Obwohl General Khamphan höflich protestierte, halfen wir doch beim Grabenausheben und stapelten auch Sandsäcke mit auf. Dabei lauschten wir mit zunehmendem Erstaunen der amerikanischen Rundfunkstation. Sie verbreitete Nachrichten über Schlachten und Gefechte um Phong Saly, die, wie ich wußte, niemals stattgefunden hatten. Zum anderen berichtete sie, daß sie eine Festung errichteten, von der aus sie ganz Indochina beherrschen konnten.

General Khamphan mußte darüber lachen. „Ich glaube, sie werden eine schöne Überraschung erleben", sagte er, über das ganze Gesicht grinsend.
Aber mein Vater fühlte sich unglücklich in seiner Haut, er mußte die amerikanischen Lügen mit anhören und konnte wegen der notwendigen Funkstille nichts dagegen unternehmen.
Eines Nachts beorderte der General meinen Vater und mich in seinen Unterstand. Der große Angriff würde im Morgengrauen beginnen, in etwa fünf Stunden, erfuhren wir.
„Wir können nun nicht länger warten", sagte er. „Die Amerikaner planen eine große Offensive, die durch eine Landung im Golf von Tonkin eingeleitet werden soll. Wir müssen jetzt zuschlagen und ihnen einen harten, vernichtenden Schlag versetzen, um sie aus dem Gleichgewicht zu bringen. Wir greifen um fünf Uhr dreiundzwanzig an, wenn die Sonne über die Berge kommt. Vergleicht eure Uhren."
Der General ordnete an, daß Phet, Silberhuf und ich auf die Spitze eines wenige Kilometer entfernten Berges zögen, wo wir in einer Höhle leben und von dort den Kampf verfolgen könnten, weil es draußen zu gefährlich sei.
Mein Vater würde im Hauptquartier bleiben und Nachrichten übermitteln, sobald die Funkstille aufgehoben sein würde.
Einige Soldaten brachten uns zu der Höhle. Wir knüpften unsere Hängematten draußen in den Bäumen auf. Aber an Schlaf war nicht zu denken. Wir hatten ziemlich lange gebraucht, um zur Höhle zu gelangen, weil sich unsere Truppenverbände mit ihren Ausrüstungen in entgegengesetzter Richtung vorschoben. Es geschah fast geräuschlos, wie sie den vorher bis ins einzelne festgelegten Plätzen zustrebten.

Und obwohl es außer einem gelegentlichen Vogelruf vollkommen still war, herrschte doch ein reges Leben in der warmen Nachtluft, dafür sorgten all die vielen Leuchtkäfer und Fledermäuse. Phet und ich waren furchtbar aufgeregt. Meine Uhr schien überhaupt nicht weiterzugehen.
Unter uns konnten wir Phong Saly liegen sehen. Wir beobachteten die Anflugfeuer, die den amerikanischen Flugzeugen den Weg wiesen, wenn sie auf der beleuchteten Landebahn niedergingen oder starteten.
Endlich verfärbte sich das Licht im Osten, um uns den Morgen anzukündigen. Wir verkrochen uns hinter großen Felsblöcken am Rande der Klippe und hefteten unsere Augen auf meine Uhr.
Um fünf Uhr zehn landete ein Geschwader amerikanischer Transportmaschinen auf der Landebahn, die der amerikanische General McSweeny am Rande der Stadt mit Bulldozern auf Bauernland hatte anlegen lassen. Einige Maschinen kreisten wartend in der Luft, andere kamen herunter und setzten auf, eine nach der anderen, in sehr kleinen Abständen, und schoben sich dicht aneinander, um Platz für die nächsten zu machen.
Gegen fünf Uhr zweiundzwanzig hatte das vorletzte Flugzeug gerade den Erdboden berührt, und das letzte machte seine Landerunde.
In diesem Augenblick – mein Uhrzeiger stand auf fünf Uhr dreiundzwanzig – schickte die Sonne ihre ersten Strahlen über die Wipfel.
Ich hielt den Atem an.
Unsere Offensive kam wie ein fürchterlicher Gewittersturm, der die Erde erschüttert. Unmengen von Geschützen zerrissen die Stille des Dschungels, fast so, als ob das Feuer von einem einzigen Geschütz stammte – wieder und wieder.

Ein paar Sekunden lang passierte gar nichts weiter, als daß man die Granaten in einer harmlos klingenden Weise durch die Luft sausen hörte.
Doch dann erfolgte die erste ungeheure Explosion.
Die Landebahn löste sich in Flammen, Rauch und fliegende Trümmer auf. Kaum hatte die Erde aufgehört zu erzittern, da wurde sie durch die nächste Salve erneut erschüttert.
Das letzte Flugzeug, das sich in diesem Augenblick der Rollbahn näherte, versuchte zu drehen und wieder Höhe zu gewinnen. Aber es wurde von den Wirbeln der Detonationen erfaßt, herausgeschleudert und wieder zu Boden geschickt, in die Hölle von Rauch und Flammen, die die vernichteten Maschinen um sich verbreiteten und die sein eigener explodierender Treibstoff noch vermehrte.
Rings um die Stadt zingelten unsere Granaten die amerikanischen Stellungen mit tödlicher Sicherheit ein. Die Überraschung muß fürchterlich gewesen sein. Fünf Minuten vergingen, bevor auch sie ein paar Granaten blindlings in die Berge feuerten, dorthin, wo sie glaubten, daß weiter nichts vorhanden sei als eine Handvoll laotischer Truppen.
Bald darauf wurde das Gedonner unseres Artilleriefeuers von dem Geratter des Maschinengewehrfeuers begleitet, nämlich als unsere Stoßtrupps unter dem Sperrfeuer vorwärts krochen und die überrumpelten Amerikaner aus einer Stellung nach der anderen vertrieben.
Ungefähr gegen sechs Uhr dreißig hatten sich die amerikanischen Luftstreitkräfte wieder einigermaßen gefangen. Sie schickten niedrig fliegende Jagdflugzeuge herüber, die nach Zielen suchten. Aber sie wurden sehr schnell selbst zur Zielscheibe, als die laotischen Luftabwehrgeschütze das Feuer

mit dem Staccato ihrer Abschlüsse eröffneten. Unsere Flakartillerie paffte dazwischen und zwang sie in eine respektvolle Höhe. Dort oben und noch höher gesellten sich ihnen große, schwerfällige Maschinen zu, die nicht die geringste Vorstellung hatten, wohin mit ihrer Ladung.

Die Piloten waren in der Zwickmühle. Wenn sie ihre eigenen Truppen treffen würden, was nicht selten vorkam, wenn Amerikaner bombardieren, dann würde womöglich einer von ihren Vorgesetzten seinen Job verlieren. Daher blieb ihnen nichts weiter übrig, als ihre Bomben blindlings und vor allem weit genug entfernt von ihren eigenen Truppen abzuwerfen.

Ich erinnerte mich daran, was General Khamphan einmal gesagt hatte: „Sie haben Napalm und was weiß ich, was noch alles. Aber sobald wir ihnen nah genug auf den Fersen sitzen, büßen sie diesen Vorteil ein. Sie haben es auch gar nicht gerne, in einen Nahkampf verwickelt zu werden, weil sie feige sind. Wer könnte auch Mut aufbringen, wenn er in einem Krieg kämpft, der sich Tausende Kilometer von zu Hause abspielt, und wenn er noch nicht einmal weiß, wofür er kämpft? Deshalb ist unsere Taktik, ihnen so nahe wie möglich auf den Fersen zu bleiben oder, wo immer es angebracht ist, Mann gegen Mann mit ihnen zu kämpfen."

Die Amerikaner luden ihre hochexplosiven Bomben weit genug von ihren eigenen Truppen und damit auch von unseren ab. Der Nachteil war nur, daß trotzdem eine ganze Menge in unserer Nähe runtergingen. Wir mußten ziemlich oft in Deckung gehen, wenn wir die Bomben runterheulen hörten, und auch, wenn die Piloten den Dschungel mit ihrem Maschinengewehrfeuer und Napalm beregneten.

Rings um Phong Saly war die Erde von den Bomben-

einschlägen verwüstet. Ein dichter Mantel von Rauch verhüllte den Himmel. Zwischen den einzelnen Explosionen, die die Erde aufrissen, hörten wir das Geknatter der Maschinengewehre und das Zerbersten der Mörserbomben.
Silberhuf ist eher rationell als gefühlsbetont, oder genauer gesagt: Seine moralische Haltung lebt im wesentlichen von der Beweisführung. Sonst würde ich sagen, er war zornig über das, was er sah.
„Es ist widersinnig", sagte er, „völlig widersinnig. Der Gedanke, daß Menschen, die die Fähigkeiten besitzen, solche vortrefflichen Maschinen zu bauen und die Kontrolle über diese wunderbare Technik auszuüben, nichts Besseres mit ihren eigenen Errungenschaften anzufangen wissen, als ein kleines Volk, das Tausende von Kilometern von ihnen entfernt lebt, zu überfallen, ist unfaßbar."
Phet sagte: „Diese Menschen sind reich, weil sie uns und andere Länder ausgeplündert haben. Zuerst waren es die Franzosen, dann die Japaner, dann wieder die Franzosen und jetzt die Amerikaner. Die Amerikaner möchten die Welt regieren. Und deshalb haben sie Angst, daß unser Widerstand anderen als Beispiel dienen könnte. Das ist es, was sie zum Äußersten treibt."
Am Nachmittag knackte es in meinem Sprechfunkgerät. Es war Vater. Natürlich, wer sonst! Er war aufgeregt und voller Begeisterung.
„Hallo, Jack! Hallo, Silberhuf! Hallo, Phet! Es ist einfach ungeheuerlich. Ich hoffe, ihr könnt von dort oben alles sehen. Die Amerikaner sind wie vom Donner gerührt. Sie wissen nicht mehr ein noch aus. Aber ich will lieber nicht zuviel sagen, in diesem Sender könnten sie vielleicht mithören. Sobald ich kann, komme ich zu euch und erzähle euch, was hier los ist. General Khamphan sagt, daß ..."

Es gab plötzlich einen Knall im Radio, und dann war Schweigen.
Ich rief: „Vater! Vater! Bist du noch da? Was ist los?“ Ich schüttelte das Gerät. „Antworte doch, Vater!“ Ich guckte Silberhuf an.
„Vater ist etwas passiert“, sagte ich erschrocken.

Vierzehntes Kapitel

Sie trugen ihn aus dem Dschungel heraus. Auf einer Trage! Ich hatte fast zuviel Angst, um hinzugehen und ihn anzusehen. Mein Vater auf einer Trage, mit einer Decke zugedeckt!
Er lächelte mich ein wenig an, aber als sie ihn auf den Boden stellten, zuckte er zusammen.
„Hör auf, mich so ängstlich anzugucken, Jack“, sagte er, „es ist nichts Ernstes.“
Dabei war es ernst genug. Als ich den Knall in meinem Radio hörte, war in der Nähe eine Rakete explodiert, gerade in dem Moment, als er mit mir sprach. Zum Glück hatte er flach auf dem Boden gelegen.
„Die Sprengladung sauste über mich hinweg“, erklärte er. „Aber ein Stück Felsbrocken landete auf meinem Bein. Gott sei Dank war der Boden weich, sonst wäre mein Bein jetzt ein einziger Matsch. So sind nur meine beiden Knochen im Schienbein gebrochen. Ich Unglücksrabe! Ausgerechnet jetzt!“ Er war wütend.
„Es muß schrecklich weh tun“, sagte ich. Mir war übel.
„Jetzt noch nicht, das kommt erst noch. Aber ausgerechnet jetzt muß mir das passieren, nach dieser ganzen Zeit. Am ersten Angriffstag.“
„Also, Mike“, sagte Silberhuf, „ich nehme an, daß Sie nicht mit Ihrem Bein schreiben!“

Sein Humor ist mächtig grimmig, dachte ich bei mir.
„General Khamphan wird kaum Zeit haben, mich hier oben laufend von den Geschehnissen zu unterrichten“, erklärte mein Vater.
„Da haben Sie recht“, stimmte Silberhuf zu. „Aber er kann mich informieren und ich Sie.“
Auf diesem Wege kam tatsächlich der erste Frontbericht über den Angriff auf Phong Saly zustande. Und Silberhuf bewährte sich in der Rolle als Vaters treuer Kurier.
Unsere Höhle wurde eine Art Pressezentrum vom Hauptquartier. An den meisten Tagen schickte der General auch Soldaten, die uns am besten beschreiben konnten, was sie an der Front erlebt und gesehen hatten.
Einer von ihnen war ein junger Kompaniechef, der sich auf das, was sie „Angriff-durch-Gräbenausheben“ nannten, spezialisiert hatte. Er war ein kleiner schlanker Mann, der nicht viel älter aussah als ich. Er deutete von hier oben auf eine gewisse Stelle hin, von der aus die Gräben direkt zu den amerikanischen Stellungen führten.
„Wenn ihr morgen früh wieder dorthin blickt“, sagte er lächelnd, „dann werdet ihr entdecken, daß diese Gräben dreißig Meter und noch näher an die Amerikaner herangerückt sind.“
Er nahm eine kurze Schaufel aus Stahl in die Hand und legte sich auf den Boden.
„Wir rücken in einer Reihe kriechend vorwärts“, sagte er. „Diese Zeit ist für uns am gefährlichsten. Sobald wir den uns befohlenen Platz erreicht haben und uns alle in einer Reihe befinden, in Abständen von einem Meter oder wie es gerade notwendig ist, fangen wir an, ganz leise die Erde unter unseren Köpfen und Schultern wegzuschaufeln. Dann

schlängeln wir uns ein Stückchen vorwärts und heben mehr Erde aus, so lange, bis unsere Körper gerade unterhalb der Erdoberfläche liegen. Dann erst sind wir einigermaßen sicher. Wir graben jetzt weiter, bis wir in unseren Löchern sitzen können, mit den Köpfen immer noch unterhalb des Erdbodens. Falls die Amerikaner uns hören und anfangen zu schießen, können sie uns nicht viel anhaben. Wir graben immer weiter, bis wir unsere Beine nach unten nehmen und stehen können. Danach graben wir seitwärts und verbinden alle unsere Teilstücke des Grabens miteinander. Zehn Männer vermögen in einer Nacht einen Graben von dreißig Meter Länge auszuheben. Wenn alles soweit fertig ist, bauen wir an den Seiten Unterstände, und bei Tagesanbruch können wir abwechselnd schlafen. Auf diese Weise rücken wir unsere Stellungen immer näher an die amerikanischen heran."

Wir sahen in den nächsten Tagen, wie sich das Netz der Gräben und Maschinengewehrstellungen langsam, aber sicher an die feindlichen Stellungen heranschob. Die Amerikaner versuchten, die Gräben mit Artilleriefeuer zu zerstören, aber damit gaben sie nur den Standort ihrer eigenen Artilleriegeschütze preis, so daß unsere Artillerie sie vom sicheren Dschungel und vom erhöhten Gelände aus ständig unter Beschuß halten konnte.

So ging das drei Wochen lang. Der Gefechtsdonner von Kanonen, Granaten, Bomben und Maschinengewehren, Flugzeugen und Raketen wurde ein Teil unseres Lebens.

Unsere Kundschafter berichteten, daß den Amerikanern langsam die Munition und andere Ausrüstungen ausgingen. Daher begannen sie bald darauf mehr einzufliegen. Fast den ganzen Tag über hing der Himmel voller weißer Fallschirme, die langsam

nach unten segelten. Aber sie mußten die Schirme aus großer Höhe abwerfen, um dem Schußbereich unserer Luftabwehr zu entgehen, so daß sie selbst die Ziele nicht erkennen konnten. Der General sandte uns mit Silberhuf eine Nachricht zu, in der er uns wissen ließ, daß zwei Drittel von allem, was die Amerikaner an Versorgungsgütern und Munition abwarfen, von unseren Truppen eingeholt würde.
„Eine ausgezeichnete Situation", bemerkte Silberhuf, „was für die Amerikaner bestimmt ist, erbeuten die Laoten."
General McSweenys Lage wurde wirklich sehr ernst. Wenn wir nach unten guckten auf das ebene Gelände, konnten wir sehen, wie sich die Gräben und Stellungen der Laoten weiter nach vorne geschoben hatten, unvermeidlich, wie die Flut herankommt, bis sie nahezu die amerikanischen Vorposten erreicht hatten.
In einem Bericht, der in fast allen Zeitungen der Welt abgedruckt worden war, hatte mein Vater prophezeit, es handele sich nur noch um Tage, bis die Amerikaner Phong Saly räumen müßten. Er berichtete, daß ein Mitglied des laotischen Oberkommandos (damit meinte er natürlich General Khamphan) die Amerikaner dränge, Phong Saly zu übergeben und nicht noch unnütz Blut zu vergießen.
In Washington kursierten Gerüchte, die Amerikaner würden Atombomben einsetzen. Ein paar Stunden später gab die Sowjetunion eine Erklärung ab, in der sie ernsthaft davor warnte und betonte, sie würde in diesem Fall nicht tatenlos zusehen.
Einer unserer Kundschafter berichtete dem Kommandeur, daß die Amerikaner von der Stadt aus eine Großoffensive planten, die in drei Tagen beginnen würde und von Truppen in der Bucht von Tonkin unterstützt werden sollte.

In jener Nacht überbrachte Silberhuf eine Nachricht vom General, in der er uns darüber informierte, daß die laotischen Truppen den Befehl erhalten hätten, die Stadt am nächsten Morgen im Sturm zu nehmen.
Aber der nächste Tag begann wie immer. Nichts als das übliche ... Artillerieduell. Es wurde neun Uhr, und nichts geschah. Vater stand vor einem Rätsel.
„Entweder haben sie ihren Plan geändert", sagte er, „oder sie versuchen die Amerikaner einzulullen und sie glauben zu machen, dies sei ein ganz gewöhnlicher Tag wie jeder andere."
Kaum hatte er das ausgesprochen, als die Luft von dem fürchterlichsten Sperrfeuer erzitterte, das ich je gehört hatte. Hinter unseren Felsbrocken versteckt, sahen wir, wie ein Viertel der Stadt unter dichten Qualmwolken und einer Explosion nach der anderen einfach in die Luft geschleudert wurde. Dies war unmittelbar dort, wo unsere Stellungen General McSweeny bis auf zwanzig Meter Entfernung auf den Pelz gerückt waren.
Es hatte den Anschein, als ob jedes Geschütz, jeder Granatwerfer und jedes Maschinengewehr, daß wir besaßen, auf diesen Punkt losfeuerte.
Während wir angestrengt beobachteten, sahen wir, wie sich die Gräben, die in den Dschungel zurückführten, mit unseren Männern füllten. Sie waren durch unser Sperrfeuer, das die Amerikaner daran hinderte, zurückzufeuern, gesichert.
Plötzlich schwiegen unsere Geschütze. Nach dem kolossalen Getöse wirkte die Ruhe unheimlich. Da schnellten unsere Soldaten aus ihren Gräben hoch und stürmten, laut schreiend und aus ihren Maschinenpistolen feuernd, auf die amerikanischen Stellungen zu.
Und jetzt kam das Erstaunlichste an der ganzen

Schlacht. Ich war darauf gefaßt, daß die Amerikaner um jeden Zentimeter Boden kämpfen würden. Aber nein! Es gab ein paar Feuerstöße aus automatischen Waffen, und schon flatterte die weiße Fahne vom Dach eines Tempels. Dann, etwas weiter entfernt, noch eine. Und nach ein paar Minuten sahen wir die weißen Stoffetzen auf allen Dächern.
Das war das Ende!
In dieser Nacht fing Vater seinen Bericht so an: „Phong Saly ist von der Laotischen Befreiungsfront eingenommen worden. Der amerikanische General McSweeny, der sich unverletzt in einem Krankenhausbett versteckt hielt, wurde gefangengenommen. Dies ist ein Sieg über die amerikanische Globalstrategie in Indochina. Die Amerikaner haben ihr Prestige im Fernen Osten endgültig verloren."
Umgeben vom leisen Rauschen des Dschungels, schliefen wir friedlich ein.

Fünfzehntes Kapitel

Die nächsten Tage brachte Vater damit zu, amerikanische Kriegsgefangene zu interviewen. Von Mister Todd trafen jetzt fast täglich Funksprüche ein, in denen er Vater drängte zurückzukommen. Wenn sich seine Rückkehr noch länger hinauszögere, sagte er, dann würden seine Pläne, die er mit dem Wassermotor habe, darunter leiden.
Doch Vaters Bein ließ es nicht zu. Es war zwar gut geheilt, aber er konnte noch nicht laufen. Selbst bis er auf Krücken gehen könnte, würde es noch zwei Wochen dauern, sagten die Ärzte.
Vater erkundigte sich, ob er vielleicht auf einem Pferd oder einem Wasserbüffel reiten könne. Das sei ausgeschlossen, antworteten die Ärzte beharrlich. Sein Bein müsse ausgestreckt liegen.

Der General schlug vor, daß ihn eine Ablösungsmannschaft von Soldaten in einer Sänfte tragen sollte. Doch davon wollte Vater partout nichts wissen.

„Den ganzen Tag von Ihren Leuten getragen zu werden und tatenlos zuzusehen, wie ihnen der Schweiß von der Stirn läuft. Nein. Im übrigen, es ist auch unpraktisch. Es gibt so viele Stellen, wo der Pfad so uneben und schmal ist, daß man nur einzeln hintereinander gehen kann, im Gebirge zum Beispiel."

Hier meldete sich Silberhuf zu Wort: „Ich könnte Sie auf meinem Rücken tragen, Mike."

„Das geht nicht, weil man mir nicht erlaubt zu reiten", erwiderte mein Vater.

„Aber angenommen, Mike", sagte Silberhuf unbeirrt, „Sie lassen den elektrischen Generator von meinem Rücken entfernen, die Soldaten bauen eine Sänfte, die genau auf meinen Rücken zugeschnitten wird, dann könnten Sie bequem sitzen und Ihr Bein ausstrecken. Der Generator kann auf meinem Rükken als eine Art Zudecke oder vielleicht sogar als eine Art Sonnenschutz angebracht werden. Ich bin sicher, es wäre angenehmer, als von vier Männern getragen zu werden."

Mein Vater war von diesem Vorschlag begeistert. Binnen kurzem waren Männer und Frauen dabei, passendes Holz und Bambus zurechtzuschneiden. Dann nahmen sie Maß und paßten die Sänfte genau an Silberhufs Hals- und Rückenlinie an. Es sah aus wie ein bequemes Chaiselongue mit so was Ähnlichem wie 'nem Sonnenschirm darüber. Die Sänfte war so gebaut, daß Vater, gegen Silberhufs Nacken gelehnt, rückwärts blickte, während er getragen wurde.

Der General hielt es für das beste, wenn Vater und ich vorangingen. Wir würden ohnehin langsamer ge-

hen, sagte er. Er käme auch in ein paar Tagen nach. In der Nacht, bevor wir aufbrachen, gab er ein Festessen für uns und unsere Begleitmannschaft. Sie bestand aus vierzig Soldaten und Kapitän Xang.
Sie tranken von den Amerikanern erbeuteten Scotch Whisky, und Phet und ich bekamen Cola. Es gab ein ganzes gegrilltes Spanferkel und ein Reh, herrliche Früchte und sogar erbeutete Schokolade – sie nannten diese Dinge im Scherz nicht erbeutet, sondern „befreit".
In einem Moment, in dem Silberhuf gerade eifrig mit Übersetzen beschäftigt war, fragte ich meinen Vater: „Und was wird mit Phet?" Aber ich vermied es, ihn dabei anzusehen.
Er antwortete: „Du hast sie gerne, nicht wahr?"
Ich sah ihn von der Seite verstohlen an, aber er wollte mich wirklich nicht aufziehen, er starrte nachdenklich ins Feuer.
Dann seufzte er und sagte langsam: „Du wirst Abschied von ihr nehmen müssen, fürchte ich. Was sonst?"
Während wir beide schwiegen, sah ich, wie der General Silberhuf bat, uns etwas zu übersetzen. Ich spitzte die Ohren, als der Name „Phet" fiel. Ich glaube, Silberhuf muß meine Frage an Vater gehört haben.
Silberhuf teilte uns mit: „General Khamphan möchte wissen, ob ihr etwas dagegen habt, wenn Phet euch auf der Rückreise begleitet. Sie kann so lange bei ihrer Mutter bleiben, bis er auch wieder im Hauptquartier ist." Ich fühlte, wie ich vor Überraschung und Freude zugleich knallrot wurde. Aber ich gab mir Mühe, es mir nicht allzusehr anmerken zu lassen. Mein Vater lächelte mich an, und dann fing ich den Blick des Generals auf. Er sah mich verständnisvoll, aber traurig an. Der Abschied von Phet

war ja trotz allem doch nur ein Aufschub. Immerhin, der Tag des Abschieds war ein wenig in die Ferne gerückt, und das war wenigstens etwas. Außerdem konnten wir die meiste Zeit bei Tage wandern und den herrlichen Anblick des Dschungels, der Flüsse und der Berge genießen.

Und wenn ich tausend Jahre alt werden würde, diese paradiesischen Tage, die wir erlebten, nachdem wir dem General auf Wiedersehen gesagt hatten und die Rückreise zum Sam-Nena-Gebiet antraten, werde ich nie vergessen. Die Hälfte unserer Begleitmannschaft ging uns voran, der Rest hinterher. Kapitän Xang blieb meistens bei uns. Wir ließen uns Zeit. Unser Weg, der fast immer durch den Dschungel führte, war so dicht bewachsen, daß wir die Sonne selten zu Gesicht bekamen.
Am Spätnachmittag machten wir in einem Dorf halt. Die Häuser, die auf hohe Bambuspfähle gebaut waren, hatten Bananenblattdächer und waren ringsherum von Bananenbäumen eingezäunt. Während der letzten Stunden waren wir dem Lauf eines reißenden Gebirgsflusses gefolgt. Hier, in der Ebene, verwandelte er sich plötzlich, sein Wasser floß langsamer, hier und da fand sich ein sanfter Pfuhl, in dem braune Kinder planschten.
Das ganze Dorf war auf den Beinen, alle Bewohner rannten herbei, um uns zu begrüßen, selbst die klitschnassen Kinder, die gerade im Fluß gebadet hatten. Sie alle hatten von dem großen Sieg bei Phong Saly gehört und auch vom „Genossen Norton“ und seinem Sohn. Nachdem wir von den Ereignissen bei Phong Saly berichtet hatten, wurde Silberhuf die große Attraktion. Er mußte sprechen, herumlaufen und springen. Natürlich alles erst, nachdem wir Vater von seinem Rücken heruntergehoben und es ihm im

Hause des Dorfältesten bequem gemacht hatten.
Bis auf die Kinder und einige alte Leute, die Silberhuf weiterhin betrachteten, waren nun alle im Dorf eifrig damit beschäftigt, für uns ein Fest vorzubereiten. Reis wurde gekocht, Geflügel gerupft, das Feuer entfacht und Reisbier zurechtgemacht.
Die ovalen Häuser, die ein Stück über dem Erdboden auf Pfählen stehen, sind ohne einen einzigen Nagel gemacht. An einem Ende des Hauses ist ein Zimmer mit einem offenen Kamin aus gepreßtem Lehm. Das ist für Gäste, die auf der Durchreise sind, reserviert. Der andere Teil des Hauses besteht aus einem einzigen großen Raum, ebenfalls mit einem offenen Kamin aus Lehm in der Mitte. Hier spielt sich das Leben der Familie ab.
Von den großen Bambusträgern, die die Häuser stützten, hingen an Haken Pfeil und Bogen und Töpfe mit Gift. Das ganze Dach und seine Balken waren schwarz und wie poliert, buchstäblich von Rauch lackiert. Gegen die holzverschalten Wände der Häuser lehnten Bambusrohre verschiedenen Durchmessers, sie waren mit Wasser, Reis, gesalzenen Bohnen und anderen Vorräten gefüllt. Außerdem gab's noch uralte Pflüge, Spinnräder und Macheten mit breiten Klingen im Dorf.
Es hatte den Anschein, als ob sich alle Einwohner in das Wohnzimmer des Dorfältesten hineingezwängt hätten, um uns beim Essen zuzusehen. Das Reisbier wurde in großen Steinguttöpfen aufgetragen, und wir schlürften es daraus durch lange Trinkrohre, die vorher verteilt wurden. Wasserpfeifen wurden ebenfalls ausgeteilt und abwechselnd geraucht. Die Männer waren fasziniert über die Art, wie Vater eine einfache Pfeife aus Bruyèreholz rauchte.
So verlief unser erster Abend, aber alle weiteren waren ähnlich und nicht minder interessant. Nachts

schliefen wir auf Matten unter Moskitonetzen.
Am Tage unserer Abreise wurde ich lange vor Morgengrauen durch dumpfe, stampfende Geräusche geweckt. Als ich hinausging, um zu sehen, woher sie kämen, stellte ich fest, daß einige Dorfbewohner in großen hölzernen Mörsern, die aus ausgebrannten Baumstämmen gemacht waren, Reis schälten. In diesem Teil der Welt liebt man es, zu so früher Stunde aufzustehen und mit der Arbeit zu beginnen, um während der heißesten Periode des Tages zu schlafen.
Die Frauen trugen fast alle Babys auf dem Rücken, die sie mit einem dünnen schalähnlichen Tuch festgebunden hatten. Und während sich ihre Arme mit den Mörserkeulen hoben und wieder senkten, streckten sich die Köpfe der Babys im gleichen Rhythmus vor und wieder zurück. Aber sie wachten davon nicht auf. In der Dunkelheit glänzten die grünen Augen der Wasserbüffel im Licht der Taschenlampen. Schweine grunzten, die unter den Häusern ihren Platz hatten.
Zum Frühstück gab's wie gewöhnlich die aufgewärmten Reste vom Abendbrot und dazu Reis und Suppe. Danach hoben wir Vater auf seine Sänfte und sagten dem Dorf Lebewohl.
Die Frauen saßen schon am Spinnrad, und einige Männer waren damit beschäftigt, Reis zu dreschen. Sie schlugen die Ähren so lange gegen Holzkloben, bis die Körner auf die breitgelegten Matten sprangen. Mehrere Frauen und Kinder besorgten das Reinigen; sie warfen die Reiskörner auf feinem Korbgeflecht in die Luft, überließen dem Wind die Spreu und fingen die Körner, während sie nach unten fielen, wieder auf.
Zuerst wanderten wir an sich weit dehnenden terrassenförmigen Reisfeldern entlang, ohne den Himmel,

den Tummelplatz amerikanischer Flugzeuge, aus dem Auge zu lassen. Als wir dann die Berge erreichten, begann wieder der Dschungel. Wir kletterten den ganzen Tag bergauf und bergab, durch grüne Lichttunnel hindurch, Bambusgehölz, Schlingpflanzen und Edelhölzer, bis wir am späten Nachmittag einen Gebirgskamm erreichten. Und als wir zurückschauten, sahen wir in der Ferne den winzigen Fleck des Tales, in dem wir übernachtet hatten. Kapitän Xang deutete mit seiner Rechten auf die andere Seite des Kammes zu einem Dorf hin, in dem wir unser nächstes Nachtquartier beziehen würden.
Und so ging es weiter. Tagein, tagaus. Phet erzählte Vater und mir, wie die Leute hier leben, von den Tieren, denen wir begegneten. Leoparden und Tiger gab es genug. Aber sie griffen uns nicht an. Ein Menschenfresser, erklärte Phet, würde auf der Lauer liegen und bei Anbruch der Dunkelheit auf sein Opfer warten. Das waren meist alte Raubtiere, die in die Nähe der Dörfer kamen. Es gab auch giftige Skorpione. Vor ihnen mußten wir uns in acht nehmen, sie können einen Menschen mit ihrem Giftstachel glatt töten. Riesige Schmetterlinge flatterten anmutig und lautlos im grünen Schatten hin und her, und gelegentlich, wenn sie ein Sonnenstrahl traf, leuchteten sie auf wie ein glühender Farbklecks. Eidechsen schlichen vorbei, Schlangen hingen in den Bäumen, ihre Leiber um Äste gewunden, oder schlängelten sich durchs Unterholz.
Meine Beine trugen mich jetzt mühelos den ganzen Tag, ich spürte, wie meine Muskeln kräftiger wurden. Ich glaube, solch eine glückliche Zeit wie diese werd ich wohl nie mehr erleben. Aber sie wird mir immer in goldener Erinnerung bleiben, ein wunderschöner, wacher Traum, an dem ich mich mein ganzes Leben lang erfreuen kann.

Doch diese unvergleichliche Zeit, in der ich die Pracht des Dschungels erlebte und das Vergnügen hatte, mit diesen bescheidenen Menschen zusammen sein zu dürfen, wurde von dem schrecklichen Kriegsgeschehen überschattet. Ständig vernahmen unsere Ohren das Summen der amerikanischen Flugzeuge.
Sie flogen die ganze Zeit, meistens sehr hoch und schickten irgendwo ihre Last zur Erde, Tonnen voller Sprengstoff, Chemikalien, Napalm und Kugelbomben. Sie bedienten sich jeder Möglichkeit, die ihnen als reicher Industriemacht zur Verfügung stand, um alles Leben zu vernichten: die Ernte, die Haustiere, die Wohnungen und die friedlichen Bauern, die ihre Felder bestellten und deren einziges Verbrechen darin bestand, ihr Land gegen die grausamen Eindringlinge zu verteidigen.

Sechzehntes Kapitel

Unsere letzte Nacht war angebrochen. Ich fühlte mich hundsmiserabel. In dem Dorf, wo der große Feigenbaum stand, fünfzehn Kilometer von dem alten Hauptquartier des Generals entfernt, übernachteten wir zum letzten Mal alle zusammen.
Es war unser Glück, daß Silberhuf niemals schlief. Er schlug die Nacht tot, indem er sein eigenes Radio – das wir nicht hören konnten –, anstellte und den Ätherstimmen aus der ganzen Welt lauschte. In dieser Nacht wechselte er einmal die Wellenlänge und fing ganz zufällig ein paar Worte einer Nachricht über UKW auf. Er wunderte sich, wer in dieser Gegend eine Sendemöglichkeit über UKW haben könnte, da diese Wellenlänge nur eine sehr kleine Reichweite besitzt. Daher stellte er den Sender abermals ein.

Es war ungefähr ein Uhr, als ich ihn flüstern hörte: „Jack! Wach auf! Es ist Gefahr im Anzuge."
Ich krabbelte unter meinem Moskitonetz hervor und ging zum Ende der Veranda. Silberhuf war unten stehengeblieben, weil diese Balkons aus Bambus nicht allzuviel aushalten.
Er flüsterte mir zu: „In der Nähe sind Vang-Pao-Leute! Weck deinen Vater!"
Mein Vater kam schon von alleine auf einem Bein angehumpelt. Silberhuf berichtete ihm, daß er zufällig Bruchstücke einer Nachricht aus dieser Gegend aufgefangen habe.
„Vang Pao?" fragte Vater. „Du meinst wirklich?"
„Ich glaube, es sind keine richtigen", sagte Silberhuf.
„Es scheint eine Gruppe von Meo zu sein mit einem echten Vang Pao als Anführer. Nach dem zu urteilen, was ich gehört habe, besitzt er eine automatische Waffe, aber die anderen benutzen vergiftete Pfeile. Es scheint eindeutig zu sein, daß die Amerikaner uns aus einem sehr hoch fliegenden Flugzeug beobachten und Vang Paos Hauptquartier angewiesen haben, uns aufzulauern und zu erledigen. Alle außer meiner eigenen Person", fügte Silberhuf hinzu. „Sie haben die Anweisung erhalten, mich ‚lebendig' gefangenzunehmen."
Das schien wieder einer seiner Späße zu sein.
„Die Amerikaner bestehen darauf, daß man mich etwas genauer unter die Lupe nimmt", fügte er noch hinzu.
Inzwischen hatte sich Kapitän Xang zu uns gesellt, und Silberhuf berichtete ihm, daß man uns hinterrücks anfallen wolle. „Sie haben vor, uns in einem Ort namens Hundebeinbach aufzulauern. Erst wollen sie unsere Vorhut ungestört passieren lassen, dann den Rest mit den vergifteten Pfeilen aus dem

Weg räumen und zum Schluß die Vorhut von hinten überfallen."
„Kein schlechter Plan", sagte Xang. „Wie viele sind's?"
Silberhuf wußte es nicht, berichtete aber: „Die Banditen ahnen nicht, wie groß unsere Gruppe ist. Es ist ihnen nur bekannt, daß wir mehr als zehn sind."
„Führt noch ein anderer Weg zum Hauptquartier?" fragte mein Vater.
Kapitän Xang schüttelte den Kopf. „Eine andere Marschroute als unsere geplante ist viel zu weit. Sie würde uns mindestens drei Tage kosten."
„Wenn wir jetzt unseren Marsch nicht fortsetzen", warf Silberhuf ein, „werden sie sehr bald merken, daß wir Lunte gerochen haben. Sie werden vermuten, daß wir zufällig Radio gehört haben, und werden dann in Zukunft , wenn sie ihren nächsten Plan vorbereiten, vorsichtiger sein."
Darauf folgte ein langes Schweigen.
Nach einer Weile sagte Kapitän Xang: „Wir wissen, was sie im Schilde führen, und das müssen wir ausnutzen. Aber wie? Wenn wir nicht weitermarschieren, dann ist es falsch. Wenn wir uns auf den Marsch begeben, ist das sehr gefährlich. Diese Leute sind vortreffliche Schützen. Sie kennen die ganze Gegend. Sie können sich irgendwo verstecken und uns abknallen wie die Hasen." Er rang beunruhigt die Hände. Seine Pläne waren durchkreuzt.
Vater sagte schließlich: „Kapitän Xang hat recht. Unser Vorteil besteht darin, daß wir die Absichten der Feinde kennen und nutzen können. Ich glaube, es ist am besten, wenn Silberhuf, Jack, Phet und ich hier mit der halben Begleitmannschaft zurückbleiben. Ich kann mich sowieso nicht rühren, das ist schon verteufelt genug. Kapitän Xang und der Rest der Soldaten sollten sich in die Nähe des Ortes, wo sie

uns überfallen wollen, begeben und sich einen günstigen Platz für die Verteidigung aussuchen. Dort grabt ihr euch ein, und wenn ihr soweit seid, macht ihr ein großes Spektakel und zwingt sie zum Angriff. Auf diese Weise können wir wenigstens die Initiative ergreifen."

Ich muß sagen, mir gefiel dieser Plan nicht sonderlich. Aber keiner hatte eine bessere Idee. Silberhuf war meine letzte Hoffnung. Er machte aber keinerlei Anstalten. Er übersetzte, was gesprochen wurde, und gab keine eigene Meinung von sich. Gegen drei Uhr war dieser Plan beschlossene Sache, und wir legten uns noch einmal aufs Ohr, um wenigstens ein bißchen auszuruhen.

Punkt sechs Uhr waren Xang und seine Männer abmarschbereit. Phet bestand darauf, daß man sie mitnähme, aber Xang wurde ernsthaft böse und verweigerte ihr den Wunsch. Er habe den Auftrag, sie heil und sicher bis ins Hauptquartier zu begleiten, sagte er.

Dann entdeckte einer der Soldaten, daß Silberhuf spurlos verschwunden war. Wir suchten ihn überall, aber er war weg. Einer von uns entdeckte am Ende des Dorfes seine Hufspuren im weichen Sand; sie führten in Richtung Hundebeinbach.

Kapitän Xang, der sowieso schon schlechte Laune hatte, kochte vor Wut. Aber er beruhigte sich, als mein Vater ihn darauf verwies, daß ganz offensichtlich irgendwas passiert sein müßte, sonst hätte Silberhuf sich bestimmt über Funk gemeldet. Wir bemühten uns, ihn über unseren Sender zu erreichen, aber er gab keine Antwort. Um sechs Uhr dreißig brach Xang mit seinen Männern auf.

Wir hatten alle das Gefühl, daß die Sache für uns schlecht stand. Es verging eine ganze Stunde, während wir in der Veranda hockten. Es kam kein

Schuß, kein Silberhuf, nichts.
Ich hatte gerade wohl zum hundertsten Male auf meine Uhr geguckt. Es war beinahe neun Uhr, da ertönte aus dem Dschungel ein Geschrei, und einen Augenblick später tauchte Xang und Silberhuf, gefolgt von unseren Soldaten, auf. Sie trieben einen Mann vor sich her, der eine amerikanische Tarnuniform trug. Seine Hände waren auf dem Rücken gefesselt. Sein Stahlhelm war zur Seite gerutscht und verdeckte ein Auge.
Ich stürzte vorwärts und schlang meine Arme um Silberhufs Hals: „Mein Gott, bin ich froh, daß du wieder da bist, alter Ausreißer", sagte ich. „Was war los?"
Kapitän Xang überschlug sich fast vor Aufregung. Er fuchtelte mit den Armen herum und legte los, während Silberhuf übersetzte. Er und seine Männer hatten sich leise vorwärts gepirscht und etwa dreihundert Meter entfernt von der Stelle, wo der Pfad Hundebeinbach kreuzte, eine günstige Stelle ausfindig gemacht. Sie waren gerade im Begriff, sich einzugraben, als sie eine Stimme rufen hörten: „Kapitän Xang! Kapitän Xang. Können Sie mich hören? Ich bin es, Silberhuf. Kommen Sie hierher, hier sind Sie sicherer."
Der Kapitän vermutete, daß man ihm eine Falle stellte. Aber einer seiner besten Kundschafter kam zurück und sagte, es sei alles in Ordnung, und sie folgten dem Ruf.
Silberhuf stand auf einer kleinen Lichtung, einen Huf auf dem Mann in der Tarnuniform und den anderen Vorderhuf auf einem ziemlich verborgenen Maschinengewehr. Von den Meo-Bergbewohnern fehlte jede Spur. In der Mitte der Lichtung schwelte ein kleines Feuer mit den Überbleibseln von Pfeilen und Bögen.

„Packt diesen Burschen hier", sagte Silberhuf. Die Soldaten ergriffen ihn, so daß Silberhuf seinen Huf zurückziehen konnte. Der Mann drückte eine Hand stöhnend gegen seinen Brustkorb und wurde dann ohnmächtig. Aber wir stellten fest, daß er nicht verletzt war.
Jetzt erklärte Silberhuf sein Verhalten. Er sei mit dem Plan ganz und gar nicht zufrieden gewesen. Daher habe sein Computer die ganze Zeit über angestrengt weitergearbeitet, während wir versucht hätten zu schlafen. Er erklärte: „Jene vergifteten Pfeile können mir nichts anhaben, das einzige, was mir gefährlich werden kann, ist ein Maschinengewehr. Aber der Mann, der die automatische Waffe bedient, sagte ich mir, würde mich nicht gleich erschießen, weil er den Befehl hatte, mich lebendig zu den Amerikanern zu bringen ... eh ... ich meine, unversehrt."
Mein Vater, der auf einem Bein um ihn herumgehüpft war, sagte plötzlich: „He! Sie haben dich angeschossen."
„Ich weiß", sagte Silberhuf. „Das wollte ich gerade erzählen."
Ich rannte zu Vater und sah das kleine runde Loch in Silberhufs Bronzemantel, ausgerechnet an der Stelle zwischen seinem Hals und seinem Körper.
„Ich ging davon aus, daß diese Leute mit mir nicht viel anzufangen wüßten", erzählte Silberhuf unbeirrt weiter. „Ich nahm an, sie würden glauben, ich sei eine ganz gewöhnliche Maschine, sofern ich nichts tun würde, was sie beunruhigte. Vielleicht würden sie sogar Angst vor mir haben. Das alles berücksichtigend, kam ich zu der Ansicht, ich sei ihnen gegenüber im Vorteil. Als wir in der vergangenen Nacht Kriegsrat hielten, schwirrte mir dies alles als eine Art halber Plan durch den Kopf."

„Und warum hast du uns kein Wort davon gesagt?" fragte Vater ein bißchen mürrisch.
„Nun, einmal war mein Plan, wie gesagt, noch nicht richtig spruchreif. Und außerdem, hättet ihr mich denn wirklich gehen lassen?"
Mein Vater sagte nichts darauf.
„So marschierte ich also mitten in ihr Versteck, als ob es Zufall wäre. Als sie sich nach längerem Zögern endlich ein Herz faßten und aus dem Dickicht herauskrochen, reagierte ich überhaupt nicht. Ich blickte starr geradeaus, machte ein einfältiges Gesicht. Dieser Kerl hier – der Gefangene – war äußerst erfreut, mich zu sehen, obgleich er sich auch ein bißchen vor mir fürchtete. Die Meo blieben in angemessener Entfernung erschrocken zurück. Der Kerl wurde nicht müde, ihnen zu erzählen, sie würden eine Menge Opium und Schnaps für mich bekommen und vielleicht sogar moderne Waffen.
Er machte eine Schlinge in ein Seil und kam auf mich zu. Ich senkte den Kopf, so als ob ich darauf abgerichtet sei, zu gehorchen und einen Halfter anzunehmen. Während er die Schlinge über meinen Hals streifte, stellte ich ihm einen Fuß und bäumte mich auf. Dabei versetzte ich ihm einen Schlag gegen den Brustkasten, daß ihm die Luft wegblieb. Aber als er zusammensackte, entlud sich sein Gewehr, und dabei traf mich eine Kugel, wie ihr seht. Das war dummer Zufall. Ansonsten war der Plan perfekt.
Kaum hatte sich der Kerl einigermaßen von seinem Schock erholt, da merkte er, daß mein einer Huf auf seiner Brust stand und mein anderer auf seinem Maschinengewehr. Die meisten Meo hatten inzwischen die Flucht ergriffen. Ich gab dem Kerl den Befehl, seine Kumpel anzuweisen, ein Feuer zu entzünden und ihre Waffen zu verbrennen. Zuerst weigerte er

sich, aber ich brauchte nur ein bißchen mehr zuzudrücken, und sofort gehorchte er. Aber danach konnte er auch die noch anwesenden Meo nicht mehr zurückhalten. Einer nach dem anderen verschwand im Busch. Sie ließen mich mit dem hier allein."
Mein Vater sagte in ziemlich vorwurfsvollem Ton: „Wir haben dich fortwährend über Funk gerufen, aber keine Antwort erhalten." Ich hatte den Eindruck, er war eher erleichtert als ernsthaft böse.
„Ich habe Sie schon gehört, Mike", sagte Silberhuf. „Aber dann mußte ich leider feststellen, daß ich nicht antworten konnte. Vielleicht hat die Kugel etwas beschädigt?"
Es stellte sich heraus, daß sie seinen Sender zerschmettert hatte. Aber wir hatten zum Glück noch einen überzähligen im Hubschrauber. Als Vater Teile daraus eingebaut und die verletzte Schulter geschweißt hatte, war Silberhuf wieder vollkommen funktionsfähig.
Kapitän Xang machte ein paar witzige Bemerkungen, daß Silberhuf sich undiszipliniert verhalten und sich nicht vorher mit uns konsultiert habe, bevor er auf eigene Faust eine militärische Mission ausführte.
Silberhuf stichelte zurück: „Da ich kein Mitglied Ihrer Armee bin, kann ich mich auch nicht wirklich undiszipliniert verhalten."
„Das stimmt", gab Xang grinsend zu. „Aber einen wie dich können wir zweifellos in der Armee gebrauchen. Du würdest in bestimmten Situationen mehr wert sein als zwei Bataillone."
Zu spät entdeckte ich, daß diese scherzhaft gemeinten Worte einen mächtigen Eindruck auf Silberhuf gemacht hatten. Wie alles, was wir sprachen, wan-

derten auch diese Worte schnurstracks in seinen Computer, wurden dort gespeichert und waren sozusagen gebrauchsfertig.

Siebzehntes Kapitel

Auf dem Weg zum Hauptquartier erlebten wir keinen Überfall mehr. Kapitän Xang erstattet General Khamphan über alles Vorgefallene Bericht. Am nächsten Morgen waren alle Soldaten angetreten. Der General rief Vater zu sich. Verlegen humpelte er, auf seine Krücken gestützt, nach vorn. Er fühlte sich nicht wohl in seiner Haut. General Khamphan steckte ihm den Orden ans Hemd. Sämtliche Leute aus dem Hauptquartier klatschten Beifall und riefen: „Zehntausend Jahre soll er leben! Lang lebe Norton!“ Mein Gesicht muß vor lauter Verlegenheit feuerrot geworden sein, als ich auch vorgehen mußte und ebenfalls einen Orden kriegte. Dabei klatschte Phet in die Hände und strahlte mich an, was mich noch verlegener machte und mich über eine Baumwurzel stolpern ließ. Dann wurde Silberhuf gerufen. Er spazierte graziös herbei. Ihm wurde ein Orden, der an einem roten Band baumelte, um den Hals gehängt.

Es war am späten Nachmittag, als man für uns eine große Abschiedsfeier veranstaltete. Sie dauerte vier volle Stunden. Sie hatten zwei Schweine und eine Menge Hühner für das Fest geschlachtet – und das war vielleicht ein Fest. Das beste Essen, das ich je gegessen hatte – alles war mit herrlichen Gewürzen zubereitet, und überall auf den Tischen standen die schmackhaftesten Soßen, in die man das Fleisch eindippte. Einige Gerichte waren süßsauer, mit verschiedenen Früchten zubereitet, andere so gepfeffert, daß es einem die Zunge verbrannte, und noch

andere wurden eiskalt gegessen. Man hatte sie in eine tiefe Quelle gehängt, um sie kalt zu machen. Kalter Fruchtpudding war auf die gleiche Weise gekühlt und auch das Reisbier, das wir durch Trinkrohre schlürften. Aber mein Vater tat nur so, als ob er tränke, aus purer Höflichkeit. Er mußte ja fliegen. Sobald die Dunkelheit einbrach, hieß es aufbrechen, damit uns die Amerikaner nicht zu guter Letzt noch erwischten.
Ich war meiner Gefühle nicht mächtig. Einerseits freute ich mich schon riesig darauf, meine Mutter und meine Schwester wiederzusehen. Ich war glücklich, daß Silberhuf mit uns kam, und war jetzt schon gespannt auf die Sensation, die er auslösen würde. Aber ich hätte auf das alles verzichtet, wenn ich dafür bei Phet hätte bleiben können.
Sie saß neben mir. Inzwischen beherrschte ich ein paar Redensarten in ihrer Sprache, und sie konnte ein paar Brocken Englisch, aber es kam trotzdem zu keinem richtigen Gespräch zwischen uns. Silberhuf war schwer mit Übersetzen beschäftigt, so daß wir die meiste Zeit über schweigend dasaßen.
Der General hielt eine Rede, in der er von den vielen Freunden sprach, die die Menschen in Indochina hätten, und über die Unterstützung, die sie aus aller Welt erhielten, und wie stark sie das mache und befähige, erfolgreich gegen den Imperialismus zu kämpfen.
Danach war Vater an der Reihe. Schon nach den ersten paar Sätzen hörte ich nicht mehr richtig hin. Ich war zu traurig. Dies war meine letzte Stunde mit diesen freundlichen Menschen in Laos; ich hatte das letzte Mal unter dem Feigenbaum, der im Wind so geheimnisvoll rauschte, geschlafen. Sobald die Nacht hereinbrach, würde ich Abschied nehmen müssen von Phet.

Da hörte ich meinen Vater sagen: „Und jetzt habe ich noch eine große Überraschung für euch – genauer gesagt, zwei Überraschungen."
Er machte eine Pause und wartete, bis es totenstill war, dann redete er weiter: „Phet wird für ein Jahr mit uns kommen, um Englisch zu lernen. Ich habe General Khamphan diesen Vorschlag gemacht. Er und die Mitglieder der Befreiungsfront sind damit einverstanden. Phet möchte in dieser Zeit auch Medizin und Funkwesen studieren, so daß sie, wenn sie zurückkehrt, ein noch wertvolleres Mitglied eurer Armee sein wird."
Also, ich glaube, jeder wird sich vorstellen können, wie mir in diesem Augenblick zumute war. Ich mußte schlucken, bevor ich überhaupt ein Wort rausbrachte.
„Hast du das gewußt?" fragte ich sie. Phet lächelte und nickte.
„Also ... ", begann ich, aber mein Vater sprach noch immer.
„Meine zweite Überraschung ist, daß Silberhuf hier bei euch bleiben wird."
Dieser Schock war so groß für mich, daß ich zuerst überhaupt nichts begriff. Mir blieb der Mund offen, aber Silberhuf übersetzte ruhig weiter, vermied es aber, mich anzusehen.
„Wir haben dies erst in der vergangenen Nacht beschlossen, und Phet und Silberhuf haben uns versprochen, bis zuletzt nichts zu verraten", sagte mein Vater und guckte mich an.
„Silberhuf und ich haben uns eingehend darüber unterhalten, als er mich auf seinem Rücken trug. Er ist sich darüber klar, daß diese Sorte von Amerikanern hier keineswegs alle Menschen der westlichen Welt vertreten, und auch, daß die einfachen amerikanischen Menschen nicht die Schuld an diesem Krieg

tragen. Aber trotzdem sagte Silberhuf mir, er möchte gerade jetzt nicht in ein westliches Land gehen. Er spürt, daß er hier jetzt nötiger gebraucht wird als irgendwo anders. Er ist unempfindlich gegen Gas, vergiftete Pfeile, ja selbst ein oder zwei Spritzer Napalm können ihm nichts anhaben. Er kann im Dunkeln sehen und Funksprüche senden, und er kann sogar mit Tigern fertig werden", fügte Vater grinsend hinzu. „Und ich muß sagen, ich stimme mit ihm vollkommen überein", fuhr Vater fort. „Wenn er zurückkehrt nach Neu-Dehli oder mit uns nach London käme, dann wäre er nichts als ein sensationelles Schaustück. Hier kann er nicht nur euch helfen, sondern auch mir. Wir können über Funk weiter in Verbindung bleiben, und er kann die Funktion eines Kriegsberichterstatters übernehmen. Das wird für alle von Nutzen sein.

In einem Jahr werden wir mit Phet zurückkommen und alle zusammen Wiedersehen feiern. So, ihr müßt zugeben, das ist ein guter Tausch. Wir bekommen Phet und ihr Silberhuf, jedenfalls erst mal für ein Jahr. Später werden wir weitersehen."

Alle klatschten, redeten durcheinander, brüllten hurra und klopften sich gegenseitig auf die Schultern! Ich stand mittendrin im Tumult und war wie betäubt.

Als Vater seine Rede beendet hatte, kam Silberhuf zu mir rüber und sagte: „Verzeih mir, Jack. Auch ich hielt es für besser, es dir im letzten Augenblick zu sagen, was in der vergangenen Nacht beschlossen wurde. Vergiß nicht, du hast zwar eine schlechte, aber auch eine gute Nachricht erfahren. Ich dagegen bin für ein Jahr ohne meine liebsten Freunde."

Wie recht hatte Silberhuf. Und ich bemühte mich, den Abschied von ihm so tapfer zu tragen wie er. Ganz plötzlich, wie immer in den Tropen, brach die

Dunkelheit herein, so daß die Leute Bambusfackeln entzünden mußten.
Unser Hubschrauber stand fünfzig Meter von uns entfernt unter einem Laubdach, wunderbar getarnt durch Rebstöcke, die ziemlich hoch von Baum zu Baum gezogen worden waren.
Nun begannen unsere Freunde, die Geschenke, die sie uns im Verlauf des Festes gemacht hatten, heranzuschleppen – Stoßzähne eines Elefanten, Tigerfelle, Schnitzwerk, einige wunderschöne Stücke Jade für meine Mutter, eine Puppe für meine Schwester, eine Armbrust mit Pfeilen (aber ohne Gift), ein Abzeichen aus Metallstücken eines abgeschossenen amerikanischen Starfighters für mich und ein Dankschreiben für unsere Hilfe vom Oberbefehlshaber persönlich.
Bevor wir abflogen, ließ Vater Mister Todd eine Nachricht zukommen, daß wir uns auf den Rückweg begeben würden.
Alle Mitarbeiter des Hauptquartiers fanden sich ein, um sich von uns zu verabschieden. Wir schüttelten allen ringsherum die Hände, und das dauerte seine Zeit. Phets Mutter und der General küßten ihre Tochter zum Abschied, und natürlich flossen auch ein paar Tränen. Als letzte Geste der Gastfreundschaft boten sie uns Reiswein an, aber mein Vater trank seinen nicht, er sagt immer: Wenn du getrunken hast, laß die Hände vom Steuer.
Endlich saßen wir drei festgeschnallt im Cockpit, und Vater warf die Rotoren an. Als der Luftstrom das Gras zu Boden drückte, wichen die Leute zurück. Silberhuf kam noch einmal heran und steckte seinen Kopf zu uns rein und sagte: „Ich hoffe, ich sehe euch alle bald wieder. Und du, Jack, sei nicht traurig. Manchmal muß man sich trennen, um das Vergnügen zu haben, sich wiederzusehen."

Langsam hoben wir uns vom Erdboden ab und schwebten in den Weltraum. Über uns war strahlender tropischer Sternhimmel. Die Bambusfackeln unter uns wurden immer winziger, bis sie in dem dunklen Dschungel zu einem einzigen hellen Punkt zusammengeschmolzen waren.

Nach Silberhufs Abschiedsworten war ich unglücklich und glücklich zugleich, und ich wußte nicht, ob ich weinen oder lachen sollte.

Mein Vater flog eine Kurve und stellte unseren Standort ein. Wir mußten niedrig fliegen, um unter dem amerikanischen Radarsystem hindurchzuschlüpfen.

„Gieß Balsam auf deine Wunden, Jack“, sagte er. „Du hast einen Freund zurückgelassen, aber auch einen neuen an deiner Seite. Und wir sehen uns ja alle in einem Jahr wieder. Nun geht es nach Hause. Mutter wird sich freuen. Und weil Silberhuf, unser bester Soldat, jetzt in der Armee unserer laotischen Freunde ist, solltest du nun an seiner Stelle gut aufpassen, wenn wir die Grenze überfliegen.“

Phet legte ihre Hand in meine und sagte mit ihrem bißchen drolligen Englisch: „Phet glücklich. Du nicht traurig, Jack.“

Ich Esel, hatte ich nicht wirklich allen Grund, fröhlich zu sein? Ich lachte.